Un étranger dans sa vie

—

La vengeance me va si bien

LAUREN CANAN

Un étranger dans sa vie

Traduction française de
FLORENCE MOREAU

PASSIONS

HARLEQUIN

Collection : PASSIONS

Titre original :
STRANGER IN HIS BED

Ce roman a déjà été publié en 2019

HARPERCOLLINS FRANCE
83-85, boulevard Vincent-Auriol, 75646 PARIS CEDEX 13
Service Lectrices — Tél. : 01 45 82 47 47 - www.harlequin.fr
ISBN 978-2-2805-0124-8 — ISSN 1950-2761

Composé et édité par HarperCollins France.
Imprimé en décembre 2023 par CPI Black Print (Barcelone)
en utilisant 100% d'électricité renouvelable.
Dépôt légal : janvier 2024.

FSC
www.fsc.org
MIXTE
Papier issu de sources responsables
FSC® C159065

Pour limiter l'empreinte environnementale de ses livres, HarperCollins France s'engage à n'utiliser que du papier fabriqué à partir de bois provenant de forêts gérées durablement et de manière responsable.

1

— Je crois qu'elle a repris connaissance, entendit-elle, comme à travers un brouillard.

Quand sa vision s'éclaircit, son regard se heurta aux plus beaux yeux qu'elle ait jamais vus, des yeux aux prunelles d'un brun vibrant constellées de taches d'or qui semblaient scintiller, aux longs cils ; ils étaient aussi intenses que fascinants. Elle ne détourna pas la tête, bien au contraire : ils représentaient une bouée de sauvetage à laquelle il fallait qu'elle s'accroche ; elle était si fatiguée…

Elle observa ensuite le visage de l'homme : contours anguleux, pommettes hautes, bouche sensuelle mais crispée, et l'ombre d'une barbe, comme un voile sombre. Sous les lumières, des mèches d'or chatoyaient dans ses épais cheveux couleur havane.

Un deuxième homme, vêtu d'une blouse blanche, entra dans son champ de vision, de l'autre côté du lit.

— Je suis le docteur Meadows, votre neurologue, lui dit-il.

Il s'était exprimé avec douceur et clarté, et elle lui en sut gré.

Les lumières blanches au-dessus de leur tête éclairaient comme un soleil de midi. Dans son crâne, les battements sourds augmentèrent, se mettant au diapason du rythme accéléré de son cœur pour la submerger presque tout entière.

— Vous avez eu un accident de voiture il y a deux jours, lui expliqua le médecin. Vous avez quelques blessures, en partie bénignes, mais vous avez subi une sérieuse commotion cérébrale.

À ces mots, il sortit de sa poche une lampe de la taille d'un stylo qu'il dirigea vers l'un de ses yeux, puis l'autre. Malgré elle, elle cligna des paupières et il éteignit la lampe. Puis il ouvrit un dossier et le parcourut rapidement, griffonnant quelque chose sur l'une des pages avant de la regarder de nouveau.

— Pouvez-vous me dire comment vous vous appelez ?

— Je m'appelle... Mon nom est...

C'était le blanc total.

Comment se fait-il que je ne sache pas mon propre nom ?

— Je... Je l'ignore, murmura-t-elle.

Et un sentiment de panique l'envahit...

— Savez-vous qui est cet homme ? demanda le médecin, désignant l'homme à côté du lit.

Encore une fois, elle s'absorba dans la contemplation de son visage. Il en émanait une grande force de caractère soulignée par ses mâchoires carrées, et ses yeux l'hypnotisaient littéralement. Mais rien chez lui ne lui était familier.

— Non, finit-elle par dire en dodelinant de la tête sur l'oreiller. Je devrais ?

— Je suis Wade, dit l'homme d'une voix profonde, reflétant une personnalité affirmée. Wade Masters, ton mari.

Son... *mari* ? Elle était *mariée* ?

Une réelle incrédulité avait dû se refléter sur ses traits car Wade Masters fronça les sourcils, l'air dubitatif, avant de jeter un rapide coup d'œil au médecin.

Non, il y avait forcément une erreur, pensa-t-elle. Elle passa la main sur son front, cherchant avec frénésie dans sa mémoire les réminiscences d'un mariage, des souvenirs de cet homme qui affirmait être son époux, d'eux, de leur vie commune...

Rien.

— Je ne vous connais pas, finit-elle par déclarer.

Et dans sa propre voix, elle perçut le tremblement lié à l'émotion.

— Je ne suis pas mariée, poursuivit-elle. Comment pouvez-vous affirmer une chose pareille ?

L'inquiétude s'empara de tout son être, son cœur s'emballa de plus belle. Il y avait erreur. Ils se trompaient de personne, ils la prenaient pour une autre. Elle devait se lever, s'en aller, rentrer chez elle. Saisissant la barrière du lit, elle voulut se redresser, mais aussitôt le médecin la repoussa gentiment sur l'oreiller.

— Non, s'il vous plaît, murmura-t-elle. Je dois rentrer chez moi. Il faut que j'appelle...

Qu'elle appelle qui ? Qui pouvait-elle bien appeler ? Aucun nom ne lui venait à l'esprit ! Elle ne parvenait pas à réfléchir. Sa tête la faisait atrocement souffrir, et son corps aussi. Tout était source de souffrance d'ailleurs, et elle n'avait pas le moindre souvenir de la personne qu'elle avait été, ni de la vie qu'elle avait connue jusque-là.

Le docteur appela une infirmière.

— Essayez de vous relaxer, madame Masters, lui dit-il. Tout va bien se passer. Votre foyer vous attend. Vous avez reçu un sacré coup sur la tête. Essayez de ne pas paniquer si vous ne vous rappelez pas les gens ou leur nom, y compris le vôtre. Lors de tels chocs, l'amnésie rétrograde n'est pas inhabituelle. Je suis certain que tout vous reviendra en temps voulu.

— Quand ?

Elle sentit une larme glisser sur sa joue.

— Quand tout me reviendra-t-il ?

— Malheureusement, c'est impossible à dire, madame. Chacun réagit différemment. De temps à autre, vous aurez comme un flash, puis peu à peu vous commencerez à vous rappeler certaines choses, et tout finira par rentrer dans l'ordre. Il se peut aussi que la mémoire revienne sous forme de fragments, comme les pièces d'un puzzle. Tout peut resurgir demain, ou bien dans quelques mois.

Des *mois* ? Non, il était impératif qu'elle se souvienne tout de suite. Elle avait sûrement des choses importantes à faire. Des gens comptaient sur elle. Elle sentait une espèce d'urgence en elle. Mais plus elle s'efforçait de creuser sa mémoire, plus les coups de marteau s'intensifiaient dans son crâne.

— Nous avons les résultats de vos tests, et tout semble parfait, poursuivit le neurologue en feuilletant à nouveau son dossier. L'œdème cérébral a disparu, votre cœur est solide, et votre tension artérielle normale. Si aucun autre symptôme ne survient d'ici demain, vous pourrez rentrer chez vous.

Et il détacha les yeux de son dossier pour les plonger dans les siens.

À cet instant, une infirmière entra et injecta le contenu d'une ampoule dans sa perfusion.

— Cela fera effet dans quelques minutes, expliqua-t-elle. Je reviendrai vous voir.

Elle adressa un signe de la tête aux deux hommes et repartit aussi vite qu'elle était arrivée.

— Comme je l'ai indiqué à votre mari, reprit le médecin, il est fort probable qu'un environnement familier stimule le retour de la mémoire.

Son mari... Elle dirigea de nouveau son regard vers l'homme de haute stature et aux larges épaules qui se tenait à sa gauche, le considérant en silence. Il portait un costume noir d'homme d'affaires, sa cravate à rayures bleu et or était desserrée et le premier bouton de sa chemise blanche ouvert. Ses yeux tombèrent sur ses mains : elles semblaient vigoureuses et habiles. Un anneau en or brillait à son annulaire gauche.

Elle déglutit, anxieuse. Quelque chose n'allait vraiment pas !

— Nous surmonterons cette épreuve. Tu vas te remettre, dit-il.

À l'instar de ses yeux captivants, sa voix était profonde et ensorceleuse.

Il se pencha vers elle et posa la main sur la sienne. Étrangement, la chaleur qui en émana lui fit du bien.

— Si tu as besoin de quoi que ce soit..., ajouta-t-il.

Oui. Elle avait besoin de retrouver la mémoire !

— S'il te plaît, dis-moi qui je suis.

— Tu t'appelles Victoria. Victoria Masters.

Sur ces paroles, il se redressa, l'air détendu et confiant, puis glissa les mains dans les poches de son pantalon. Elle se rendit alors compte que sa première impression sur son physique était bien en dessous de la vérité : il n'était pas séduisant, il avait un charme ravageur.

Elle sentit tout à coup son eau de toilette, épicée, enivrante...

Sa chemise blanche soulignait le hâle de son teint, les lignes bien définies de son visage, et son nez droit et fier indiquait qu'il était de bonne famille. Ses cheveux légèrement ondulés arrivaient un peu en dessous du col de sa chemise, quelques mèches retombaient sur son front. Toutefois, l'intensité étrange de son regard mordoré et l'absence de sourire sur ses lèvres pourtant si sensuelles l'amenèrent à la conclusion que Wade Masters était le danger incarné. Pas dangereux tel un criminel, mais comme un homme capable de déchaîner la passion chez une femme sans fournir le moindre effort, ce dont il avait parfaitement conscience, ainsi que l'indiquait l'assurance qui se dégageait de lui.

Et c'était lui qui allait la ramener chez elle...

Sous son regard qui s'attardait sur elle, elle se sentit rougir et vit l'ombre d'un sourire éclairer ses traits. Avait-il deviné ses pensées ? Elle détourna la tête et déglutit avec difficulté.

— Pour l'instant, je ne veux pas que vous vous inquiétiez sur le retour de votre mémoire, reprit le médecin. Essayez de vous détendre et donnez-vous du temps.

Qu'elle se détende ? Il plaisantait ?

Mais elle n'eut pas la force de lui répondre. Le médicament que l'infirmière lui avait injecté devait faire son effet car ses yeux se fermaient tout seuls. Elle lutta pour les garder ouverts, désireuse d'en apprendre davantage sur l'homme qui se proclamait être son mari.

Le Dr Meadows s'adressa ce dernier :

— Je souhaite revoir votre femme dans deux semaines. Si elle a des vertiges, des vomissements ou de sévères migraines, ramenez-la immédiatement aux urgences.

Puis il se tourna vers elle et précisa :

— Une fois chez vous, gardez le lit encore une journée, ensuite vous pourrez vous lever et bouger, mais ménagez-vous. Pas de course d'obstacles pendant au moins une semaine.

Il lui fit un clin d'œil, puis lui sourit.

— Entendu, murmura-t-elle.

— Bonne journée à vous deux, ajouta-t-il. Si vous avez la moindre question, téléphonez-moi.

— Merci, docteur Meadows, dit-elle tandis que le médecin sortait de la chambre.

Elle jeta un regard rapide à son prétendu époux et sentit un frisson lui parcourir l'échine à l'idée de se retrouver seule avec lui. Elle ne le reconnaissait absolument pas. Rien dans son visage ou sa voix ne lui était un tant soit peu familier. En outre, malgré son sex-appeal, il n'avait fait preuve d'aucune tendresse envers elle, si ce n'est poser la main sur la sienne. Pas le moindre geste tendre envers elle ; il ne l'avait ni enlacée ni embrassée, même pas sur la joue. Le docteur avait montré plus de compassion que lui ! Aurait-elle vraiment épousé un homme aussi froid ? Il fallait croire que oui... Quelque chose le concernant, lui ou leur situation, allait bien finir par resurgir, non ?

Elle avait tant de questions à lui poser ! Mais il ne semblait vraiment pas disposé pour une petite discussion...

De nouveau l'angoisse la saisit. Elle avait l'impression de se trouver au bord d'un précipice, prête à plonger dans les noires profondeurs de l'inconnu. Pouvait-elle vraiment sauter ? De toute évidence, il n'y avait aucune façon d'agir autrement pour y voir plus clair. Et dans les prochains jours, elle devrait sans doute improviser, ignorant ce que son époux attendait d'elle.

Était-il réservé car il savait qu'elle n'avait aucun souvenir de lui ? Si tel était le cas, elle appréciait sa sollicitude. Sinon, ils avaient réellement un problème de couple ! Et tant qu'elle n'aurait pas retrouvé la mémoire, elle n'en saurait pas plus...

La douleur dans son crâne et son corps commença à régresser, et elle replongea doucement dans le sommeil.

Immobile, Wade Masters contemplait Victoria qui venait de retomber dans les bras de Morphée. Elle avait été étroitement surveillée pour son œdème, et le médecin l'avait certifié : tout allait bien de ce côté-là. Aujourd'hui, quand on l'avait appelé pour lui signaler qu'elle semblait reprendre conscience, il s'était immédiatement rendu à l'hôpital.

Il ne s'était pas attendu à ce qu'on lui annonce qu'elle était amnésique, ni n'avait imaginé voir de la peur dans ses yeux. La façon dont son regard s'était accroché au sien, comme s'il était son ancre, l'avait troublé… Elle avait braqué sur lui un regard désespéré, criant à l'aide en silence, et il n'avait pas pu s'empêcher de se dire qu'il ferait l'impossible pour que tout rentre dans l'ordre. Ce devait être terriblement angoissant de se réveiller dans un hôpital sans se rappeler son nom, ni ce qui vous a conduit ici.

Il était également surpris de constater que l'air snob qu'elle arborait constamment comme une armure l'avait désertée. En général, elle marchait sur une corde fine entre l'arrogance et la pure grossièreté, mais en l'occurrence, au lieu d'exiger des réponses du médecin, elle avait posé des questions en montrant un réel intérêt et d'une voix teintée d'angoisse. Cela dit, il se pouvait tout à fait qu'elle n'ait pas la force d'être arrogante, et peut-être qu'il fallait mettre sa retenue sur le compte de la douleur et des médicaments. Néanmoins, quelque chose avait changé en elle, au-delà de ses côtes fêlées et de sa blessure à la tête. Il s'était rendu à l'hôpital en redoutant le pire, s'attendant à devoir gérer son sale caractère habituel. Or il avait découvert une femme effrayée et qui n'avait pas peur de le montrer.

En outre, son visage dépourvu du moindre maquillage et ses cheveux décoiffés la rendaient bien plus aimable et plus attirante que d'ordinaire. En dépit des contusions liées à l'accident, c'était une très belle femme.

Elle accordait hélas trop d'importance à son apparence, et le personnel de l'hôpital avait été bien avisé de mettre les miroirs hors de sa portée, sous peine de devoir supporter son courroux et son mauvais caractère. Oui, il devait savourer cette paix, conscient que la véritable Victoria referait bien assez vite surface.

Et c'était vraiment regrettable, car elle avait tant à offrir… Si seulement elle était capable de cesser d'être aussi superficielle et d'estimer que tout lui était dû.

Lui jetant un dernier coup d'œil, il sortit doucement de la chambre.

Alors qu'il s'approchait des ascenseurs, une sorte de vertige le saisit. Il devait de toute urgence trouver la façon de gérer au mieux la situation. Il appellerait Dave Renner, son avocat, sans tarder. Les documents destinés à mettre un terme à leur mariage blanc étaient déjà prêts et n'attendaient plus que la signature de Victoria. Tous deux avaient trouvé une entente et dans quelques jours, sans ce maudit accident, il aurait été libéré d'elle et de tout ce qu'elle charriait, notamment son snobisme outrageux et son comportement trop souvent extravagant.

Libéré de cette femme qui n'était son épouse que sur le papier.

Il serra les dents de frustration, conscient qu'il n'avait pas d'autre choix que celui de la ramener à la maison et de veiller sur elle jusqu'à sa complète guérison. Il secoua la tête, encore stupéfait du tour imprévisible que le sort lui avait joué.

Naturellement, il souhaitait que Victoria retrouve la mémoire. Il ne l'appréciait pas mais ne lui voulait aucun mal pour autant. D'ailleurs, il avait prié sa secrétaire de libérer du temps dans son agenda pour les prochaines semaines afin de rester auprès d'elle. Il ferait en sorte qu'elle dispose de tout ce dont elle avait besoin pour se remettre. Cependant, il ne pouvait s'empêcher d'être inquiet. Lorsque la mémoire lui reviendrait, ne continuerait-elle pas à feindre d'être toujours amnésique ? Faire durer un mensonge était en effet une de ses grandes caractéristiques — c'était pour cette raison qu'il l'avait choisie.

Mâchoires toujours crispées, il appuya sur le bouton de l'ascenseur. Ce mariage blanc était censé au départ être bénéfique aux deux parties : Victoria entrait dans les cercles les plus fermés et enviés de Dallas, et en contrepartie elle lui assurait l'image d'un homme marié, ce qui constituait toujours un avantage dans les négociations qu'il menait pour ses affaires. De la sorte, il évitait aussi les potentielles complications liées à une union consommée, telles les émotions inopportunes, ce pour quoi il n'avait aucune patience. Ce mariage blanc lui avait au moins permis d'aller et venir à sa guise et, ces derniers temps, il avait été le plus souvent en voyage — moins il passait de temps en compagnie de Victoria, mieux il se portait.

Et puis les difficultés étaient arrivées…

Huit mois après la signature du contrat, Victoria avait commencé à s'afficher en compagnie d'autres hommes, ce qui avait enflammé les rubriques people des journaux. Cela risquant de ruiner cette savante mise en scène, il le lui avait fait remarquer. Elle avait ignoré ses appels à la discrétion, et continué à se conduire de manière préjudiciable pour lui. Les photos de Victoria en compagnie d'autres hommes avaient suffi pour que ses affaires en pâtissent et qu'il commence à passer pour un idiot. Il ne pouvait plus tolérer une telle attitude, lui avait-il déclaré. Elle s'était alors esclaffée, arguant qu'il ne pouvait pas non plus exiger qu'elle vive comme une nonne. Il lui avait assuré que telle n'était pas son intention, mais que ce qu'il exigeait d'elle, c'était juste de la discrétion. Il lui avait rappelé son désir d'intégrer la bonne société, et l'avait avertie qu'elle s'apprêtait à perdre tout ce qu'elle avait mis en place pour l'obtenir. Sans compter qu'elle était payée pour jouer son épouse — et largement — et qu'elle recevrait un million de dollars d'ici à la fin de l'année, aux termes de leur contrat.

Elle n'avait pas tenu compte de l'avertissement.

Et voici qu'à une semaine du divorce, elle avait eu cet accident ! Il se retrouvait donc avec une épouse de façade véhémente et désagréable, qui ferait son miel de cette amnésie autant que nécessaire !

Il s'efforça de respirer calmement et entra dans l'ascenseur.

Il devait appeler ses frères. Il lui faudrait aussi sans doute appeler la mère de Victoria, pour lui annoncer que sa fille sortirait sous peu de l'hôpital, sachant bien que Corrine ne s'inquiétait que d'elle-même, et que son seul souci était de durer le plus possible sur la scène sociale. Alors la santé de sa fille…

Il retint un soupir exaspéré. Si l'un de ses frères avait eu un accident, il ne serait pas resté chez lui à attendre le compte rendu de la journée ! Il se serait rendu à l'hôpital, et ses frères auraient assurément agi de la même façon. Au fond, il était presque triste pour Victoria. Après avoir été élevée par une femme si égoïste, il n'était guère surprenant qu'elle le soit elle aussi.

S'armant de courage, il appuya sur le contact correspondant à Corrine et se dirigea vers la sortie de l'hôpital, pour s'engouffrer dans sa voiture avec chauffeur, stationnée près de la porte.

2

Le lendemain après-midi, comme le docteur l'avait promis à Victoria, une infirmière était entrée dans sa chambre avec un fauteuil roulant. La veille, elle avait demandé que l'on distribue les fleurs qu'elle avait reçues aux patients qui n'avaient jamais de visite puisque, sur les cartes qui accompagnaient les bouquets, figuraient des noms qui lui étaient absolument inconnus. Ses vêtements ayant été déchirés lors de son arrivée aux urgences, son mari lui avait apporté une tenue confortable qu'elle avait enfilée avec joie, délaissant sans état d'âme sa blouse d'hôpital.

Ils se dirigeaient maintenant vers la sortie, l'infirmière poussant le fauteuil et Wade fermant le cortège. Dès qu'ils eurent franchi les portes automatiques et se retrouvèrent à l'extérieur, elle éprouva un réel plaisir à sentir l'air chaud de l'après-midi sur sa peau, et entendre les bruits de la vie normale autour d'elle. C'était l'été, les arbres étaient verts et les plantes en fleurs. Leurs couleurs étaient si vives que leur vue l'éblouissait presque.

Que faisait-elle avant l'accident ? Où se rendait-elle quand le véhicule avait heurté le sien ? Elle devait faire preuve de patience, lui avait conseillé le Dr Meadows. Sa mémoire allait revenir, mais cela prendrait du temps. Se rendait-il compte de l'angoisse dans laquelle elle vivait ?

S'efforçant de chasser son inquiétude, elle se concentra sur la direction qu'ils prenaient. Visiblement, ils avançaient d'un bon pas vers… une immense limousine couleur champagne, garée dans l'allée circulaire.

— Waouh ! s'exclama-t-elle, complètement suffoquée quand deux hommes en sortirent.

Un chauffeur et un *garde du corps* ? Lorsque le chauffeur vint lui ouvrir la portière arrière, elle lança un regard à son mari.

— Elle est à toi ?

— Tout à fait.

— Tu plaisantes ? Je ne suis jamais montée dans une limousine. À un enterrement, peut-être...

Wade lui sourit.

— Détrompe-toi, tu es montée de nombreuses fois dans une limousine, mais puisque tu ne t'en souviens pas, savoure le trajet comme si c'était la première fois. Je te promets que nous éviterons tous les cimetières.

Glissant la main sous son bras, il l'aida à se lever du fauteuil, puis à s'installer dans la limousine. Une fois à l'intérieur, elle s'adossa à la banquette et respira profondément l'odeur de cuir qui s'en dégageait. Wade contourna le véhicule pour monter, et prit place à son côté.

La fragrance de son après-rasage, nettement masculine, aux nuances d'épices et de santal, se mélangea alors à celle du cuir, ce qui rendit l'air... plutôt enivrant.

— La température te convient-elle ? s'enquit-il. Es-tu installée confortablement ?

— Je vais bien. C'est juste étrange d'être sortie. Agréable mais étrange.

Il hocha la tête, comme s'il comprenait.

— Nous sommes à Dallas, n'est-ce pas ? demanda-t-elle.

— Exact. Tu te souviens donc de Dallas ?

Elle désigna la vitre à sa gauche.

— Je reconnais les immeubles.

— C'est encourageant.

— Depuis quand nous connaissons-nous ? Où nous sommes-nous rencontrés ?

Il parut hésiter, regarda d'abord par la vitre avant de se tourner vers elle.

— Lors d'une soirée, il y a plusieurs années, répondit-il.

Elle contempla un instant cet homme qui ruisselait littéralement de charme. Elle avait quelques difficultés à croire qu'il était vraiment son mari, comme si c'était trop beau pour être vrai. Le rêve, puis le carrosse qui se transforme en citrouille. En général, hélas, ce genre d'impression se confirmait toujours, mais pour l'instant elle savourerait ces instants magiques le temps qu'ils dureraient. De toute façon, jusqu'à ce que sa mémoire revienne, elle ne pouvait guère faire autre chose.

— Laisse-moi deviner, dit-elle avec un sourire. Tu m'as vue traverser la salle de réception et tu n'as pas pu détacher tes yeux de moi. C'était un coup de foudre, n'est-ce pas ?

Il parut amusé, et cela la rassura. C'était un grand progrès par rapport au regard de marbre auquel elle avait eu droit jusque-là !

— Tu fais toujours sensation, Victoria. Comme en ce moment.

Elle eut envie de rire sans raison apparente. À croire que l'injection que lui avait faite l'infirmière le matin contenait un produit illicite !

— Depuis quand sommes-nous mariés ? reprit-elle.

— Presque huit mois.

— En somme, nous sommes de jeunes mariés. C'est peut-être pour cette raison que je ne me souviens pas de toi.

— C'est possible, mais peu vraisemblable.

Elle ne pouvait qu'approuver. Sans la commotion qu'elle avait subie, comment aurait-elle pu oublier qu'elle avait épousé un homme comme Wade Masters ? Et d'ailleurs, qui était-il, cet homme qui se disait son mari ?

— Que fais-tu dans la vie ?

— Des affaires. En fait, je gère l'entreprise familiale.

— Laisse-moi deviner...

Elle laissa échapper un petit rire et poursuivit :

— Tu prépares des pizzas et nous sommes dans la voiture de livraison ?

Il haussa les sourcils, visiblement étonné par sa question, et son petit sourire revint.

— Presque, répondit-il. Nous sommes spécialisés dans l'avionique, le matériel électronique, nous possédons aussi des ranchs et les Laboratoires Masco. Et je suis certain qu'il doit bien y avoir une pizza Domino quelque part.

Ses yeux chatoyèrent de nouveau, et il ajouta :

— As-tu faim ?

— Non. Oui. Ça dépend de ce que tu proposes.

Il la fixa, l'air stupéfait. Aïe ! Il avait perçu un sous-entendu dans sa réponse, alors qu'elle n'avait aucune arrière-pensée. Elle se sentit rougir jusqu'aux oreilles. Elle avait faim. Mais faim de savoir. Elle mourait d'envie de retrouver ses souvenirs, qu'ils soient bons ou mauvais. Et si Wade ne cessait pas de sourire de façon aussi sexy, il allait réellement éveiller une autre sorte d'appétit en elle !

Qui était ce mystérieux mari ? Et comment avait-elle bien pu rencontrer et épouser un homme comme Wade Masters ? Quelque chose ne collait pas, elle le sentait tout au fond d'elle mais, pour l'instant, cela n'avait pas d'importance.

— Notre cuisinier te préparera tout ce que tu voudras, à la maison.

Sa voix, à la fois profonde et solennelle, la troubla.

— Je suis certain que nous saurons répondre à n'importe lequel de tes désirs, enchaîna-t-il.

— Vraiment ?

— Je suis convaincu que nous saurons entièrement te satisfaire.

Cette fois, il lui décocha un large sourire. Un sourire qui cachait quelque chose...

Quels besoins avait-elle donc ? Et surtout, quelles étaient les attentes de Wade la concernant ? Elle l'imagina tout à coup la prendre dans ses bras, et l'entraîner vers un grand lit pour une nuit d'a...

Stop ! s'ordonna-t-elle.

Ravalant un petit gémissement, elle ferma les yeux et se frotta le front. Que possédait cet homme de si particulier pour déclencher tout de suite des pensées érotiques chez elle ? Elle lui jeta un regard en coin, et vit qu'il affichait un petit sourire. Lisait-il en elle comme dans un livre ouvert ? Au moins, il avait le sens de l'humour, et d'ailleurs, même si elle ne pouvait se l'expliquer, elle se voyait mal être l'épouse d'un homme qui en aurait été dépourvu. C'était selon elle la qualité la plus importante chez un être humain, car elle vous permettait d'affronter la vie sans trop se laisser abattre par les mauvais coups du destin.

Se ressaisissant, elle releva le menton et redressa les épaules.

— Est-ce que j'ai des frères et sœurs ?

Au moins, c'était là un sujet sans danger.

— Non, pas que je sache. Tu as juste une mère et un père. J'ai appelé Corrine tous les jours depuis ton accident. Je suis certain qu'elle sera ravie d'entendre ta voix, et je suppose que c'est réciproque.

— Corrine ? C'est le nom de ma mère ?

— Tout à fait.

— Ça ne me dit vraiment rien...

Un père, une mère, deux personnes supplémentaires sur la liste des gens dont elle ne se souvenait absolument pas.

Soudain, un souvenir lui traversa l'esprit, accompagné d'une sensation douloureuse : elle se tenait sur le seuil d'une maison en briques rouges, une femme blonde la serrait dans ses bras et toutes deux pleuraient. Cependant, elle n'avait pas l'impression que c'était sa mère.

Cette perte de mémoire était réellement le pire qui lui soit arrivé ; de cela au moins, elle était certaine. Ses blessures liées à l'accident pesaient peu, en comparaison.

Le reste du trajet s'effectua dans le silence, et les questions se bousculèrent dans son cerveau.

Qui était Wade Masters ? Où les conduisait la limousine ? Elle ne sentait aucune menace chez lui, sauf peut-être un sens de l'humour un rien spécial. Il était vêtu avec élégance, avait d'excellentes manières et était très courtois, du moins jusque-là puisqu'elle ne l'avait vu que deux fois, à l'hôpital. Et s'il lui avait semblé assez riche, il ne lui avait pas donné pour autant l'impression de s'estimer supérieur aux autres. Un détail la chiffonnait, toutefois : il ne paraissait pas très heureux d'être marié avec elle... Même dans l'espace confiné de la limousine, il était sagement assis à côté d'elle, à distance respectable. Elle aurait attendu de lui qu'il la tienne dans ses bras, l'embrasse, la rassure, enfin tout sauf cette distance. Certes il était d'une politesse extrême, mais curieusement réservé.

La limousine finit par tourner dans une allée, puis s'arrêta devant une imposante grille en fer forgé noir. Les portes s'ouvrirent immédiatement et la voiture grimpa une colline avant d'obliquer à droite pour s'engager dans une allée circulaire menant à l'escalier majestueux d'un somptueux perron en pierre. Elle eut alors la forte sensation de n'avoir jamais vu une demeure aussi grandiose, dotée de tourelles qui lui donnaient des airs de château.

— C'est ici que tu habites ? s'enquit-elle.

Il hocha la tête au moment où le chauffeur lui ouvrait la portière.

— C'est là que *nous* habitons, affirma-t-il.

Elle se pencha vers la vitre pour contempler une tourelle, puis demanda :

— J'imagine que les fantômes ne sortent qu'à la nuit tombée.

Wade posa sur elle un regard surpris et, une fois encore, il esquissa un petit sourire.

— Je te le garantis. Et si tu avais peur, je serais près de toi.

Elle ne pensait pas être une personne pessimiste, mais si le Dr Meadows espérait que vivre en ce lieu raviverait sa mémoire, il se trompait lourdement. Ne pas se souvenir du trajet en limousine, soit, mais oublier qu'elle vivait dans un château ? Impossible.

Et pourtant, c'était apparemment le cas : elle ne se souvenait... de rien !

Sa portière s'ouvrit à son tour et un homme lui tendit la main pour l'aider à descendre et à prendre place dans un fauteuil roulant.

— Bienvenue à la maison, madame, dit ce dernier en lui adressant un sourire peu convaincu.

Deux autres hommes, appartenant visiblement au service de sécurité des lieux, attendaient de chaque côté de la porte.

Le rez-de-chaussée, ou du moins ce qu'elle put en voir, était extraordinaire, d'une élégance que même des têtes couronnées auraient appréciée. Ils traversèrent un vestibule tout en marbre et en verre, puis passèrent devant un vaste salon et une salle à manger qui pouvaient facilement accueillir une cinquantaine de convives. Au-delà se trouvait la cuisine, si elle en croyait les bruits qui s'en échappaient, et les odeurs.

Elle sourit en adressant un petit signe de la main au personnel qui s'était aligné pour la saluer, et les employés échangèrent un regard surpris. L'un d'eux lui rendit son salut d'un air hésitant. Avant qu'elle n'ait le temps de s'attarder sur leur étrange réaction, elle se retrouva à l'intérieur d'un petit ascenseur en compagnie de Wade ainsi que du domestique attitré au fauteuil et, pour la première fois depuis son réveil du coma, elle aperçut son reflet dans les miroirs qui en recouvraient les parois.

Oh Seigneur ! Peu de mots pouvaient la décrire… « Horrible » en faisait assurément partie, tout comme « effroyable ». Ses cheveux tombaient en de longues boucles molles sur ses épaules, et son visage était encore bien abîmé, même si les hématomes s'estompaient et avaient viré au jaune. Son œil gauche était injecté de sang et elle avait une légère coupure à la lèvre, un peu gonflée — mais qui avait dû l'être bien plus. Elle donnait l'impression d'avoir participé à une sacrée bagarre et de ne pas avoir été dans le camp des vainqueurs.

Un doux tintement se fit entendre, et les portes s'ouvrirent sur un large corridor, au sol pavé de mosaïques en marbre blanc, rehaussées d'or. Le domestique roula le fauteuil vers la droite, puis suivit le corridor pratiquement jusqu'au bout, avant de s'arrêter devant une grande chambre à la porte ouverte. Après s'être légèrement incliné, il la laissa seule avec Wade.

La chambre était peinte en couleurs pastel, essentiellement dans des nuances de vert. C'était très joli, très apaisant… mais aussi bien terne.

— Cette suite te convient-elle ? lui demanda Wade.

— Oui, c'est… chouette, répondit-elle. Et… très spacieux.

Au fond se trouvait une partie salon, avec des fauteuils à l'évidence confortables disposés autour d'une cheminée. Des portes-fenêtres donnaient sur un imposant balcon, et il y avait même un minibar. Un lit grand luxe complétait le tableau.

— Et… Euh… C'est aussi ta chambre ? demanda-t-elle.

Wade la considéra comme s'il se demandait comment prendre

la question, et il lui sembla voir un éclair sournois luire dans ses prunelles.

— Non. Ma suite est juste à côté, répondit-il.

Un sentiment de soulagement l'envahit alors. En même temps, il lui parut curieux qu'un jeune couple ait des chambres séparées. Encore une question à ajouter à la liste. Pour plus tard.

Wade la laissait vraisemblablement s'installer dans sa propre chambre afin qu'elle ait son espace vital le temps de retrouver ses marques, plutôt que de l'inciter à réintégrer d'emblée leur chambre commune. C'était délicat de sa part et elle lui en était reconnaissante. Elle n'était pas prête à partager son lit avec un inconnu, même si celui-ci l'attirait vraiment beaucoup. Car bien qu'un certificat proclame qu'ils étaient unis par les liens du mariage, Wade Masters était un total étranger pour elle.

Se levant du fauteuil roulant, elle fit le tour de la suite, et s'attarda sur les tableaux et les objets d'art qui la décoraient. La plupart des toiles avaient été peintes par des artistes connus et représentaient pour l'essentiel des jardins de fleurs, des murs en pierre recouverts de lierre, et des portails.

— Qui a bon goût, toi ou ton architecte d'intérieur ? demanda-t-elle.

— Tu t'y connais en art ?

Elle haussa les épaules.

— Je sais identifier un Monet ou un Barber, et je crois aussi savoir ce qui me plaît.

— Ah bon ?

Elle pivota sur ses talons pour lui faire face.

Son cœur bondit dans sa poitrine quand elle se heurta à son air étonné. Elle avait clairement le sentiment qu'il ne parlait pas juste d'art. Flirtait-il avec elle ? Réclamait-il ses droits de mari ? Ou son imagination avait-elle pris le pas sur sa raison ?

Ne sachant trop que répondre, elle se retourna vers le cadre accroché au-dessus de la cheminée qui représentait une petite fille avec de longues boucles d'un blond vénitien dans le coin d'une pièce, visiblement punie pour ce qu'elle venait de faire. Un chien, un petit terrier de couleur brune, montait la garde au cas où quelqu'un chercherait à s'approcher de l'enfant. Un nom lui traversa subitement l'esprit. Murphy. Elle se tourna vers Wade.

— Est-ce que… Murphy est ici ?

Il fronça les sourcils.

— Qui ?

— Murphy.

L'homme chaleureux et poli qui l'avait accueillie jusque-là se transforma d'un coup, et ses traits devinrent à la fois menaçants et glaçants.

Son changement radical d'attitude lui indiqua qu'elle avait touché une corde sensible. D'accord, mais pourquoi ? Qui était Murphy ? En outre, pourquoi se rappelait-elle ce nom sans être capable de lui associer un visage ?

— Du travail m'attend, décréta-t-il sèchement. Henry, notre chef cuisinier, a posé le menu près du téléphone. J'ai pris la liberté de commander ton premier repas en fonction de ce que tu aimais habituellement. Mais si cela ne te convient pas, n'hésite pas à demander autre chose. Le numéro figure sur la feuille du menu.

— C'est très attentionné de ta part. Merci.

— Le numéro de ta mère se trouve sur ta table de nuit, au cas où tu ne t'en souviendrais pas.

Et après un hochement de tête sec, il quitta la pièce, refermant la porte derrière lui.

Elle avait bien conscience qu'il s'était passé quelque chose d'important, mais quoi ? Elle ne comprenait pas en quoi poser une question à propos d'un nom avait provoqué une telle réaction chez Wade. Il souhaitait qu'elle retrouve la mémoire, non ? Peut-être pas dans tous les détails, visiblement. Apparemment, une personne nommée Murphy s'interposait entre eux. En même temps, Wade avait de quoi être vexé. Comment pouvait-elle se souvenir de ce Murphy… et pas de lui ? Un frisson la parcourut. Y avait-il un autre homme dans sa vie ? Cela expliquerait la distance que Wade montrait envers elle !

Un léger coup frappé à sa porte l'arracha à ses réflexions inquiétantes.

— Oui. Entrez.

La porte s'ouvrit et une jeune femme plutôt robuste, vêtue d'une robe noire, apparut sur le seuil.

— Excusez-moi, madame Masters, je ne suis pas certaine que vous vous souveniez de moi. Je m'appelle Rowena. Roe. M. Masters m'a priée de vous assister si vous aviez besoin de quoi que ce soit.

— Oh ! C'est très gentil, mais merci, tout va bien.

La jeune fille hésita, puis déclara :

— J'espère que vous vous sentirez bientôt mieux.

Et sur ces mots, elle se dirigea vers la porte.

— Roe ?

— Oui, madame ?

— J'ai pensé… Enfin, j'ai changé d'avis. Pourriez-vous m'aider à faire couler un bain ?

— Naturellement, madame.

Pendant que Roe ouvrait les robinets de la baignoire, Victoria s'aventura dans l'immense dressing où elle découvrit des vêtements pour chaque occasion imaginable ! De nombreux portaient encore l'étiquette et d'autres n'avaient pas été sortis de leur sac en papier. Des chaussures tapissaient tout un pan de mur, et dans la commode intégrée étaient rangées des montagnes de lingerie de tous styles et de toutes couleurs !

Elle contempla tout cela d'un air ébahi. Elle possédait… tout ça ? Elle toute seule ? Pour une fois, elle avait une réponse, et non une question : elle était une acheteuse compulsive de vêtements. De toute évidence, elle en achetait plus qu'elle ne pouvait en porter en une année, voire deux.

— Votre bain est prêt, madame Masters.

— Merci, dit-elle dans un sourire à Roe. C'est très gentil à vous.

Ces paroles lui valurent un regard des plus surpris de la part de la domestique.

— Merci, madame.

Attrapant un peignoir, elle entra dans la salle de bains pavée de marbre. L'immense baignoire à pieds n'aurait pu être plus tentante même si elle avait été sculptée dans de l'or vingt-quatre carats. Au fond se trouvait une douche spacieuse aux parois en verre, que cinq personnes à la fois auraient pu utiliser. Mais en ce moment, ce qu'elle désirait ardemment, c'était enlever l'odeur d'hôpital qui lui collait à la peau ! Elle espérait aussi que l'eau chaude la délivrerait de sa migraine persistante.

Elle s'allongea dans l'eau chaude et parfumée à la rose — apparemment un parfum qu'elle aimait — et ferma les yeux quand les jets d'eau se mirent à la masser agréablement. Bientôt elle sentit la douleur régresser. Elle saisit le savon liquide qu'elle avait choisi parmi une grande sélection de sels de bain, de savons et de shampooings dans un placard. Une fragrance à la fois merveilleuse et exotique emplit immédiatement la salle de bains.

Quand ses mains commencèrent à se friper, elle comprit qu'il était temps pour elle de sortir du bain. Après s'être bien séchée, elle enfila un peignoir blanc bien moelleux et, saisissant un peigne, entreprit de brosser sa longue chevelure brune aux boucles emmêlées.

Se regardant alors dans le miroir, elle éprouva une sorte de malaise, comme si quelque chose clochait en elle. C'était sans doute dû aux hématomes et à sa lèvre coupée, songea-t-elle. Elle jaugea alors son profil : son visage était encore un peu gonflé.

— Assez ! marmonna-t-elle à son reflet.

Elle avait suffisamment de soucis sans se tracasser de surcroît pour son apparence.

— Tout va bien, madame Masters ? demanda Roe depuis la chambre.

Excellente question !

Reposant le peigne dans le tiroir, elle la rejoignit. À cet instant, on roula un chariot de nourriture dans la pièce, ce qui l'arracha à son dilemme intérieur.

Pourtant, aussi alléchants que lui semblaient tous les plats, elle n'avait pas faim. Elle avait pensé qu'une fois ici, c'est-à dire *chez elle*, sa mémoire se ranimerait. Pour l'heure, cela n'avait servi qu'à rajouter des éléments inconnus sur sa liste...

Elle se sentit soudain bien lasse. La réaction de Wade à sa question au sujet de ce Murphy ne cessait de la hanter, et tout ce qu'elle pensait trouver ici manquait encore à l'appel. Rien. Pas le moindre détail qui aurait déclenché l'ouverture d'une petite fenêtre de sa vie passée. De plus, elle avait l'impression qu'elle n'était pas chez elle, dans cette maison. Elle ne parvenait pas à se l'expliquer, mais cette impression était très forte.

Après que l'on fut venu reprendre le chariot, elle trouva une élégante chemise de nuit qu'elle enfila et, repoussant la couette, s'assit sur le lit. Elle devait absolument appeler sa mère, même si elle ne se souvenait pas d'elle.

Prenant, sur la table de nuit, le Post-it où Wade avait inscrit le numéro de cette dernière, elle décrocha le téléphone.

— Allô ! répondit une femme.

— Bonjour, maman ! C'est moi, Victoria.

Pourquoi ce « maman » lui semblait-il sonner si faux ?

Un silence s'ensuivit à l'autre bout du fil.

— Oh, ma chérie, dit enfin sa mère. Tu n'as pas l'air toi-même. Es-tu toujours à l'hôpital ?

— Non. Je suis... rentrée à la maison.

De nouveau, la réponse mit un certain temps à venir.

— Tu veux dire qu'il t'a déposée à la maison et est reparti ? Mais on pourrait le poursuivre pour abandon en pleine détresse psychologique ! Tu devras discuter avec Burt dès que possible.

De quoi parlait-elle ?

— Euh... Wade est resté tout le temps près de moi, expliqua-t-elle. Il est encore là, d'ailleurs.

— Ah bon ? Il faudra donc envisager autre chose. Tôt ou tard, il fera un faux pas et cela lui coûtera cher, si tu vois ce que je veux dire. En tout cas, dès que tu peux, appelle Burt. Il trouvera sans doute une autre approche.

Une autre approche ? Pour quoi faire, au juste ?

— Qui est Burt ? demanda-t-elle.

— Comment ça ? Mais c'est ton avocat ! Comment peux-tu ne pas te souvenir de lui ? Tu es donc réellement amnésique ? Wade m'avait bien dit que tu ne te rappelais rien du tout, mais je... Ah, tout cela me rend nerveuse, Victoria ! Il faut que tu règles ce problème de mémoire avant que tu ne dises ou fasses quoi que ce soit que Wade utiliserait pour te mettre à la porte. Appelle le cabinet de Burt. Il a besoin de toute façon d'informations sur le conducteur qui t'est rentré dedans, le nom de son assurance, enfin ce genre de choses. Écoute, ma chérie, je dois vraiment y aller maintenant. On se reparle bientôt.

— Euh… OK.

Et sa mère raccrocha.

Que c'était étrange… Pas un instant sa mère ne s'était inquiétée de son état de santé, n'avait proposé de venir la voir ; elle semblait juste obsédée par l'appel à cet avocat. De quoi s'agissait-il ? Elle n'avait aucun renseignement sur l'accident et avait pensé que Wade s'était occupé de tout.

Elle raccrocha et se glissa dans le lit. Comme c'était bon d'être de nouveau allongée… Les draps en soie lui procuraient une sensation merveilleuse, le matelas et les oreillers étaient très confortables, surtout comparés au lit de l'hôpital. De nouveau, son regard tomba sur la peinture au-dessus de la cheminée… Pourquoi ce tableau l'attirait-il autant ? Wade devait forcément le savoir. Mais comme cela semblait avoir une relation avec sa réaction hostile de tout à l'heure, elle se garderait bien de lui demander quoi que ce soit.

Elle avait toujours mal à la tête, mais n'avait pas l'énergie de se lever pour prendre les antalgiques que le Dr Meadows lui avait prescrits. Elle ne savait pas si l'accident en était la cause, ou si c'était dû à cette colossale maison étrange et si peu accueillante, ou bien à l'accès de colère de Wade et l'angoisse qu'elle avait suscitée en elle. Peut-être l'ensemble. Ni le bain ni le peu de nourriture qu'elle avait fini par avaler ne l'avaient complètement apaisée. Allons, quand elle se réveillerait, tout serait peut-être redevenu normal, songea-t-elle en sombrant dans le sommeil.

Quoi que « normal » puisse bien signifier…

3

Réduisant une autre feuille à une boule de papier, Wade la jeta contre le mur le plus éloigné, espérant qu'elle rebondirait pour tomber directement dans la corbeille en dessous. Mais le sol était jonché de nombreuses autres petites balles blanches qui attestaient qu'elles atterrissaient rarement dans la poubelle...

Il était installé à son bureau, s'efforçant de se concentrer sur le dossier qui se trouvait devant lui. Mais en vain.

Victoria pouvait donc se rappeler le nom d'un de ses amants mais pas celui de son mari ? C'était tout de même un peu fort Son irritation grimpa d'un cran.

Bien sûr, Victoria n'était pas sa femme au sens biblique du terme et, compte tenu de leur histoire, il n'aurait pas dû être surpris ni blessé par sa réaction. Mais elle l'avait amadoué avec son numéro de douceur et d'innocence pour mieux l'attaquer au moment où il s'y attendait le moins ! Une minute avant, elle semblait si inoffensive, si... si peu la Victoria qu'il connaissait. De ses yeux bleu lilas — qui jamais ne lui avaient paru aussi intenses — irradiaient une chaleur et un désir à la fois troublants et presque candides ; en silence, elle implorait son aide. Puis en un clin d'œil, c'était le souvenir d'un autre homme qui lui était revenu. Il avait bien reconnu là la personnalité profonde de Victoria.

Il envoya une nouvelle boule de papier... par terre.

Si ses anciens amants étaient la solution pour qu'elle retrouve la mémoire, alors il se trouvait face à un gros problème : il ne connaissait pas leur nom à tous — il s'en fichait puisqu'il n'était pas question qu'ils viennent lui rendre visite à la maison ! Rien qu'à cette pensée, il serra les dents, une nouvelle boule de papier siffla dans l'air… et manqua une fois de plus la poubelle.

Il s'adossa à son siège et prit une profonde inspiration.

Cet imbroglio avait commencé par une de ces idées que l'on croit sur le coup brillantes : comment n'y avait-il pas pensé plus tôt ? Par son père, Victoria avait eu un aperçu de ce qu'était la bonne société avant que ce dernier ne perde toute sa fortune en prenant des décisions totalement irresponsables dans les affaires. Toutefois, même quand elle s'était retrouvée sans le sou, elle avait sauvé la face en conservant l'apparence des riches de ce monde. Or, c'était précisément ce dont il avait besoin : une belle femme qui savait comment s'habiller et se conduire lors de soirées mondaines. En un mot, la vraie incarnation d'une femme de milliardaire. À cet égard, Victoria était exceptionnellement douée, et pouvait même avoir l'air heureux s'il insistait sur ce point. Ce qui lui manquait, en revanche, c'était la discrétion, détail d'importance qu'il avait bien vite découvert… à ses dépens.

Il avait depuis longtemps cessé de fantasmer sur l'épouse idéale, une femme qu'il pourrait aimer d'un amour sincère, en qui il aurait confiance et avec qui il fonderait une famille. Par deux fois il était tombé amoureux de femmes apparemment sincères et sérieuses, pour apprendre qu'en réalité c'était son argent qu'elles convoitaient. Après sa deuxième expérience, amer et découragé, il avait pris la décision de ne plus chercher le grand amour et de mettre désormais son cœur à l'abri de toute blessure.

Ce mariage blanc avec Victoria lui était alors apparu comme la solution idéale : il serait un homme marié qui inspirerait confiance, et Victoria pourrait parader à sa guise dans les hautes sphères de la société.

Il avait rapidement déchanté et aujourd'hui, à cause de cet accident, toute sa stratégie vacillait : sous l'effet de l'amnésie, Victoria avait subi un changement radical de personnalité, et cette transformation avait de grandes retombées puisqu'il en était lui-même tout ébranlé. On aurait dit qu'en un tournemain elle était passée du statut d'épouse uniquement sur le papier

— s'apparentant pour lui à un décor en carton-pâte à ses côtés —, à une femme en trois dimensions qui l'attirait terriblement au point qu'il devait lutter pour lui résister. Il éprouvait un désir illogique d'être près d'elle et de la protéger. Son imagination l'emportant, il se vit la tenir tout contre lui pendant la nuit entière... C'était complètement insensé ! Trois semaines auparavant, c'est-à-dire la dernière fois qu'il était rentré à Dallas, il avait eu du mal à supporter sa présence !

Comment n'avait-il pas remarqué jusque-là à quel point sa silhouette était élancée, sa taille fine ? Sans parler de la perfection de ses seins et de toutes les autres courbes de son corps ? Quand elle s'était déplacée dans la suite, son déhanchement l'avait tout simplement époustouflé. Et ses lèvres, avaient-elles toujours été aussi appétissantes ? Jamais par le passé elle ne l'avait attiré physiquement, et voilà qu'il se mettait maintenant à fantasmer sur elle, en oubliait l'arrangement lié à leur relation et se voyait en train de lui faire l'amour dans son lit avec un abandon qui effacerait de sa mémoire le nom de ses amants pour qu'elle crie le sien à la place. Or, de telles idées ne lui avaient jamais traversé l'esprit en presque cinq ans, c'est-à-dire depuis qu'il la connaissait. Alors pourquoi maintenant ? Au fond, c'était peut-être lui qui avait besoin d'un médecin.

Il froissa une nouvelle feuille de papier qui alla rejoindre les autres sur le sol.

Bon, il devait se ressaisir. De telles pensées étaient parfaitement ridicules, scandaleuses même, et complètement inappropriées, compte tenu des circonstances.

Victoria avait tout le temps de montrer un autre visage, elle venait juste de sortir de l'hôpital, mais il devait reconnaître que, quand elle y était encore, il avait vu pour la première fois dans ses yeux une sincérité dont il ne l'aurait pas cru capable.

Et aujourd'hui, dans la limousine, il avait découvert son sens de l'humour. Qui aurait pu deviner que derrière l'image glamour et désinvolte de Victoria Wellington Masters se cachait une telle qualité ?

Il ne pouvait s'expliquer pourquoi il avait soudain envie de sa compagnie, c'était bien trop irrationnel, et pourtant il devait accepter cette nouvelle réalité. C'était la moitié de la bataille : un homme ne pouvait pas lutter contre quelque chose s'il ne commençait pas par admettre son existence.

Très bien. Il était conscient qu'elle l'attirait, mais il n'allait pas pour autant céder à sa folie ou aux petits jeux de Victoria. En dépit de la façon dont son corps réagissait dès qu'il s'approchait d'elle, malgré sa bouche pulpeuse dont il ne pouvait détacher le regard et les traits si fins de son visage, il garderait ces sentiments déments pour lui jusqu'à ce qu'elle soit complètement guérie et qu'il puisse la raccompagner à la porte pour la mettre dehors, comme il l'avait prévu. Alors, ceci ne serait plus rien qu'un souvenir étrange.

Il ne pouvait naturellement pas lui demander de partir avant, aussi devrait-il serrer les dents et ne céder à ses pulsions sous aucun prétexte. Il faisait déjà la une des tabloïds qui aimaient fouiller dans la vie des personnes riches et célèbres. Des titres tels que : « *SON MARI EST-IL AU COURANT QU'ELLE A DES AMANTS ?* » ou encore « *QUI PARTAGE LE LIT DE VICTORIA EN CE MOMENT ?* », il en lisait par dizaines.

Victoria lui avait pourtant juré qu'elle ne sortait qu'avec un seul homme, et qu'elle avait fait de son mieux pour que sa liaison demeure secrète. Peut-être les tabloïds avaient-ils ressorti de vieilles photos ? avait-elle suggéré.

Peut-être. La couleuvre était tout de même dure à avaler !

Elle avait un appartement dans le nord de Dallas dont il ignorait l'adresse exacte, mais il serait aisé de la retrouver et, si revenir dans des endroits familiers stimulait sa mémoire, ils se rendraient sur les lieux. De toute façon, elle ne restait jamais dans cette maison plus qu'il n'était nécessaire pour sauvegarder les apparences. Mais jamais elle n'avait partagé son lit. Rien chez elle n'avait jamais éveillé son désir... Jusqu'à ce maudit accident. Plus vite elle retrouverait la mémoire et signerait les papiers du divorce, le mieux ce serait !

Soudain, un affreux pressentiment le saisit.

Il appela la ligne privée de son avocat avant de se caler dans son fauteuil en cuir noir.

— Wade ? Que se passe-t-il ?

— Il se peut que nous ayons un problème.

Une heure plus tard, il raccrocha. Il avait raison : il était impossible pour une personne souffrant d'amnésie de signer un document juridique. Cette perspective était effrayante... Au moins, tant que les séquelles de son accident seraient visibles sur son visage, Victoria ne sortirait pas en public. Donc son principal souci, sa façon de s'exhiber avec ses amants, était pour l'heure maîtrisé.

Fort de cette pensée, il alluma l'ordinateur et attendit que sa boîte de messagerie s'affiche. Dès que la mémoire lui reviendrait, il lui présenterait les papiers du divorce à signer !

Victoria ne cessait de se retourner dans son lit, mais le sommeil refusait de revenir. Le réveil sur la table de nuit affichait 2 h 40, la dernière fois qu'elle l'avait regardé, il y avait environ vingt minutes. Elle s'assit, consciente qu'elle ne pourrait plus se rendormir. Sans doute était-ce dû à son environnement inconnu, même si, logiquement, elle le connaissait.

Rejetant les draps, elle se leva puis se rendit sur la terrasse, où l'air chaud de la nuit l'enveloppa. Ce fut alors qu'elle entendit un bruit d'eau, comme une cascade... Son regard s'habituant peu à peu à l'obscurité, et grâce à une lumière tamisée qui filtrait à travers les bosquets, elle distingua un paysage correspondant au bruit d'eau qu'elle avait perçu. S'appuyant contre la rambarde, elle admira l'impressionnante cascade ainsi qu'une rivière serpentant à travers les arbres et se perdant dans le lointain. Un château ne serait pas digne de ce nom sans cascade, n'est-ce pas ? Mais où étaient donc les douves ?

La légère brise du soir porta soudain jusqu'à elle un doux parfum de roses, et aussi de lavande... Demain, se promit-elle, elle irait explorer les lieux. Cependant, elle ne distinguait aucune chaise ou endroit aménagé pour s'asseoir, dans ce jardin si bien entretenu.

Quelques coups brefs frappés à sa porte l'arrachèrent à la contemplation de cette scène apaisante. Elle rentra aussitôt dans la chambre et était à mi-chemin quand la porte s'ouvrit.

Wade se tenait sur le seuil, les cheveux ébouriffés comme s'il venait d'y passer la main. Il portait un pantalon de jogging et un large T-shirt. Venait-il de faire du sport à une heure si tardive ? En tout cas, il ne souriait pas et semblait fatigué. Derrière lui se tenaient les deux gardes du corps, prêts à intervenir si nécessaire...

En la voyant, Wade se détendit.

— Tu étais sur le balcon ? demanda-t-il.

— Oui, je me suis réveillée, et comme je n'arrivais pas à me rendormir, je suis allée prendre l'air. Pourquoi ? Je n'aurais pas dû ? Quelque chose ne va pas ?

— Non. Enfin si, tout va bien, lui assura-t-il. Toutes les portes et les fenêtres extérieures sont dotées d'une alarme silencieuse qui est activée la nuit. Tu as dû oublier ce détail. À l'avenir, appelle la sécurité s'il te plaît, pour leur indiquer que tu sors afin qu'ils ne croient pas qu'il y ait un cambriolage en cours. Fais juste le 6 sur le fixe.

— Oh... Très bien.

Elle regarda les deux hommes, par-dessus l'épaule de Wade, et ajouta :

— Je suis désolée, je... Je ne me souviens pas des consignes.

Ils lui adressèrent un rapide sourire et hochèrent la tête.

— Pas de problème, madame.

— On dirait que tu te sens mieux, observa Wade, une fois les deux gardes du corps partis.

— C'est le cas ! J'espère que mon esprit va aligner son pas sur le reste.

— Je suis certain que cela viendra avec le temps.

— Je regardais le jardin du balcon. C'est magnifique, et le bruit de l'eau sur les roches est si relaxant. Seulement, je n'ai vu ni banc ni endroit où s'asseoir.

— Un banc ? Pour quoi faire ? Personne ne va jamais dans le jardin.

— Peut-être précisément parce qu'il n'y a pas de banc pour s'asseoir.

Il la regarda, stupéfait.

— On peut toujours arranger ça, marmonna-t-il.

— À quoi servent des fleurs et une cascade si personne ne peut jamais les admirer ?

À ces mots, il se mit à la dévisager comme s'il ne l'avait jamais vue, comme si elle était une sorte d'apparition et qu'il ne savait trop comment réagir.

— C'est vrai, reconnut-il. Je comprends ton point de vue.

Toutefois, il fronçait les sourcils et semblait de plus en plus perplexe.

Les lignes qui encadraient sa bouche étaient fascinantes, et elle aurait parié que son sourire l'était tout autant, s'il se donnait la peine de sourire car, pour l'instant, elle l'avait juste entraperçu. Elle aurait adoré lui caresser les joues, puis l'embrasser sur la bouche... Il devait s'y connaître, en baisers... Était-ce son intuition féminine ou sa mémoire qui la poussait à penser ainsi ? En tout cas, elle en était réellement convaincue. Une onde de chaleur l'enveloppa soudain, et elle sentit les battements de son cœur s'accélérer.

— Eh bien... Euh... Je suis navrée d'avoir déclenché l'alarme, murmura-t-elle. Je m'efforcerai de m'en souvenir, la prochaine fois.

Il était urgent qu'il s'en aille sans quoi elle allait devoir allumer le ventilateur !

— Ce n'est rien, répondit-il. Bien. Je te laisse.

Et pendant quelques secondes qui parurent durer une éternité, il demeura immobile, se contentant de l'observer comme si ses pieds refusaient d'obéir à l'ordre de son cerveau. Mais la connexion des neurones se rétablit rapidement car, clignant des yeux, il se dirigea vers la porte.

— Bonne nuit, marmonna-t-il.

Et il sortit de la chambre.

— Waouh ! s'exclama-t-elle une fois la porte refermée.

Elle ignorait où elle avait trouvé ce mari, mais à cet instant, en dépit de son accès de colère précédent, elle en était ravie. Il ne se comportait toujours pas comme un vrai époux amoureux de sa femme, mais peut-être son amnésie et ses blessures le déstabilisaient-elles. Dès qu'ils auraient refait connaissance, tous les deux, il changerait en toute logique d'attitude.

La lumière du matin filtrait dans la chambre à travers les rideaux. Victoria s'étira doucement en bâillant. Elle se leva, impatiente d'enfiler un jean et un T-shirt et d'aller explorer ce jardin magnifique.

Dans le dressing, elle trouva un pantalon de designer qui lui convenait, en matière extensible, mais pour le haut, elle ne trouva que des chemisiers, des dizaines de chemisiers tous plus habillés les uns que les autres. Pas un seul jean, pas un seul T-shirt ! Et malheureusement, toutes les chaussures et autres boots avaient un talon d'au moins dix centimètres ! Elle n'allait tout de même pas porter des talons dans sa propre maison ! Qu'à cela ne tienne, elle irait pieds nus.

Après s'être fait une queue-de-cheval à la hâte, elle sortit de sa chambre, et resta un instant immobile, ne sachant trop dans quelle direction aller. Était-elle arrivée par la droite ou par la gauche, hier ?

Elle trouva un escalier, et une fois au rez-de-chaussée, elle fit appel à son sens de l'orientation et se dirigea vers le fond de la maison, où il y avait forcément une porte donnant sur l'extérieur...

C'était bien le cas ! Elle la poussa et se retrouva dans la lumière du matin. Juste en face d'elle s'étendait une immense piscine dotée d'un jacuzzi, le tout entouré de pierres, de bananiers et autres arbres exotiques qui donnaient l'impression d'être sous les Tropiques. À sa gauche se dressait l'immense cascade, au pied de laquelle poussaient des fougères tropicales. Elle tourna à l'angle de la maison et tomba alors sur le jardin de fleurs, aménagé sous une tonnelle.

Il était encore plus beau vu d'ici que du balcon !

Suivant la ligne d'eau qui se formait à la base de la cascade, elle aperçut soudain un superbe poisson rouge, blanc et doré. Une carpe koï, se dit-elle, ignorant de quel recoin de sa mémoire ce terme avait surgi. Ravie, elle s'assit sur l'herbe épaisse pour les observer de plus près. Entre les fragrances concentrées des diverses fleurs et le bruissement de la cascade, elle éprouva un sentiment de paix qu'elle n'avait pas connu depuis sa sortie de l'hôpital. S'étendant sur le somptueux gazon, elle ferma les paupières sous la caresse du soleil matinal.

Personne ne l'avait vue sortir, elle avait tout simplement disparu, se répétait Wade. Qu'est-ce que Victoria pouvait bien être en train de faire à présent ? Et surtout où ? Alors que les domestiques inspectaient de fond en comble l'intérieur de la maison, il suivit une sorte d'intuition et sortit dans le jardin. Il l'aperçut immédiatement. Allongée dans l'herbe, un bras posé sur les yeux, elle semblait des plus détendues. Incroyable ! C'était vraiment une scène qu'il n'aurait jamais imaginé voir un jour, Victoria n'étant pas le genre de personne qui appréciait la nature sous quelque forme que ce soit. Le doute n'était plus permis : elle avait vraiment changé — du moins de façon temporaire. Ce fut alors qu'il remarqua... qu'elle était pieds nus. Un coup de téléphone au Dr Meadows s'imposait peut-être.

Il s'approcha d'elle à pas lents, ne souhaitant pas l'effrayer ; il voulait juste savoir si elle allait bien — elle se conduisait de façon si bizarre.

— Victoria ?

— Salut ! répondit-elle sans bouger. C'est vraiment magique, ici !

— On a des sièges, tu sais.

— Oui, mais pas ici. Tu n'as pas de banc, tu te souviens ? Ça m'a frappée, hier soir.

Touché !

— C'est vrai, il n'y a pas de banc, admit-il.

Elle ouvrit les yeux et se redressa en position assise.

— J'ai réfléchi à l'endroit le plus approprié, déclara-t-elle, et il me semble que ce serait bien d'en mettre un sous cet arbre, là-bas.

Elle voulut se lever mais fit la grimace. De toute évidence, ses côtes fêlées venaient de la rappeler à l'ordre. Elle réussit toutefois à se mettre debout, et marcha jusqu'à l'arbre en question.

— Par ici, tu vois. Ainsi, on peut admirer la cascade et la plupart des parterres, et c'est à l'abri grâce aux fougères et aux bananiers. C'est calme, bien protégé et superbe. Qu'en penses-tu ?

Il haussa les épaules. À dire vrai, il ne savait trop qu'en penser. Un seul point l'interpellait : le comportement de Victoria était tout sauf normal.

Médusé, il la regarda s'asseoir par terre.

— Viens près de moi, dit-elle en tapotant l'herbe à côté d'elle.

D'un pas hésitant, il s'avança vers elle et inspecta les alentours, en quête d'un endroit où s'asseoir ailleurs que sur l'herbe.

— Allez, essaie le gazon, tu ne vas pas en mourir !

— Je ne vais pas pour autant me sentir mieux, marmonna-t-il tout en obtempérant.

Quand s'était-il assis pour la dernière fois sur l'herbe ? Il n'aurait su le dire, mais elle avait raison, c'était plutôt agréable, tout comme d'être entouré de la riche odeur de la terre et de celle des fleurs. Des images du ranch où ses frères et lui avaient grandi surgirent brusquement à son esprit : les collines en pente douce, l'incroyable palette de couleurs à l'automne, les randonnées à cheval sur plusieurs jours, les feux de camp, la nuit, le ciel étoilé... Cela remontait à très très longtemps, mais ces souvenirs étaient gravés à jamais en lui. Sa mère avait toujours souhaité élever ses enfants à la campagne, estimant qu'un enfant avait besoin d'un lien fort avec la nature. Ses frères et lui avaient ainsi grandi dans un ranch, appris à s'occuper du bétail ; ils connaissaient le prix de la viande et le travail que demandait une immense exploitation.

Lui-même avait toujours pensé qu'il élèverait un jour sa famille au ranch des Masters. Il s'était représenté une femme aimant l'endroit autant que lui, leurs enfants chevauchant pendant de longues journées pour explorer la campagne. Plus jeune, il avait espéré trouver une compagne avec qui il partagerait ses rêves et son cœur. Mais au fil des années, il avait fini par renoncer et s'était finalement décidé pour une épouse avec qui il n'aurait rien en commun, à part un contrat de mariage, mascarade qui blufferait tout le monde et lui permettrait de vivre tranquillement.

— Te souviens-tu un peu de ton passé, Victoria ? s'enquit-il soudain. Ton enfance ? Ton adolescence ?

— Par bribes. J'ai parfois des flashs, je vois des gens ou des choses. Comme les immeubles de Dallas, que j'ai reconnus. Je ne sais pas comment j'ai identifié la ville. C'était une évidence, voilà tout.

Elle se tut quelques instants, puis reprit :

— Tu sais, j'ai l'impression que j'exerçais un travail manuel, parce que mes mains me semblent... vides.

Victoria travaillant de ses mains ? Ça, c'était une première ! Il ne fit toutefois aucun commentaire.

Elle poussa un soupir et poursuivit :

— Je pense aussi que j'adorais être à l'extérieur.

— Là, je peux t'assurer que non. Pas du tout, même !

— Ah bon ?

Elle fronça les sourcils, parut réfléchir à ce qu'il venait d'affirmer et murmura :

— Pourtant, j'ai vraiment la conviction intime que c'est un endroit qui me plaisait.

Elle leva les yeux vers lui et lui offrit un petit sourire triste.

— Hélas, je ne peux pas mieux l'expliquer, je suis désolée. Mais me trouver ici, à l'extérieur, me paraît tellement... aller de soi

N'ayant aucune réponse à lui apporter, il préféra changer de sujet.

— Fais-moi voir ton visage, dit-il.

Les hématomes avaient presque tous disparu, et la blessure à la lèvre était en voie de guérison.

— Tu vas beaucoup mieux, affirma-t-il après son inspection.

Le sourire qu'elle lui adressa alors lui mit du baume au cœur.

— Et de manière générale, comment te sens-tu ?

— Bien, assura-t-elle en plongeant les yeux dans les siens.

Quelques centimètres les séparaient, et la tentation de s'avancer et de poser ses lèvres sur les siennes était des plus fortes... Mais que lui arrivait-il ? C'était Victoria, bon sang ! Il était tout à fait déplacé de la toucher, non ? Ils allaient divorcer et elle avait perdu la mémoire.

Soudain, elle posa la main sur sa joue et il frissonna...

— Tu as de si beaux traits, murmura-t-elle.

Puis elle laissa son regard glisser sur ses lèvres, et il se sentit durcir sous le double effet de sa caresse et du compliment.

Un désir à l'état pur le traversa tandis que sa raison tentait de tenir bon car, aussi incroyable que cela puisse sembler, il avait envie de coucher avec elle !

— Tes lèvres sont très...

Elle s'interrompit, visiblement gênée.

Comme si son corps se liquéfiait, il sentit que son self-control diminuait à vue d'œil... Il prit le visage de Victoria en coupe, et se rapprocha encore un peu plus d'elle... Pendant une fraction de seconde, son visage resta à un souffle du sien, lèvres entrouvertes, comme s'il s'apprêtait déjà à savourer sa bouche... Derrière ses lèvres humides, une dentition aussi blanche que parfaite gardait le nectar qui l'attendait... Il sentait son souffle doux sur son visage, la vit fermer les yeux, se préparant au baiser... Que le ciel lui vienne en aide ! Et doucement, il posa sa bouche sur la sienne, et sut que tout contrôle sur son désir lui échappait...

Il s'écarta quelques secondes, cherchant encore à lutter, mais la faim qui le dévorait était d'une violence inouïe. Non. C'était de la pure folie ! Il ne pouvait pas — ne *voulait* pas — être attiré par Victoria, car s'il avait une liaison avec elle, elle finirait un beau jour par se retourner contre lui. Et pourtant, son plus grand souhait était de lui faire l'amour sur-le-champ, près de ces fleurs qu'elle admirait tant désormais. À la face de Dieu et de tout le monde !

À cet instant, une bouffée de colère envers sa propre faiblesse monta en lui, et prit le pas sur la tentation. Il s'écarta de Victoria, prit une grande inspiration et s'efforça de paraître le plus normal possible.

— As-tu appelé ta mère ? demanda-t-il après s'être éclairci la voix.

Elle le regarda d'un air surpris, presque douloureux, et fronça les sourcils.

— Oui, confirma-t-elle dans un murmure.

Après quoi, elle aspira elle aussi profondément et précisa :

— C'était un échange curieux, qui n'avait rien de naturel.

Ça, il voulait bien le croire ! Corrine n'avait rien de naturel en elle.

— Wade, pourquoi...

— C'était une erreur, l'interrompit-il. Je n'aurais absolument pas dû t'embrasser.

— J'allais au contraire te demander pourquoi tu t'étais arrêté en si bon chemin, dit-elle en s'allongeant de nouveau sur l'herbe. Oh ! Je t'en prie, ne t'en va pas ! lança-t-elle comme il se relevait.

Une bouffée de phéromones le submergea, et il dut faire appel à ses dernières forces pour ne pas se rapprocher à nouveau d'elle. Son corps était d'acier, tout tendu, il avait besoin de Victoria, nom d'un chien !

— J'ai un rendez-vous, décréta-t-il.

De fait, s'il ne partait pas sur-le-champ, il n'arriverait jamais à l'heure à son rendez-vous.

— Que c'est dommage ! Je crois que tu as besoin de te détendre, de temps à autre. Une journée à rêver dans ce superbe jardin te ferait le plus grand bien.

— Rêvasser ne cadre pas avec la vie d'un homme d'affaires.

Elle leva les yeux vers lui, un sourire chaleureux aux lèvres. C'était la première fois qu'il ne décelait ni angoisse ni douleur sur ses traits si délicats, ni ce masque de mécontentement qu'elle arborait normalement. Oui, c'était la première fois que Victoria, excessivement belle en cet instant, lui adressait un sourire authentique au lieu de le toiser d'un air méprisant comme elle savait si bien le faire.

— C'est vraiment regrettable, lui assura-t-elle d'un ton sincère.

— Sans doute. Bon, je dois rentrer. La réunion commence dans une demi-heure.

Elle roula sur l'herbe jusqu'à un endroit plus confortable.

— Où a-t-elle lieu ? Dans la maison ?

— Oui.

— Quel en est l'objet ?

Il la regarda attentivement afin de vérifier qu'elle ne plaisantait pas. Jamais jusqu'à présent elle n'avait montré le moindre intérêt pour ses affaires. Tant qu'elle recevait la généreuse pension prévue dans le contrat de mariage, elle se fichait pas mal de la façon dont il gagnait l'argent. Il était étrange qu'elle lui pose une telle question. Il fallait vraiment qu'il parle de ce changement de personnalité au Dr Meadows.

Comme elle le regardait, attendant sa réponse, il lui expliqua brièvement l'objet de sa réunion :

— Nous venons de recevoir toutes les autorisations nécessaires pour le complexe balnéaire que nous prévoyons de construire aux Caraïbes. J'ai donc rendez-vous avec l'architecte et le concepteur pour finaliser les plans des villas.

— Ça a l'air amusant.

— *Amusant* ? répéta-t-il en se grattant le menton. Je n'ai jamais envisagé une réunion de travail sous cet angle.

— Il est pourtant préférable d'aimer ce que l'on fait, non ? rétorqua-t-elle en haussant les épaules. Merci d'être venu me trouver au jardin.

Il la fixa, ahuri. Depuis cinq ans qu'il la connaissait, le mot « merci » n'avait jamais franchi ses lèvres. Jamais elle n'avait remercié qui que ce soit. Elle estimait en effet faire partie des privilégiés et attendait des autres qu'ils soient à son service, sans penser une seule seconde qu'elle devait leur en être reconnaissante.

Au fond, il pourrait tout à fait s'habituer à la présence de cette nouvelle Victoria…

Époussetant son pantalon, il lui souhaita une bonne journée et regagna la maison, perplexe. Quelles autres surprises le voyage de Victoria vers la guérison allait-il lui réserver et combien de temps resterait-elle ainsi ?

4

Ce soir-là, alors que Victoria dînait en compagnie de Wade dans la salle à manger, une évidence s'imposa à elle face à l'immense table de quarante-huit couverts autour de laquelle ils se trouvaient : son mari devait découvrir une façon de vivre moins guindée. Cela dit, la nourriture était délicieuse, songea-t-elle, fermant les yeux pour mieux savourer le goût du homard frais.

— Mmm... Que c'est bon ! s'exclama-t-elle, la bouche pleine.

— Je suis heureux que ce soit à ton goût, répondit-il.

Et à ces mots, elle vit un curieux éclair traverser son regard.

— Comment ta réunion s'est-elle passée ? s'enquit-elle.

— Très bien. C'était juste une formalité pour finaliser les plans. John nous a montré ses esquisses des aménagements paysagers et Mac nous a rappelé quand les travaux devaient être finis.

— Des aménagements paysagers ?

Et elle eut un flash : une femme assise sur le rebord d'une fenêtre, nez plongé dans une rose, un doux sourire aux lèvres, avec en arrière-plan un fabuleux coucher de soleil. L'image déclencha aussitôt des battements sourds dans sa tête.

— Oui, confirma Wade en reprenant du homard. Et je suis incapable de dire s'il manque quelque chose ou non, si des modifications sont nécessaires ou pas.

Elle hocha la tête, but une gorgée d'eau, espérant que les élancements dans son crâne allaient se calmer.

— Aimerais-tu voir les plans ? demanda-t-il. Tu trouverais peut-être ce qui manque et nous aurait échappé. Tu as semblé apprécier la cascade aujourd'hui et avoir de bonnes idées pour l'endroit où installer des bancs.

Elle braqua les yeux sur lui, surprise de sa proposition.

— Sérieusement ? Tu veux *mon* avis ?

— Oui. Sauf si tu n'en as pas...

— Oh si ! J'adorerais voir ces plans !

Pour la première fois depuis qu'elle s'était réveillée de son coma, son mari manifestait l'envie de se rapprocher d'elle et lui offrait d'entrer dans son monde professionnel. C'était peut-être un premier pas vers la reconstruction de leur relation et le rétablissement de la confiance entre eux ?

Ils mangèrent pendant quelques instants en silence et elle en profita pour observer l'imposante salle à manger, ses lambris, son chandelier en cristal à trois niveaux au-dessus de la table et les quarante-six chaises vides. Tout était si apprêté !

— Est-ce que tu... Prenons-nous toujours nos repas ici ?

— C'est toi qui en avais décidé ainsi.

Et à son ton plus que sec, elle devina qu'il n'approuvait pas forcément son choix.

— N'y a-t-il pas une cuisine ?

Il haussa un sourcil, surpris par la question.

— Si, bien sûr, c'est là où le dîner a été préparé.

— Non, je voulais dire, une table dans la cuisine, plus petite que celle-ci ? Ou un bar avec de hauts tabourets ? Enfin, un endroit où juste deux personnes peuvent s'asseoir pour manger. Un endroit pas si... cérémonieux que celui-ci.

Wade parut perplexe, comme si l'idée ne lui avait jamais traversé l'esprit ou qu'il n'avait pas imaginé une telle requête de sa part. Elle-même n'était plus très sûre de comprendre pourquoi elle préférait à présent un environnement moins prétentieux. Après avoir été mariée huit mois à Wade, elle aurait dû être habituée au côté guindé de la salle à manger, d'autant plus que c'était elle qui l'avait souhaité.

— Je crois que c'est possible, finit-il par dire.

Se concentrant alors de nouveau sur son plat, elle reprit :

— Arrive-t-il que toutes ces chaises soient occupées ?

— Parfois, oui.

— Waouh ! Cela fait beaucoup de pizzas !

Alors qu'il allait porter sa fourchette à la bouche, il s'arrêta et se pinça les lèvres dans un sourire.

— Tout à fait ! D'ailleurs nous ne servons que les meilleures, et surtout pas celles aux piments farcis, répondit-il d'un ton pince-sans-rire.

— Ravie de l'entendre. Ni celles avec des anchois, j'espère.

— Ni celles-ci, naturellement.

Et il termina sa bouchée.

— Depuis combien de temps habites-tu ici ? demanda-t-elle.

Il se tamponna les coins de la bouche avec sa serviette en lin avant de répondre :

— En fait, c'est la maison familiale. Mon grand-père a fondé la société, et comme elle lui a plutôt bien rapporté, il a fait construire une grande demeure avant sa mort. Plus tard, mon père a ajouté les ailes ouest et est. C'est très pratique pour les réunions qui durent plusieurs jours, car les participants peuvent loger ici sans qu'il soit nécessaire pour eux d'aller à l'hôtel. Nos associés de l'étranger préfèrent cette solution.

— Mais quand il n'y a personne, c'est une immense résidence pour un couple, non ? Tu ne t'y es jamais senti seul ?

Il haussa les épaules.

— On arrive toujours à se faire à tout. J'ai vécu ici presque toute ma vie d'adulte. Je pars souvent en voyage pour le travail, et pour tout te dire, je ne me suis jamais posé la question. J'ai par ailleurs d'autres maisons, un appartement à New York, une villa à Rome, et un pied-à-terre à Londres. Je séjourne là où m'appellent les affaires.

— Donc... Tu es ici en ce moment à cause de moi ?

— Essentiellement.

Sans qu'elle sache trop pourquoi, sa réponse l'attrista. Quelles choses importantes avait-il dû annuler à cause d'elle ?

Elle lui jeta un regard à la dérobée tandis qu'il baissait de nouveau les yeux sur son assiette. Il était d'une virilité incroyable, et avec cette mèche qui lui tombait sur le front, son teint hâlé et son regard mystérieux, il donnait l'impression qu'un mauvais garçon tapi en lui attendait l'opportunité de surgir. Quel contraste avec l'image que l'impeccable et si poli M. Masters donnait à voir au monde ! Ses yeux semblaient lui dire qu'il désirait la savourer pour le dessert... Elle avait eu la même sensation ce matin, quand il l'avait embrassée dans le jardin. Ce n'était qu'un léger baiser, mais il aurait tout à fait pu dégénérer de façon incontrôlable. Finirait-il par lâcher la bride à ses instincts et laisser la passion guider ses actes ? Libérerait-il un jour la bête qui sommeillait en lui ?

Elle but une gorgée d'eau, résolue à maîtriser son imagination.

— Parle-moi de ta famille, reprit-elle. As-tu des frères et sœurs ? Des parents ?

— Mes parents sont tous les deux décédés, et j'ai trois frères cadets. Cole fait également partie de l'affaire familiale, il s'occupe d'une branche différente. Chance a récemment quitté l'armée pour gérer le ranch familial, à Calico Springs. Quant à Seth, il vit en Californie. Nous essayons de nous réunir au moins deux fois par an et de nous rendre visite les uns les autres dès que nous le pouvons. Hélas, cela fait deux ans que je n'ai pas eu l'occasion de voir Seth. Mais nous restons en contact par téléphone ou Skype.

— Vous avez tous grandi ici, dans cette maison ?

— Non. On a vécu sur le ranch, dans notre enfance.

À cet instant il hésita, comme s'il se demandait s'il devait en dire davantage ou pas.

— Continue, je t'en prie, l'encouragea-t-elle.

— Eh bien... Ma mère venait d'une famille de fermiers. Elle avait appris dès son plus jeune âge à respecter la terre, et tenait absolument à ce que ses enfants grandissent dans le même environnement. Mon père a fini par accepter, et juste avant la naissance de Chance, il a construit un ranch sur des terres que possédait sa famille. Nous avons fréquenté les écoles locales et grandi dans d'immenses espaces, à dos de cheval. Seth est notre demi-frère, il est né et a grandi à Los Angeles.

Il se tut et regarda fixement le mur le plus éloigné de la pièce. Visiblement, il était bien loin d'ici, se dit-elle. Sur les terres de son ranch, peut-être, à chevaucher avec ses frères ?

— Selon mes parents, toute personne doit connaître la valeur d'un dollar, même si elle naît dans un milieu privilégié, reprit-il. Mes frères et moi avons donc appris à réparer des clôtures, à nourrir les animaux, à prendre des responsabilités pour la gestion du ranch. Plus tard, après nos études, notre père nous a tous initiés au monde des affaires. Et une chose menant à l'autre, voilà où je me retrouve aujourd'hui.

— Tu n'es jamais retourné au ranch ?

— Si, je m'y rends quelquefois, mais cela fait presque un an que je n'y suis pas allé.

— Tu devrais. Une semaine ou plus là-bas te permettrait de revisiter tes souvenirs. Et voir si tu es encore capable de tenir sur le dos d'un cheval ! conclut-elle, moqueuse.

Wade se mit à rire et une lueur amusée brilla dans ses yeux.

— Peut-être, dit-il.

— Qu'est-ce que...

Elle s'éclaircit la voix et reprit :

— Et moi, qu'est-ce que je faisais, pendant que tu t'absentais pour le travail ?

— Eh bien... Je ne crois pas que tu faisais quoi que ce soit.

— *Quoi* ?

Elle fronça les sourcils, et reposa sa fourchette sur l'assiette cerclée d'or.

— Je devais tout de même faire quelque chose, murmura-t-elle. Enfin, je veux dire, personne ne peut rester à se tourner les pouces toute la journée.

Wade haussa les épaules.

— Tu faisais du shopping, voyais des amis, te rendais chez le coiffeur. En réalité, je ne sais pas vraiment.

Elle lui adressa un regard choqué.

— Je ne travaillais pas ? Je ne m'occupais d'aucune association caritative ? Je n'organisais aucun vide-greniers ? Je ne creusais pas des trous dans le jardin, que sais-je ? Je ne faisais *rien* ? C'est dingue, ça !

— En fait, nous ne nous voyions pas beaucoup, toi et moi. En règle générale, je passe la moitié de l'année en déplacements, et quand je ne suis pas à l'étranger, j'ai des réunions ou je travaille dans mes bureaux en centre-ville, où je possède aussi un appartement. De temps à autre, nous assistons ensemble à un événement mondain, mais même lors de ces occasions, tu restes avec tes connaissances et moi avec les miennes.

Elle ouvrit la bouche et la referma. Elle était incapable de se représenter la vie qu'il lui décrivait tant elle lui paraissait horrible. Ne rien faire de ses journées... Enfin les occuper en frivolités. Qui plus est, cela n'avait pas de sens, pour un couple marié récemment !

Au fond d'elle-même, elle savait bien qu'elle n'était pas le genre de femme à se cacher toute la journée dans une grande maison comme celle-ci. Quant à Wade, pourquoi ne passait-il pas plus de temps avec elle et ne profitait-il pas de temps à autre de l'existence ? Tout le monde avait besoin de se détendre, de rire, de rêver.

Elle l'observa avec attention. Elle ne voyait pas un homme heureux et content de la vie qu'il menait. Il était d'une politesse exquise, beau, riche et pourtant extrêmement seul. Et un détail l'intriguait : pourquoi l'avait-il épousée, s'il ne passait pratiquement pas de temps avec elle ? Était-elle une prise qu'il convoitait depuis des années, mais dont il ne savait plus quoi faire à présent qu'il l'avait épousée ?

Tout cela était d'une tristesse tragique. À commencer par le fait qu'il ne retourne que très rarement sur les lieux de son enfance et n'entretienne que des liens lâches avec ses frères, qu'il ne devait voir, en dépit de ses affirmations, qu'en cas d'urgence.

Comment pouvait-il passer son temps à parcourir le monde sans avoir un réel foyer où se ressourcer ?

Il y avait là un mystère sur lequel elle allait se pencher sérieusement. Plus tard.

— Le dîner était excellent ! déclara-t-elle. Je ne m'étais pas rendu compte que j'étais si affamée.

Un vieil homme entra à cet instant dans la salle à manger et demanda poliment si l'un ou l'autre prendrait un dessert. Elle déclina l'offre.

— Pas pour moi, merci, je suis repue.

— Moi non plus, Jacob. Le dîner était excellent, merci.

L'homme hocha la tête, prit les assiettes et sortit.

— Alors, tu as envie de voir les esquisses dont je t'ai parlé ? demanda Wade.

— Tout à fait !

Sa migraine avait légèrement régressé et elle n'aurait pas manqué une occasion de passer du temps en compagnie de Wade.

Il posa la main dans le creux de ses reins et la guida à travers de longs corridors. Cette sorte de promenade dans l'immense demeure en sa compagnie était curieuse, mais pas du tout déplaisante. Il s'arrêta devant une double porte et ouvrit un battant pour elle. Comme tout dans cette maison, son bureau était spacieux. Wade se rendit directement vers un meuble à tiroirs, en sortit un tube contenant les dessins dont il lui avait parlé et les déroula sur sa table de travail. Elle le rejoignit et se pencha sur le premier. Il avait raison : il manquait quelque chose. À commencer par de la couleur, il n'y en avait aucune.

— Les cottages seront-ils blancs ? demanda-t-elle.

— Oui, répondit-il en se rapprochant de son dos au point que la chaleur de son corps se communiqua au sien. Enfin, plutôt crème. L'idée est d'utiliser la palette des couleurs propre à l'île. Ainsi, les plantes tropicales en constitueront la base principale. Et je crois avoir compris qu'il y vivait plus de trois cents espèces d'oiseaux, outre les perroquets et les aras.

De nouveau, elle se sentit enveloppée d'un nuage de chaleur encore plus intense que le premier, et dut lutter contre les élans de désir que la proximité de Wade suscitait en elle. Elle examina les autres dessins, s'efforçant de demeurer concentrée. Les murs des cottages étaient tous en pisé, mais les portes étaient différentes, ce qui rendait chaque habitation unique.

— Qu'en penses-tu ? s'enquit Wade.

— Ces dessins sont... bien.

— *Bien* ? Victoria, dis-moi s'il te plaît ce que tu en penses vraiment.

Son souffle chaud lui caressa l'oreille, et sa voix de baryton la fit frissonner. Soudain, elle se rendit compte qu'elle en avait oublié de respirer.

Secouant la tête, elle se retourna et se retrouva coincée entre le bureau et Wade. Le haut de son crâne étant à la hauteur de son menton, elle dut lever les yeux pour le regarder... Elle se heurta alors à son regard brun qui l'enveloppait, et ils se contemplèrent pendant quelques instants, comme si le temps s'était arrêté...

Elle haussa brusquement les épaules.

— Qui suis-je pour donner mon avis sur un complexe balnéaire qui vaut des millions ? demanda-t-elle dans un murmure. Je ne me souviens même pas de mon nom !

La bouche de Wade était si proche, si tentante, et sa barbe de fin de journée qui renforçait sa masculinité la troublait tellement...

Elle eut la sensation que s'allumait en elle un feu de forêt attisé par le vent, et sous cette impression, sa poitrine gonfla, sa respiration devint saccadée. Pourquoi était-elle donc incapable de détourner le regard de ses lèvres si attirantes ?

Lentement, il pencha la tête vers elle, approchant sa bouche de la sienne...

Une sorte d'alarme se déclencha alors en elle, lui rappelant qu'elle s'apprêtait à accepter quelque chose sans être certaine d'être vraiment prête pour. Or, si elle franchissait cette ligne, aucun retour en arrière ne serait possible. Bien que Wade Masters soit son mari, elle ignorait totalement qui il était, la nature de leur relation avant l'accident.

Elle serra les poings, résolue à ne pas poser les mains sur son torse et ne pas se hausser sur la pointe des pieds pour l'embrasser. Avec plus de détermination qu'elle n'aurait cru en avoir, elle se retourna vivement vers les dessins et, sous prétexte de les regarder de plus près, prit une longue inspiration pour lutter contre le désir grandissant de se retrouver dans les bras de cet homme charismatique en diable.

Puis elle s'éclaircit la voix et reprit :

— Si tu veux que les cottages se fondent dans le paysage de l'île, il faudrait que certains soient peints en ocre, pour refléter la couleur du sable. D'autres devraient être dans un ton pêche pâle, ou orangé. Et ce serait bien que toutes les nuances d'un coucher de soleil tropical soient représentées. Peut-être aussi du bleu turquoise sur quelques-uns serait de mise afin de rappeler l'océan. Les plantes en fleurs ressortiront sur le mur tant qu'elles ne sont pas de la même couleur. Et comme chaque bungalow a une cour privée, on a envie de s'y installer dans un hamac, un cocktail au jus de coco à la main. Si tu pouvais trouver des hamacs fabriqués sur place, tu pourrais éventuellement en mettre un ou deux dans chaque cottage. Je ne crois pas que cela constitue une grande dépense et je pense que les vacanciers apprécieraient. En tout cas, moi, il est certain que j'apprécierais.

Elle sentit alors les mains de Wade glisser sur son dos et se plaquer sur ses hanches tandis qu'il se penchait sur les dessins...

— Et ici, poursuivit-elle en passant à un autre dessin, bien décidée à ne pas fondre sous ses caresses et son odeur si masculine, il faudrait planter des palmiers, à l'avant et à l'arrière de chaque bungalow. Ceux-ci devraient d'ailleurs être disposés autrement, de façon moins régulière, un peu au hasard, comme s'ils constituaient un élément naturel.

Elle sentait le regard de Wade braqué sur sa nuque et, quand elle tourna la tête, elle rougit affreusement, saisie par l'intensité de ses prunelles dorées.

— Excuse-moi ! s'exclama-t-elle. Je n'aurais jamais dû dire cela, n'y fais pas attention !

— Au contraire, j'ai très envie de te prêter mon attention, répondit Wade d'un ton grave en approchant sa bouche de la sienne. *Toute* mon attention...

Quand bien même l'aurait-elle voulu, elle n'aurait pu bouger. Seulement... Elle ne le désirait nullement, aussi saisit-elle le col de la chemise de Wade des deux mains, s'accrochant à lui comme à une bouée de sauvetage. Elle poussa un léger gémissement quand il pressa ses lèvres contre les siennes et introduisit sa langue en elle, tout en enserrant son visage. Il se mit alors à respirer plus rapidement, et elle perçut l'émotion intense qui venait de prendre possession de lui, ce qui provoqua un plus grand trouble encore chez elle.

Bien trop tôt à son goût, il détacha sa bouche pour plonger ses yeux brûlants dans les siens. Elle crut qu'il allait de nouveau l'embrasser mais un froncement assombrit son beau visage, comme s'il évaluait le bien-fondé de ce baiser, et un curieux scintillement dans ses yeux lui donna à penser qu'il le regrettait. Même si elle ignorait pourquoi, elle sut que son intuition était juste puisqu'il recula de quelques pas, et s'écarta d'elle. Sa bouche n'était plus désormais qu'une ligne crispée… Elle déglutit avec difficulté, envahie par un sentiment de vulnérabilité absolue.

Ne sachant que dire, elle opta pour le silence et, après avoir jeté un dernier coup d'œil à Wade, se dirigea vers la porte.

— Victoria…

— Je crois que les cottages couleur crème seront parfaits, comme ton designer l'a imaginé, dit-elle sans se retourner. Ils sont très beaux ainsi.

Et sur ces mots, elle quitta la pièce.

— Victoria, attends !

Mais elle poursuivit son chemin, le cœur battant, luttant contre la tentation de revenir en arrière et de commettre quelque chose de vraiment stupide.

Elle devait être réaliste ! D'après ce qu'elle comprenait, juste avant l'accident, ils en étaient à l'acte final d'une procédure de divorce compliquée, ce qui expliquait son hésitation à la toucher, sa distance envers elle, et pourquoi elle avait même parfois l'impression qu'il la détestait. Elle aurait tant aimé qu'il lui raconte ce qui s'était passé entre eux ! S'il souhaitait qu'ils se séparent, elle ne pouvait rester dans cette demeure. Elle devait bien avoir quelques compétences qui lui permettraient de gagner sa vie, non ?

S'engouffrant dans l'ascenseur, elle ressentit la même frustration qu'à son arrivée face à cette mémoire qui l'avait désertée, accentuée cette fois par la façon dont son corps réagissait en présence de Wade. Sa migraine était revenue de plus belle. Aussi, une fois dans sa chambre, se précipita-t-elle sur sa boîte de comprimés.

Une franche discussion s'imposait entre Wade et elle. Si elle représentait un fardeau pour lui, s'il n'existait aucun amour entre eux, il était impératif qu'elle parte avant de tomber amoureuse de lui !

Wade regarda fixement la porte que Victoria venait de refermer derrière elle. Qu'est-ce qui lui avait pris, bon sang ? Jamais il n'avait eu la moindre intention de l'embrasser. Même avant l'accident, si cette idée lui avait traversé l'esprit, cela lui aurait semblé particulièrement ridicule. Certes, elle était séduisante, mais elle ne l'avait jamais attiré le moins du monde auparavant. Elle possédait toutes les qualités pour être l'épouse parfaite d'un millionnaire : la beauté, la grâce et le charme quand la situation le demandait. Elle n'éprouvait par ailleurs aucun scrupule quant à son rôle de prétendue épouse, et dans leur contrat, il n'était stipulé nulle part qu'ils devaient s'apprécier. De fait, ils se voyaient rarement et, à sa connaissance, elle ne lui accordait aucune attention. Et pourtant, depuis qu'elle s'était réveillée de son coma, il sentait son charme opérer sur lui de façon inexplicable. Il ne pouvait s'empêcher de fixer sa bouche quand elle s'exprimait au point de ne pas même écouter ce qu'elle lui disait. Ses yeux avaient la nuance des iris que sa mère faisait pousser dans son jardin, d'un bleu lavande, proche de l'améthyste ils étaient littéralement fascinants. Comment pouvait-il ne pas les avoir remarqués auparavant ?

Ses yeux se posèrent sur les esquisses étalées sur son bureau. Les suggestions qu'elle avait formulées étaient remarquables, et il en ferait part à son architecte.

Cela dit, depuis qu'il la connaissait, c'était la première fois qu'elle s'intéressait à son travail, et cela lui semblait louche ; elle avait radicalement changé, et il flairait le piège. Cette nouvelle Victoria devait être forgée de toutes pièces, il n'y avait aucune autre explication possible. Et comme elle ne faisait jamais rien gratuitement, il devait s'attendre à des problèmes sous peu.

Si elle feignait l'amnésie pour mieux le prendre dans ses filets, c'était réussi ! En sa présence, il était obsédé par l'idée de se rapprocher le plus possible d'elle. Quand elle s'était mise à commenter les dessins, il était déjà dur comme du bois. Et lorsqu'il la regardait dans les yeux, il ne se demandait même plus pourquoi elle l'attirait si fort. Qu'est-ce que cela pouvait bien faire, puisque ce qu'il désirait plus que tout, c'était la savourer, la pénétrer et encore bien plus que ça. En réalité, il souhaitait qu'elle reste comme elle était aujourd'hui, avec ou sans mémoire !

Jamais, dans ses relations précédentes, il n'avait éprouvé un tel désir pour une femme, mais en l'occurrence, le nuage de suspicion qui avait plané sur toutes ses liaisons après Cynthia, à qui il avait été fiancé deux ans auparavant, semblait s'évaporer, ce qu'il n'aurait jamais cru possible.

Soudain, sa gorge se serra alors que les souvenirs qu'il avait refoulés depuis si longtemps remontaient... Cynthia était allée jusqu'à feindre une grossesse pour s'assurer qu'il l'épouserait ! Mais le père de celle-ci, avant le mariage, lui avait avoué le stratagème, et il avait ressenti un désarroi total face à la trahison de Cynthia. Aujourd'hui encore, la colère le submergeait rien que d'y penser. Il l'avait aimée...

Victoria, elle, il ne l'avait jamais aimée. Elle avait toujours considéré les autres comme ses subalternes, et sa quête incessante pour être admise dans les cercles fermés de la bonne société l'avait endurcie. Elle était devenue impitoyable dans sa détermination à recouvrer le statut initial de sa famille et était à présent une personne froide, cynique et calculatrice. Enfin, tout au moins avant son accident, parce qu'aujourd'hui...

Il ne comprenait pas.

Certaines questions qu'elle lui avait posées l'avaient plongé dans la perplexité. Ainsi, elle avait paru fort surprise d'apprendre qu'elle n'exerçait pas de métier, alors que travailler était impensable pour la Victoria du passé. Par ailleurs, c'était la reine du shopping, toujours tirée à quatre épingles ; rien à voir avec la Victoria d'aujourd'hui.

Décidément, cette transformation était des plus bizarres. Un coup sur la tête pouvait-il entraîner un tel changement de personnalité chez une personne, ou plutôt en faire éclore une autre tout à fait à l'opposé ? Il avait réellement besoin de s'entretenir avec le Dr Meadows, mais dans la mesure où il ne s'agissait pas d'une urgence, il devrait attendre jusqu'au prochain rendez-vous. D'ici là, il ne lui restait qu'à patienter et observer. Si elle lui jouait un numéro, un jour ou l'autre, elle allait bien finir par commettre un impair, c'était inévitable.

Il croisa les doigts, tel un enfant, souhaitant tout au fond de lui que l'affreuse Victoria ne resurgisse pas.

En même temps, il avait besoin de réponses, et il avait beau se creuser les méninges, il ne comprenait pas.

Pourquoi aurait-elle monté un tel canular ? Ce devait être lié à l'argent. Avec Victoria, c'était toujours le nerf de la guerre. En l'occurrence, il n'arrivait pas à deviner ses desseins. Pas pour l'instant, du moins.

5

Avant de se coucher, Victoria contempla un long moment le tableau accroché au-dessus de la cheminée dans sa chambre. Elle ne percevait toujours rien qui lui aurait rappelé qui que ce soit. Les seuls sujets étaient une enfant et son chien dans un paysage qui occupait l'essentiel de la toile. L'artiste, Charles Burton Barber, avait signé dans l'angle droit. Aussi, pourquoi en le regardant le nom de Murphy était-il revenu à sa mémoire ? Elle ne voyait aucune explication rationnelle. Elle aspira une grande bouffée d'air puis expira, frustrée. Les souvenirs bouillaient quelque part dans son cerveau, elle les y sentait presque tournoyer, cherchant la sortie. Comment pouvait-elle donc les libérer ?

Des coups légers frappés à sa porte l'arrachèrent à ses efforts de concentration.

— Entrez.

Wade apparut et resta sur le seuil.

— Je voulais m'assurer que tu allais bien, dit-il. Tu es partie si vite.

— Je vais bien. Merci de m'avoir permis de voir les esquisses. Ce complexe balnéaire sera formidable.

Il resta silencieux quelques secondes, comme s'il voulait dire quelque chose mais hésitait, puis finit par acquiescer.

— J'espère que tu dis juste. En tout cas, je transmettrai tes suggestions à qui de droit, car je les trouve fort judicieuses.

Il donna un léger coup de poing contre le chambranle et ajouta :

— Bon. Je vais te laisser. Dors bien.

— Toi aussi. Bonne nuit.

Renonçant pour ce soir à trouver des réponses à ses questions, elle se glissa entre les draps, mais une fois allongée, elle ne put s'empêcher de revivre la scène dans le bureau de Wade. La chaleur de son corps contre son dos, la façon dont ses lèvres bougeaient quand il s'exprimait... Elle avait tant espéré qu'il l'embrasse à nouveau, lui donne un long, lent et profond baiser...

Assez ! Il ne restait plus que quelques jours avant son rendez-vous avec le Dr Meadows, et elle ne serait certainement pas à court de questions !

Tout semblait bouger au ralenti, notamment les nombreuses nuances de rouge étalées sur la vitre en face d'elle, ce qui l'empêchait de distinguer l'extérieur. Elle était incapable de dire qui se tenait derrière. Elle tenta d'effacer les couleurs, mais ne réussit qu'à brouiller le tout et à obtenir un gris insipide et morne. Des bris de verre volèrent alors au-dessus de sa tête, sifflèrent dans l'air avant de revenir comme un boomerang vers elle et de lacérer sa peau avec la précision d'un rasoir...

Elle entendit un hurlement, des cris qui se répétaient. Les siens ? Ceux de quelqu'un d'autre ? Elle n'aurait su le dire. Était-elle donc la seule à les percevoir ? Il fallait qu'elle aille chercher de l'aide, qu'elle trouve quelqu'un, mais elle était incapable du moindre mouvement. Encore une fois, elle regarda la vitre qui s'était transformée en miroir, et elle vit, impuissante, le sang couler sur son visage tandis que des sirènes hurlaient autour d'elle. Tout était déformé, le monde était sens dessus dessous, le visage dans le miroir parlait, mais elle ne comprenait pas les mots qui sortaient de sa bouche. Une voix masculine lui assura alors plusieurs fois qu'on allait la libérer rapidement, qu'elle devait tenir bon. Mais elle était si fatiguée, la douleur qu'elle ressentait à la tête si insupportable qu'elle préféra se laisser happer par l'obscurité. Pourtant, elle devait respirer, aspirer suffisamment d'air afin de pouvoir crier pour que quelqu'un l'entende. Mais la nuit était plus puissante qu'elle et, telle une vague dévastatrice, l'emportait, lui apportant en même temps l'apaisement... Du cran, elle devait tenir ! s'enjoignit-elle subitement. *Non, s'il vous plaît !*

Elle sentit soudain la chaleur de deux bras vigoureux l'enlacer, et la pénombre se dissipa. Elle enfouit le visage dans l'épaule musclée de l'homme qui la tenait, tandis qu'elle criait, pleurait, tremblait, puis s'accrocha à lui, avide de sa force, redoutant qu'il ne la laisse seule.

— Victoria !

La voix de Wade, bien réelle, entra par effraction dans son cauchemar.

— Tout va bien, allez, réveille-toi. Tu es en train de faire un mauvais rêve, ne crains rien, tu es en sécurité.

Ses mots apaisants et la chaleur de son corps firent peu à peu reculer l'effroi en elle... Clignant des yeux, elle retrouva alors l'environnement familier de sa chambre : elle était dans son lit, où Wade l'étreignait, protecteur. Elle aurait dû être embarrassée de l'avoir réveillé, mais elle se sentait si bien dans ses bras, et il l'y tenait si fort... Elle prit une grande bouffée d'air pour retrouver son calme et chasser les derniers frissons de peur qui la traversaient.

— C'était affreux, murmura-t-elle, la joue posée contre le torse nu de Wade. Je ne pouvais plus ni bouger ni respirer.

Il resserra son étreinte et traça des petits cercles dans son dos pour l'apaiser.

— Oui, je t'ai entendu crier.

Elle ne se souvenait plus de rien, à part des taches rouges partout, d'une sensation de douleur. Avait-elle revécu l'accident ? Sans doute. Dans ce cas, peut-être était-elle sur le chemin de la guérison.

La réalité reprit peu à peu ses droits, et elle se redressa, s'écartant de Wade. D'un geste tendre, il essuya ses larmes.

— Wade, je...

Mais sa phrase resta en suspens car il venait d'effleurer ses lèvres des siennes, un contact aussi doux que la caresse d'une plume...

Il s'écarta, plongea ses yeux dans les siens, et elle crut lire dans ce regard la lutte qu'il menait contre lui-même. Elle posa alors la main sur son beau visage, observant elle aussi les lignes qui soulignaient ses traits et rajoutaient à son charme. Poussant un sourd gémissement, il l'embrassa de nouveau, de manière plus passionnée cette fois, cherchant à mêler sa langue à la sienne. Elle ne lui opposa aucune résistance. Alors il la serra un peu plus contre lui tandis qu'il explorait sa bouche, avide, fervent...

Une explosion de sensations éclata en elle. Wade avait le goût du café et d'un soupçon de vanille, et surtout celui d'un homme au sang chaud. Il recouvrait entièrement sa bouche, puis s'écartait un peu pour mieux revenir à l'assaut, ses lèvres à la fois douces et impérieuses. Son odeur l'enveloppait, son ardeur stimulait son propre désir... À cet instant, elle ne rêvait que de s'abandonner dans ses bras.

Elle avait la sensation d'être toute légère, comme si elle flottait sur un nuage, et en même temps la température montait en elle... Toute pensée raisonnable voletait quelque part dans un abysse...

Elle se rendit soudain compte que Wade était allongé sur elle, et elle sentit la force de son érection contre son ventre. Alors, impatiente de le sentir en elle, elle changea légèrement de position pour s'offrir à lui.

Et brusquement, dans un grognement, il se redressa et s'assit, la laissant en proie à un désir fou non assouvi.

Le souffle court, il la regarda avec intensité, et elle vit les muscles de ses mâchoires tressauter. Et très vite, ce fut du regret qu'elle lut dans ses yeux.

Il se leva et passa la main dans ses cheveux.

— Je suis désolé, Victoria, dit-il d'une voix rauque.

Et avant qu'elle ait le temps de répondre, il quitta la chambre.

Elle se laissa retomber sur l'oreiller, le cœur battant à tout rompre. Que venait-il de se produire, au juste ?

Elle s'efforça de reprendre une respiration normale pour calmer les battements fous de son cœur... Et tenta de réfléchir.

Au moins, elle savait à présent sans l'ombre d'un doute que la passion était toujours très vive entre Wade et elle, et c'était plutôt rassurant : leur mariage n'était pas en péril. Elle finirait bien par le convaincre de lui raconter ce qui s'était passé entre eux pour qu'un tel mur les sépare.

Pourquoi ce baiser fougueux et cette fuite, alors ? Et pourquoi s'était-il excusé ? Parce qu'il avait été sur le point de lui faire l'amour ? Peut-être redoutait-il simplement de la blesser. Elle avait passé plusieurs jours dans le coma, quand même. Elle demanderait au médecin de lui certifier qu'elle allait bien.

Une chose restait gravée en elle : il la désirait, et pour l'instant, elle s'en contenterait.

Pour la première fois depuis l'accident, elle sentit l'espoir renaître en elle. Peu importait qu'elle retrouve ou non la mémoire, leur relation pourrait peut-être fonctionner.

Sur cette pensée, elle remonta le drap jusqu'au menton, la pièce lui semblant soudain très froide depuis le départ de Wade.

Mais bon sang, qu'est-ce qui lui avait pris ? se demandait Wade. Il n'accordait jamais grande importance à ses maîtresses ni à tout ce qui touchait leur vie privée, tant que cela n'affectait pas la sienne. Alors pourquoi avait-il embrassé Victoria, une femme qui ne se rappelait plus rien, pas même son nom, qui était tout juste sortie de l'hôpital et à peine remise de sa commotion cérébrale ? De plus, il était nécessaire qu'elle lui fasse confiance, du moins jusqu'à ce qu'elle recouvre la mémoire. Et lui, profitant de son cauchemar, s'était jeté sur elle tel un idiot affamé d'amour. C'était pathétique !

Une fois dans sa suite, il s'écroula sur son lit. Tout cela ne lui disait rien de bon. Il ne comprenait pas comment le cours des choses avait pu changer entre eux au point que Victoria l'attire subitement. Et ce, depuis son réveil à l'hôpital !

Au début, il avait mis sa réaction sur le compte de la compassion, réflexe purement humain envers une personne blessée, en détresse, mais cette pensée rationnelle s'était envolée lorsqu'elle l'avait invité à s'asseoir sur l'herbe, au jardin, lui, le génie vénéré de Wall Street ! Mais le pire, c'était qu'il avait adoré ce moment sur la pelouse, qui l'avait ramené directement à son enfance heureuse sur le ranch avec ses frères...

Il repensa au baiser qu'il venait de donner à Victoria, un

baiser qu'il aurait voulu faire toujours durer... Pourquoi s'était-il emballé alors qu'il ne savait même pas si son amnésie était réelle ou feinte ? À chaque seconde passée en sa compagnie, ne s'enfonçait-il pas un peu plus dans la toile de duperie qu'elle savait si bien tisser ? Son seul espoir était à présent qu'elle parte au plus vite de chez lui pour éliminer la tentation de passer à l'étape supérieure, avec elle...

Son avocat lui avait déconseillé toute initiative susceptible de se retourner contre lui par la suite, notamment d'exiger son départ tant qu'elle n'était pas complètement guérie et en mesure de prendre soin d'elle. Cependant, si le Dr Meadows lui donnait son accord, il pourrait l'emmener passer quelque temps sur le ranch familial, ce qui résoudrait peut-être le problème. En dépit de son petit sit-in sur le gazon, il savait pertinemment qu'elle n'aimait pas la nature ou tout ce qui avait trait de près ou de loin à la vie à l'extérieur, même si elle affirmait le contraire aujourd'hui. Elle détestait notamment les animaux, et la campagne l'ennuyait profondément. Il n'arrivait toujours pas à comprendre pourquoi elle faisait désormais mine de s'y intéresser, mais nul doute que cela s'inscrivait dans une stratégie précise dont elle avait le secret. La question étant de savoir laquelle exactement.

Il le découvrirait peut-être une fois qu'elle aurait pris soin de quelques chevaux au ranch et nettoyé les écuries ! Plus il y pensait, plus l'idée lui semblait judicieuse : ils allaient faire un petit séjour là-bas. Elle devrait affronter la nature qu'elle disait aimer alors qu'elle la détestait, et lui, il se détendrait dans cet endroit qu'il aimait plus que tout. Quelque chose finirait bien par se passer, et ce ne serait pas lui qui en ferait les frais.

Quoi qu'il soit arrivé à Victoria, il devait se montrer prudent. Le rendez-vous chez le médecin avait lieu dans une semaine. Alors, à partir de maintenant, il éviterait Victoria au maximum. Il prétexterait un énorme travail, cela ne serait pas un mensonge.

Fort de cette résolution, il décrocha son téléphone.

— Curtis ? J'ai besoin de me rendre à New York pour quelques jours, vous pouvez préparer mon vol ?

— Pas de problème, je vais contacter le pilote. Dans deux heures, tout sera réglé. Cela vous convient-il ?

— Parfait, merci. Oh ! Curtis ? Autre chose.

— Oui, monsieur ?

— Emmenez Victoria faire du shopping. Elle s'est plainte de ne pas avoir de chaussures confortables. Faites aussi un tour dans d'élégantes boutiques de vêtements. Dites-lui que tel est mon souhait.

— Entendu, monsieur.

S'éloigner de Victoria était la meilleure solution, car s'il laissait la porte ouverte aux émotions, il pouvait dire adieu à sa vie si bien organisée...

Bon sang ! Pourquoi était-il obsédé par le besoin de se retrouver en présence de Victoria, de goûter à sa bouche si pulpeuse, de sentir son souffle chaud sur sa joue ?

Assez ! Il s'agissait là de pulsions primaires d'ordre purement sexuel, et il ne devait plus permettre que cette femme se joue de lui comme elle venait de le faire.

Le matin suivant, au petit déjeuner, Victoria fut informée par Curtis Shepherd, le majordome de la maison ainsi qu'il se présenta lui-même, que Wade avait été contraint de retourner à New York pour une affaire urgente. Il la priait de bien vouloir l'en excuser et lui assurait qu'il serait de retour à temps pour le rendez-vous avec le médecin.

Un doute l'assaillit alors : une affaire urgente appelait-elle vraiment Wade à New York ? N'était-ce pas une façon de l'éviter ? L'idée la déstabilisa un peu et l'attrista aussi. Était-il possible que Wade ait perçu la passion qui avait jailli entre eux la veille comme un élément négatif, un pas vers la reconstruction de leur mariage, ce qu'il ne souhaitait pas ? Elle n'avait pas eu l'opportunité de discuter avec lui de leur union, et d'ailleurs en avait-elle réellement envie ? Ah, tout cela la rendait folle ! Il faudrait bien qu'elle finisse par savoir. À son retour, elle aborderait le sujet avec lui, se promit-elle.

Curtis lui annonça aussi que Wade désirait qu'elle aille faire du shopping et achète des chaussures et tous les vêtements dont elle aurait besoin. Le majordome lui précisa qu'il l'accompagnerait. Soit. Mais elle n'avait besoin que d'une malheureuse paire de chaussures.

Son petit déjeuner terminé, elle décida de partir en mission « découverte ». Il y avait tant à voir sur la propriété. Le moment n'était-il pas venu de se refamiliariser avec cette immense maison ?

Elle commença par les cuisines.

Le chef et ses deux aide-cuisiniers étaient en train de préparer ce qui serait à coup sûr un autre repas spectaculaire. Surpris par sa présence, ils parurent tout de suite mal à l'aise. Elle en conclut qu'elle avait pénétré sur *leur* territoire et que c'était sans doute déplacé de sa part. Mais après qu'elle leur eut distribué quantité de compliments et de sourires, ils finirent par se détendre et parurent ravis et fiers de lui expliquer ce qu'ils étaient en train de préparer.

Une idée germa alors en elle. Peut-être que le chef lui indiquerait un endroit plus intime où Wade et elle pourraient désormais prendre leurs repas, au lieu de cette immense salle à manger si froide. Quand elle formula sa question, celui-ci la conduisait vers une alcôve située entre le corridor qui menait au bureau de Wade et l'ascenseur. Une immense baie vitrée l'éclairait, derrière laquelle se trouvait une fontaine. Uniquement meublé d'un canapé, c'était l'endroit idéal. Dès qu'elle pourrait se faire livrer une petite table et deux chaises, ce serait ici qu'elle demanderait désormais qu'on leur serve les repas.

Une fois de retour dans sa suite, elle communiqua à Curtis sa décision afin qu'il fasse les démarches nécessaires et, quelques instants plus tard, il lui annonça que le mobilier et le ficus requis serait livré le lendemain. Il lui proposa aussi de faire repeindre l'alcôve et d'en retirer le sofa. Elle donna son feu vert, tout excitée à l'idée de voir ce que cela allait donner, et se demandant surtout si Wade apprécierait.

Curtis lui rappela le shopping prévu l'après-midi, et même si elle n'entendait acheter que des chaussures confortables, elle le rejoignit à 14 heures comme convenu devant la porte d'entrée où était garée la limousine.

Deux heures plus tard, elle revenait avec deux sacs contenant chacun une paire de chaussures à son goût. Revigorée, elle posa les boîtes dans le dressing, enfila un bikini et se dirigea vers la piscine.

Le vol retour pour Dallas parut interminable à Wade qui avait bien conscience que Victoria était la cause de cette sensation, car il avait très envie de la revoir, ce qui était une première. À croire que c'était lui qui était tombé sur la tête !

— Nous allons bientôt atterrir, monsieur Masters, lui annonça le pilote.

Merveilleux ! pensa-t-il malgré lui. Un comble puisqu'il ne s'était jamais réjoui à l'idée de rentrer chez lui.

Après un atterrissage parfait, il s'engouffra dans la limousine qui l'attendait.

Il était assez tard quand il arriva à la maison, contrarié de n'avoir pu rentrer plus tôt en raison des réunions qui s'étaient éternisées à New York. Il faut dire qu'il ne les avait pas très bien préparées, ayant oublié une partie de ses dossiers à Dallas. Pour la première fois de sa vie, il avait négligé ses affaires, obsédé qu'il était par Victoria. Ce qui, évidemment, l'avait mis de mauvaise humeur.

Mais tout cela serait rapidement réglé. Le lendemain, il devait accompagner Victoria chez le Dr Meadows, et il aurait enfin ces réponses à ses questions. Du moins l'espérait-il.

— Nous sommes arrivés, monsieur Masters, annonça son chauffeur avant de garer la voiture et d'ouvrir la porte. Je m'occupe de vos bagages. Bonne soirée, monsieur.

Wade lui souhaita une bonne nuit et se dirigea vers une petite porte latérale recouverte de vigne vierge, que personne ne connaissait. Il avait emprunté ce chemin tant de fois qu'il aurait pu le parcourir les yeux fermés.

Pour accéder à la porte cachée, quelques pierres plates avaient été disposées dans l'herbe. La première lui parut étrange sous le pied, et la deuxième encore pire : c'était comme si elles avaient été retirées, ce qui était absolument ridicule. À la troisième, il trébucha et manqua tomber. Il jura et comprit le problème : il pataugeait dans la boue. Où étaient donc passés les pavés ? Apparemment, quelqu'un avait décidé de mettre ces sables mouvants à la place, mais qui ? Victoria ? Non, pourquoi aurait-elle agi ainsi ? À sa connaissance, elle n'était pas paysagiste !

Arrivé à la porte, il tapa le code de sécurité et entra dans la maison, le pantalon maculé de boue, les pieds trempés, et une chaussure en moins, car restée dans la boue. Il retira bien vite l'autre, ainsi que ses chaussettes et comme son pantalon n'était pas en meilleur état, il l'ôta aussi. S'efforçant de tenir la bride à sa mauvaise humeur, il se dirigea vers l'ascenseur, et au bout de quelques pas, se heurta à un obstacle, trébucha et tomba dans un bruit de bois et de métal. Bon sang ! Qu'est-ce qu'une chaise fabriquait dans l'entrée ?

Se relevant, il se cogna la tête... au plateau d'une table ?

Prudent, il inspecta les alentours... et vit un arbre planté dans un pot qui faisait deux fois sa taille !

Ce fut lorsque la lumière s'alluma qu'il put apprécier la course d'obstacles qu'il venait d'effectuer : deux chaises en fer forgé dotées d'assises en bois, une table assortie et un fichu arbre. Il aperçut aussi des traces blanches sur ses mains et les manches de sa veste. Une odeur âcre de peinture lui monta soudain au nez.

— C'est vous, monsieur ?

Le chef cuisinier le regardait, les yeux comme des soucoupes — de toute évidence, le vacarme s'était entendu jusque dans les cuisines.

— Enlevez ce maudit arbre du milieu du couloir ! hurla Wade au chef qui obtempéra immédiatement.

Puis, sourcils froncés, il boita jusqu'à l'ascenseur. Quand les portes s'ouvrirent, un niveau plus haut, il fonça vers la chambre de Victoria où il entra sans frapper.

Elle était tranquillement assise sur son lit, en train de lire, et leva vers lui un regard de pure innocence. Son beau visage reflétait une certaine surprise, se demandant visiblement ce qui lui valait une visite aussi tardive. Et soudain, elle ouvrit tout grand les yeux, repoussa les draps et se précipita vers lui.

— Wade, que s'est-il passé ? Qu'as-tu fait de ton pantalon ? Mais tu es couvert de boue et…

Elle enleva une feuille de ficus et examina sa chemise.

— Et de peinture ! Oh ! mon pauvre chéri !

— *Mon pauvre chéri* ? N'aurait-on pas fait quelques achats pendant mon absence ? Quelques *réaménagements* ?

— Oh. Si, avoua-t-elle avec une charmante petite grimace. J'ai acheté deux paires de chaussures et… le coin dîner était censé être une surprise.

— Rassure-toi, c'est réussi !

— Nous n'avions pas de petite table pour prendre nos repas, alors j'en ai acheté une, ainsi que deux chaises. Tu te souviens ? On en avait discuté un soir, pendant le dîner, et tu étais d'accord. J'ai trouvé un endroit parfait juste pour nous deux, il manquait simplement les meubles.

Elle se mordit la lèvre et ajouta :

— Curtis pensait qu'un coup de peinture s'imposait, donc j'ai demandé aux ouvriers de rassembler les meubles dans le corridor, ainsi que le ficus.

— Le *quoi* ?

— Eh bien, l'arbre en pot, c'est un ficus. Les peintres avaient besoin de place pour travailler.

Elle plissa les yeux et fronça de nouveau les sourcils.

— En fait, je ne vois pas très bien comment tu as pu ne pas le voir, fit-elle remarquer. Il fait au moins trois mètres cinquante de haut et il est presque aussi large.

— Oui, je sais, mais je ne peux pas voir les arbres, ni les meubles d'ailleurs, dans l'obscurité.

— L'obscurité ? La lumière ne fonctionne pas ?

— Si.

— Dans ce cas, je ne comprends pas.

Il inspira profondément, résolu à demeurer courtois.

— Il faisait noir, car je n'ai pas allumé la lumière. Je ne pensais pas en avoir besoin, c'était censé être juste un trajet jusqu'à l'ascenseur que j'ai déjà fait des milliers de fois.

— Tu ne vas quand même pas m'en vouloir parce que tu n'as pas allumé la lumière ? rétorqua-t-elle d'un ton incrédule. En outre, l'entrée aurait été dégagée si tu étais revenu le jour prévu, c'est-à-dire demain.

Elle avait raison, bien sûr. Cependant elle ne manquait pas d'audace à vouloir lui imputer la responsabilité de l'incident !

— Je suppose que c'est toi qui as retiré les pavés de la petite allée arrière ? demanda-t-il.

— On m'a aidée, mais oui. Il fallait que je les déplace pour planter un potager.

— Un... *potager* ?

— Tout à fait. Je compte cultiver des légumes. Je n'ai pas voulu sacrifier une partie du gazon, expliqua-t-elle comme s'il n'y avait que ces deux options. Tout ce que j'ai vu, c'était des pavés qui ne menaient nulle part, et qui ne me semblaient pas avoir une raison précise de se trouver là où ils étaient.

— Ils menaient à une porte intentionnellement dissimulée.

— Dans ce cas, pourquoi mettre des pavés ? Autant l'indiquer par une pancarte !

Il se passa la main dans les cheveux. Encore une fois, sa logique était implacable. Mais cette idée de potager était parfaitement extravagante : Victoria était une femme résolument urbaine.

— Demain, il faudra que tu m'expliques la nécessité d'un potager, ordonna-t-il, contenant difficilement sa colère.

Il aspira profondément, puis pivota sur ses talons, peu désireux de s'attarder dans cette chambre à une heure aussi tardive et à moitié nu, sentant de surcroît la peinture, pour discourir du bien-fondé d'un potager. Il avait encore mal au front pour s'être cogné contre la table, et tout ce qu'il désirait, c'était prendre une douche bien chaude.

Et il quitta la chambre de Victoria, convaincu qu'elle avait comploté pour le piéger et l'amener à perdre son sang-froid. Mission réussie ! Mais qu'à cela ne tienne, il aurait sa revanche au ranch.

6

La porte se referma derrière Wade et Victoria regarda la feuille de ficus qu'elle tenait encore à la main. Elle était sincèrement désolée qu'il ait eu tant de mal à pénétrer dans la maison à cause d'elle, mais il n'était pas censé arriver avant le lendemain. Elle avait l'intention de lui faire une surprise. C'était raté.

Elle retourna se coucher puis, éteignant la lumière, se mit à fixer le plafond. Une pensée l'obsédait. Après tout ce temps, elle se sentait toujours étrangère entre ces murs. Malgré elle, elle provoquait toujours des catastrophes, à commencer par l'alarme qu'elle avait innocemment déclenchée le premier soir. Tout était si réglementé dans cette maison ! Et puis comment avait-elle pu y passer huit mois sans rien faire, voilà qui dépassait son entendement ! Elle se faisait l'impression d'un oiseau captif d'une cage dorée, impuissante, ne pouvant y apporter le moindre changement. Elle vivait dans une maison *parfaite* avec un homme *parfait*. Tous les petits plats qu'on lui servait aux repas étaient *parfaits* et elle dormait dans un lit *parfaitement* moelleux. Or, elle détestait la perfection. Elle-même était loin de l'atteindre, et elle était certaine que le monde réel ne l'était pas.

Dire qu'elle avait compté les heures qui la séparaient de Wade, imaginant son sourire lorsqu'elle lui montrerait les transformations qu'elle avait faites… Au lieu de ça, tout lui avait explosé au visage. À en juger par la tête de Wade, il était vraiment furieux. Bien sûr, il avait quelques raisons de l'être. Seulement, il devait aussi comprendre qu'elle n'avait pas eu l'intention de le piéger.

Repoussant la couette, elle sortit de sa chambre et alla jusqu'à la suite de Wade. Après un moment d'hésitation, elle frappa à la porte, mais n'obtint pas de réponse. Elle recommença, frappant un peu plus fort cette fois.

La porte s'ouvrit brutalement et Wade se matérialisa sur le seuil, une serviette nouée autour des hanches et une autre enroulée sur la tête.

Avant qu'elle n'ouvre la bouche, il retourna dans sa chambre et se dirigea vers la salle de bains. Il ne lui avait pas claqué la porte au nez car il était poli, mais c'était tout comme. Elle respira profondément et pénétra dans l'antre du lion.

— Je tenais juste à m'excuser, dit-elle, espérant qu'il l'entendait. Il ne m'est pas venu à l'idée que tu pourrais rentrer plus tôt, ou dans la nuit. Ni que tu n'allumerais pas la lumière. Ni qu'il y avait une entrée secrète et que tu l'utiliserais.

Elle poussa un soupir.

— Franchement, Wade, si tu m'avais appelée, rien de tout cela ne serait arrivé.

Il revint dans la chambre, sa serviette toujours nouée autour de la taille. Il avait retiré celle du haut, et son épaisse chevelure ondulait autour de son visage, mais c'était surtout ses larges épaules qui retenaient son attention. Ses muscles roulèrent sous sa peau hâlée avec une précision bien huilée lorsqu'il posa les mains sur ses hanches.

Il haussa les sourcils, un éclat de défi brillant dans ses yeux.

— Et c'est ainsi que tu t'excuses ? lança-t-il. En m'accusant d'être à l'origine de la débâcle ?

— Pas du tout ! C'est moi la responsable. Je voulais juste souligner que tu aurais pu l'éviter.

— Pardonne-moi d'avoir un avis divergent, mais appeler chez moi pour prévenir de mon arrivée afin que l'on déplace un arbre de mon vestibule ne fait pas partie de mes préoccupations habituelles.

— Voilà pourquoi tu aurais dû allumer la lumière !

Il ouvrit la bouche pour répliquer, mais aucun mot n'en sortit.

Il ferma les yeux quelques secondes, secoua la tête et poussa un soupir.

— Je suis désolée pour les taches de peinture sur ta veste, j'espère qu'elles partiront, dit-elle. Où est ton pantalon ?

Il la regarda d'un air étrange et plissa les yeux. Soudain, il s'avança vers elle et elle manqua battre en retraite... Wade était un homme imposant à maints égards, mais ce qui la submergeait actuellement, c'était l'incroyable odeur virile qui émanait de lui, d'autant que seules sa serviette nouée à la hâte sur ses hanches et sa propre chemise de nuit les séparaient... Mince barrière. .

Toutefois, au lieu de se dérober, elle soutint son regard.

S'arrêtant à un mètre d'elle, il déclara :

— Je ne crois pas que la lumière, l'arbre ou un coup de fil que j'aurais dû passer soit la cause de tout cela.

Elle fronça les sourcils.

— Je ne comprends pas, répondit-elle.

— Vraiment ?

Et il prit son visage en coupe entre ses mains, lui caressant doucement la joue du pouce. Sans gros effort, il l'attira à lui.

Il retraça alors le contour de ses lèvres et baissa les yeux vers elles.

Elle retint un gémissement, son cœur s'emballa d'un coup, et son souffle se retrouva coincé dans sa gorge.

Wade se rapprocha à quelques millimètres et avança la bouche tout contre la sienne.

— En réalité, tu voulais attirer mon attention, n'est-ce pas ? Rassure-toi, Victoria, ça a marché.

— Je... Non, ce n'est pas du tout ce...

— La prochaine fois, dis-moi les choses plus clairement et je m'assurerai de te satisfaire. Ainsi nous éviterons les catastrophes.

Et sur ces mots, il captura sa bouche qu'il dévora littéralement tout en plaçant les mains au creux de sa nuque pour bien la maintenir contre lui. Qu'il ne s'inquiète surtout pas ! Elle n'avait pas d'autre envie que de céder au désir qui remontait le long de ses reins...

Sans cesser de l'embrasser, il l'enlaça et l'attira plus étroitement à lui, de sorte qu'elle sentit son érection contre son ventre. Alors, poussant un léger gémissement, elle posa les mains sur ses épaules et lui rendit son baiser, tout en se demandant comment elle avait bien pu oublier un homme comme lui.

— Tu me rends la tâche bien difficile, finit-il par murmurer contre son oreille. J'en oublie que tu es encore convalescente.

Lui donnant un dernier baiser dans le cou, il s'écarta d'elle et recula d'un pas.

— File, lui dit-il, tant que c'est encore possible... Car je lutte pour ne pas te soulever dans mes bras et...

Sa voix tremblait quand il conclut :

— Va-t'en, Victoria, s'il te plaît.

Elle pivota sur ses talons et obéit à contrecœur. Elle aurait tant aimé rester blottie dans ses bras !

De retour dans sa chambre, elle se jeta sur son lit et s'enroula entre les draps, bouleversée et néanmoins consciente qu'elle marchait sur le fil du rasoir. Que faire ? Céder à ses pulsions et faire l'amour avec son mari, ou attendre de se rappeler qui était réellement ce dernier et ce qui s'était passé entre eux avant l'accident ? Au fond, elle regrettait de lui avoir obéi et d'avoir regagné sa chambre, car à l'heure actuelle elle se serait trouvée dans ses bras et dans son lit, exactement là où elle aurait aimé être.

D'après ce qu'elle connaissait de lui, il était l'homme dont elle avait toujours rêvé, non pas à cause de sa fortune ou de sa puissance, mais juste parce qu'il incarnait l'homme dans toute sa beauté virile. Qu'avait-elle donc fait pour qu'il tienne à maintenir cette distance entre eux ? Et comment parviendraient-ils à surmonter le passé, une fois qu'elle l'aurait retrouvé ?

Victoria serra la main que le Dr Meadows lui tendait.

— Eh bien, madame Masters, comment allez-vous ?

— Bien, répondit-elle en lui souriant. Mes côtes sont encore un peu sensibles, mais vont bien mieux.

— Et vos migraines ?

— J'en ai encore quelques-unes, mais la plupart du temps, j'arrive à les gérer, d'autant qu'elles ne sont pas fréquentes.

— Et côté mémoire, y a-t-il des améliorations ?

— Pas vraiment. Une image surgit de temps à autre, ou bien un nom.

— Et vous pouvez retenir ces images ?

— Oui, mais je ne les comprends pas, je n'arrive pas à les reconnaître.

— Sa personnalité a subi des transformations, intervint Wade.

— Comme quoi ? s'enquit le Dr Meadows.

— Des éléments de sa personnalité tels ses goûts, ses opinions. Ses centres d'intérêt semblent également avoir changé. Maintenant, elle aime marcher pieds nus, s'asseoir sur la pelouse, sous les arbres. Avant l'accident, on ne l'aurait jamais surprise à se livrer à de telles extravagances.

— Mais c'est très agréable ! D'ailleurs toi aussi, tu devrais t'y mettre, répliqua Victoria.

— J'avais donné des instructions à mon majordome pour qu'il l'emmène faire du shopping, et il m'a rapporté qu'elle est désormais réticente à cette activité qu'elle adorait autrefois, poursuivit Wade sans la regarder.

Le Dr Meadows hocha la tête et prit quelques notes.

— Et elle a aménagé un potager, ajouta Wade. Elle a fait retirer les pavés d'une allée par mes employés pour mettre des plants de tomates à cet endroit. Vous comprenez ce que je vous dis, docteur ?

— Pas vraiment, non.

— Nous n'avons pas besoin de tomates, marmonna Wade.

Le Dr Meadows réprima un sourire.

— Monsieur Masters, j'entends bien ce que vous me dites. Sachez que certaines amnésies peuvent engendrer des changements temporaires de comportement ou de goût, c'est rare mais cela arrive. Et je dois vous avouer que si ma femme renonçait au shopping pour se mettre au jardinage, je m'estimerais le plus chanceux des hommes !

Il se tourna vers Victoria et demanda :

— Avez-vous des souvenirs concernant vos centres d'intérêt ?

— Non. Comme je l'ai dit à Wade, certaines choses me semblent naturelles, mais je ne peux pas expliquer pourquoi.

Le Dr Meadows sembla réfléchir un instant et s'adressa à Wade :

— Écoutez, je vous conseille d'encourager les nouveaux goûts de votre femme, tant qu'il s'agit de planter des tomates et non de dévaliser une banque.

Victoria ne put s'empêcher de laisser échapper un petit rire, mais quand elle jeta un coup d'œil à Wade à la dérobée, elle se heurta à un regard sévère. De toute évidence, son cher mari ne partageait pas son humour.

— Madame Masters, je vous reverrai dans trois semaines, reprit le médecin, comme le veut le protocole. Nous avons prévu une autre IRM du cerveau, mais je suis très optimiste. Vous semblez en bonne santé et il n'y a aucune raison pour que vous ne repreniez pas toutes vos activités. Au contraire, cela pourrait vous aider à retrouver la mémoire.

— Parfait, dit-elle en se levant. Merci, docteur Meadows. Je reviendrai donc le 18, pour l'IRM.

Une fois à l'extérieur, elle savoura la douceur du soleil sur ses épaules, puis se tourna vers Wade qui semblait perdu dans ses pensées.

— Wade ? Je sais que mon portable a été détruit dans l'accident, mais est-ce que j'ai des amis ? En fait, personne ne m'a appelée ni n'est venu me voir depuis mon retour à la maison. Je parle parfois à ma mère mais elle n'a jamais le temps ou l'envie d'aborder le sujet. Elle me dit que je suis idiote de m'inquiéter pour cela et que je dois m'en tenir à l'affaire qui m'intéresse, même si je ne saisis pas très bien de quoi il s'agit. Retrouver la mémoire, je suppose.

— Bien sûr, approuva-t-il d'un ton peu convaincu. Quant à tes amis, eh bien il y avait peu de personnes que tu considérais comme intimes. Ils se manifesteront en temps voulu, je suppose. Malheureusement, je ne peux te donner ni nom ni numéro de téléphone car je ne les connais pas.

Elle le regarda, étonnée. Il devait tout de même avoir le numéro de sa meilleure amie, non ?

Ils menaient vraiment une vie étrange, avant, à moins que

ce ne soit la façon dont fonctionnaient les couples. Au fond, elle n'en savait rien.

De retour à la maison, Wade alla s'enfermer dans son bureau, une fois que Victoria fut montée dans sa chambre. S'écroulant dans son fauteuil en cuir derrière son bureau, il saisit le téléphone et composa un numéro.

— Triple M Ranch, lui répondit une voix chaleureuse.

— Ici, Wade. Chance est-il dans les parages ?

— Non, monsieur. Il assiste à une vente aux enchères de bétail, dans l'Oklahoma. Il ne sera pas de retour avant deux semaines. Mais Holly est ici, ou du moins à sa clinique vétérinaire.

— Je vais venir avec ma femme pour un court séjour. Pourriez-vous préparer le chalet Pine House ?

— Ce sera un grand plaisir de vous revoir, monsieur. Tout sera prêt au chalet, et des véhicules seront à disposition. Savez-vous à peu près quand vous arriverez ?

— En fin de semaine.

— Parfait. J'en informerai Holly.

— Merci, à très bientôt.

Il raccrocha et poussa un profond soupir d'aise.

Bon ! Il allait mettre son plan à exécution : se servir des chevaux, des feux de camp, des randonnées et de tout ce qu'il pourrait pour ramener une Victoria libérée de son amnésie à Dallas. Et d'ici là, il garderait ses distances avec elle, tout en demeurant attentif à la moindre modification de comportement. Si elle avait réellement changé et aimait désormais la nature, elle serait comblée, au ranch. En revanche, si elle se jouait de lui, elle serait vite démasquée. Les femmes mondaines, comme celle qu'elle était avant, ne se plaisaient guère en compagnie de cow-boys, et ne goûtaient guère les déplacements de bétail et de bovins à longues cornes.

Il était conscient qu'il devait lui laisser du temps pour retrouver ses souvenirs, mais chaque jour il sentait grandir en lui l'attirance qu'il éprouvait pour elle. Et il ne devait commettre aucun faux pas car, tôt ou tard, elle redeviendrait celle qu'elle avait toujours été : arrogante, calculatrice et dangereuse. Aussi, s'il couchait avec elle maintenant, cela signifierait qu'il se préparait des temps difficiles une fois qu'elle aurait recouvré la mémoire.

Un rapide regard à sa montre lui indiqua qu'il était 14 heures passées. Empruntant l'ascenseur, il monta au premier et, quelques secondes plus tard, frappait à la porte de Victoria.

— Une minute !

La porte s'ouvrit bientôt en grand, le laissant sans voix. Elle se tenait devant lui... dans un minuscule bikini jaune fluo !

— J'allais prendre un bain de soleil, dit-elle avec un grand sourire.

— Je voulais savoir si tu souhaitais déjeuner.

— Oh ! Bien sûr ! Le temps de mettre un T-shirt et un jean. À moins qu'une robe soit de rigueur ? Nous déjeunons à l'extérieur ?

— Des vêtements décontractés seront parfaits, répondit-il en entrant. Je t'attends.

Il s'apprêtait à s'asseoir, se doutant qu'il allait patienter dix bonnes minutes, quand elle réapparut rapidement, habillée et prête à le suivre.

Une fois en bas, alors qu'elle se dirigeait vers la salle à manger, il lui saisit le bras et l'entraîna vers la cuisine.

— Je pensais que l'on déjeunait à la maison.

— C'est bien le cas, confirma-t-il.

Et la plus grande surprise empreignit les traits de Victoria quand ils tournèrent à gauche et s'arrêtèrent devant l'alcôve.

La table et les chaises qu'elle avait achetées avaient été disposées au centre, et la table était dressée pour deux. Le ficus se trouvait près de la baie et la fontaine à l'extérieur était ouverte, de sorte que des gouttelettes brillaient comme du cristal sous les rayons du soleil.

Le sourire qui illumina le visage de Victoria fut à couper le souffle.

Il s'éclaircit la voix et lui présenta une chaise, tandis qu'elle semblait toujours aux anges.

— Merci, Wade, du fond du cœur.

Il haussa les épaules.

— C'est toi qui as fait tout le travail, répondit-il. Tu as eu l'idée et tu as commandé le mobilier ainsi que le ficus.

— Je les ai choisis et Curtis a passé la commande. Je n'ai rien fait.

— En tout cas, merci pour cette initiative, car c'est bien mieux que de se restaurer dans l'immense salle à manger. Et je vais bénéficier d'une vue aussi agréable que le repas, ajouta-t-il en plongeant son regard dans le sien.

Elle baissa la tête et rougit, ce qui, encore une fois, ne correspondait pas à l'ancienne Victoria.

— Toutefois, la prochaine fois que tu te lances dans des travaux de décoration, n'oublie pas les panneaux de signalisation requis pour les chantiers, précisa-t-il d'un ton moqueur.

— Ni toi d'allumer la lumière pour circuler dans le noir ! répliqua-t-elle sur le même ton.

À cet instant, Jacob s'approcha de la table.

— Puis-je servir le déjeuner, monsieur ? demanda-t-il.

— Oui.

Il disparut quelques minutes pour revenir avec deux boîtes d'où s'échappait une délicieuse odeur de pizza.

— L'une est aux quatre fromages et l'autre aux artichauts et aubergines. Aucune n'est aux anchois, ni aux piments farcis, précisa-t-il.

Victoria éclata de rire.

— Merci, Jacob, dit Wade en souriant.

— Je vous en prie, monsieur. Je vous apporte tout de suite votre salade, madame.

Victoria se servit une part de chaque pizza et mordit avec appétit dans l'une d'elles.

— Mmm, c'est délicieux, dit-elle en fermant les yeux.

Wade prit une part, sans cesser de la regarder. Autrefois, elle montrait rarement son enthousiasme pour la nourriture, même la plus raffinée. Qui aurait cru qu'un jour elle se pâmerait presque en mangeant une simple pizza ?

— As-tu des projets pour les semaines à venir ? demanda-t-il.

— Moi ? Des projets ?

Elle avala une gorgée d'eau et ajouta :

— Je dois d'abord consulter mon agenda mondain.

Là-dessus, elle éclata de rire avant de reprendre :

— Qu'as-tu en tête ?

— Je me suis dit que tu apprécierais peut-être quelques jours de vacances.

— C'est vrai ? Où ?

— Ce sera une surprise.

Après le déjeuner, une fois que Wade fut reparti dans son bureau, Victoria sortit dans le jardin ensoleillé avec, à l'esprit, l'eau bleu-vert de la piscine, comme une invitation.

Dans une petite remise, elle trouva des serviettes, des lunettes de soleil, de l'écran solaire. Prenant un drap de bain, elle le déploya au bord de l'immense piscine en forme de lagon et bordée de plantes tropicales. La cascade tout au bout était des plus tentantes... Sans plus attendre, elle retira ses vêtements, se retrouva en maillot de bain, et plongea sans même tester la température de l'eau. Merveilleux ! Elle adorait nager, adorait la sensation de l'eau sur son corps. La mémoire lui revenait peut-être un peu ?

Elle fit un dos crawlé jusqu'à la cascade. Celle-ci était constituée de deux immenses rochers de plus de quatre mètres sur lesquels poussaient du lierre et d'autres plantes d'eau.

Quand elle arriva à leur hauteur, elle plongea sous la cascade pour ressortir de l'autre côté. Là, le niveau de l'eau baissait progressivement et on débouchait sur une sorte de caverne en albâtre, où quelques marches permettaient d'accéder à un niveau supérieur, surmonté d'un toit en bois ajouré à travers lequel passaient les rayons du soleil. Il y avait des transats, une table basse, un minibar et même un téléviseur à écran plat dans un angle. Au sol, des spots éclairaient l'endroit, donnant à l'ensemble une atmosphère tamisée. On avait aussi l'impression d'être dans une sorte de tanière inaccessible au reste du monde, propice à la solitude recherchée. Au-dessus du ruissellement de la cascade, elle percevait une musique toute douce.

C'était absolument fascinant.

Sans la moindre hésitation, elle gravit les quelques marches et se retrouva sur des plaques en verre translucide. Le bar était composé du même matériau, nota-t-elle alors, en regardant alentour, fascinée par la végétation tropicale extérieure.

— Que fais-tu ici ?

La voix de Wade l'arracha à sa tranquillité.

Elle pivota sur elle-même et lui fit face.

— Je... Rien. J'admirais juste le paysage. C'est... incroyable.

Elle était réellement fascinée par cette immense propriété, qui semblait s'étendre sans limite au cœur de la ville. Mais Wade, lui, ne souriait pas.

Il monta l'escalier tel un automate, moulé dans un caleçon de bain qui laissait peu de place à l'imagination. À cette vue, elle sentit une chaleur se répandre en elle dans une région bien précise de son anatomie, sa bouche s'assécher... Plus il se rapprochait et mieux elle distinguait ses traits : il n'avait pas l'air furieux, plutôt stupéfait.

— Pour être plus précis, comment es-tu arrivée jusque-là ?

— Je suis passée sous la cascade. Je ne vois pas comment on peut accéder à cet endroit d'une autre façon. Il en existe une ?

— Mais que faisais-tu dans la piscine ?

— Je nageais ! Je ne saisis pas, je n'y suis pas non plus autorisée à me baigner sans en informer la sécurité ? Il y a une alarme dans la piscine ? Des piranhas ?

Elle en avait assez qu'on lui dise ce qu'elle devait faire ou pas !

— Victoria, dit Wade en la saisissant par les bras et en la secouant un peu. Arrête, tu veux bien ? Tu ne sais pas nager !

7

— Il faut croire que si ! rétorqua Victoria franchement irritée. De plus, j'adore l'eau. De toute façon, je n'ai rien endommagé ni blessé personne.

— Ce qui me préoccupait, c'était ta sécurité *à toi* !

La regardant toujours d'un air qui proclamait clairement qu'il ne croyait pas un mot de ce qu'elle disait, il finit par hocher la tête et la relâcher.

— J'ai besoin d'un verre, enchaîna-t-il. Tu en veux un ?

— Avec plaisir.

— Que prendras-tu ?

— Je m'en remets à toi.

— Dans ce cas, j'ai un bon rosé, un Château d'Esclans, un Garrus 2010 que tu devrais apprécier, il vient de la Provence, en France, précisa-t-il.

— Tu parles français ? demanda-t-elle, impressionnée par sa prononciation des termes étrangers.

— Oui, entre autres.

— Ah bon ? Combien de langues maîtrises-tu ?

— Six, et une septième est en cours.

— Et moi, tu crois que je connais d'autres langues que la mienne ? Probablement pas, ajouta-t-elle comme pour elle-même.

Elle le regarda ouvrir la bouteille puis leur servir du rosé dans deux verres à vin.

— Portons un toast, proposa-t-elle quand il lui en tendit un. À ton projet, à Belize. Qu'il connaisse un grand succès !

— Eh bien moi, je vais lever mon verre à ma femme qui a échappé à la noyade aujourd'hui.

Elle se mit à rire et ils choquèrent leurs verres.

— Tu as raison, buvons aussi à ce miracle, renchérit-elle.

Elle but une première gorgée et fut agréablement surprise.

— Waouh ! Il est divin ! s'exclama-t-elle.

— Ravi qu'il te plaise. C'est ma boisson préférée quand je sors de la piscine.

— Wade, je sais *vraiment* nager, tu sais. J'adore ça, d'ailleurs. Soit tu auras mal compris, soit…

— Soit tu m'as menti, dit-il en plongeant ses yeux dans les siens.

— Pourquoi t'aurais-je menti à ce sujet ?

— Je l'ignore, mais ce ne serait pas une première…

S'asseyant sur le rebord de la banquette, il ajouta :

— Avant de te mettre à l'eau, tu étais sûre que tu savais nager ?

— À vrai dire, je ne me suis pas posé la question. La première fois que j'ai profité de la piscine, c'est quand tu étais à New York. C'est si agréable.

Elle prit une nouvelle gorgée de vin, songeuse.

D'après ce que Wade venait de lui dire, elle lui avait déjà menti… Était-ce pour cette raison que leur couple était en crise ?

— Tu as fait un pari bien dangereux en estimant que tu savais nager, reprit Wade, l'arrachant à ses pensées. Car si cela n'avait pas été le cas, personne n'aurait pu te venir en aide.

Elle haussa les épaules. Pourquoi s'inquiétait-il ? Elle était vivante, non ?

— Dès que je suis entrée dans l'eau, les gestes sont venus naturellement.

Wade l'observa un instant en silence.

— Victoria, promets-moi que tu ne te baigneras plus sans la présence d'un tiers qui sait nager.

— Mais enfin, je sais nager ! s'écria-t-elle, agacée par cette discussion.

— Peut-être que oui, peut-être que non.

Elle posa son verre sur un coin de la table.

— Et d'après toi, comment suis-je arrivée jusque-là ?

— Tu sais sans doute faire quelques brasses, mais tu as eu aussi beaucoup de chance.

Le regard dont il l'enveloppa chassa aussitôt son agacement, et elle sentit les battements de son cœur s'accélérer. De toute évidence, il s'inquiétait pour elle.

— C'est gentil de ta part de te faire du souci pour moi, dit-elle d'une voix radoucie. Mais je t'assure que la chance n'a rien à voir là-dedans. Je sais nager. Qu'est-ce qui te fait croire que je ne sais pas ?

— L'eau t'a toujours rendue nerveuse. Tu m'as dit que tu n'avais jamais appris à nager et que cela ne t'intéressait pas. Tu fuyais systématiquement les réceptions qui se passaient autour des piscines, et les rares fois où tu es montée sur le yacht, tu as pris des anxiolytiques.

— Parce qu'on a un *yacht* ?

— Oui, mais ne change pas de sujet.

— Je...

Elle se tut. Mieux valait parler d'autre chose. Ou, mieux : ne plus parler du tout. En résumé, elle avait menti à Wade sur le fait de savoir nager, et elle lui mentait, avant son accident... Elle n'avait pas l'impression d'être une personne capable de mentir à son mari, surtout pour un sujet aussi futile que le fait de savoir nager ou non. Cette pensée suscitait un réel malaise chez elle.

— Je rentre à la maison, annonça-t-elle.

Avant que Wade ait le temps de l'arrêter, elle descendit rapidement la volée de marches et plongea sous l'eau pour passer la cascade. Quand il la rattrapa, elle était déjà sortie de la piscine et s'enroulait dans son drap de bain.

— Victoria, attends !

Elle ne fit pas attention à lui et regagna rapidement la maison. Elle avait besoin de se retrouver seule pour réfléchir.

S'engouffrant par la porte arrière, elle traversa le hall et appela l'ascenseur.

— Victoria ! Il faut que tu m'écoutes.

— Pourquoi ? Pour que tu m'accuses d'autres mensonges ?

Elle le regarda fixement et le mit au défi de lui dire quoi que ce soit.

— Tu as les cartes en main et tu refuses de me donner ma chance, dit-elle. Quelque chose ne va pas entre nous, je l'ai senti dès le premier jour quand je suis rentrée de l'hôpital. Si tu ne veux pas me dire ce qui s'est passé, alors je ne vois pas comment je pourrais faire en sorte que notre relation s'améliore.

Elle appuya de nouveau sur le bouton et ajouta :

— Si c'est ainsi que fonctionne notre mariage, inutile de continuer. Deux personnes mariées sont censées s'aimer, non ? Or, je ne sens aucun amour émaner de toi, Wade, juste des élans de *sympathie* occasionnels.

À cet instant, la porte de l'ascenseur s'ouvrit et elle s'y engouffra. Hélas, il entra avec elle !

— Je ne peux rester dans une maison où l'on ne veut pas de moi, et c'est clairement le cas, reprit-elle. Donne-moi quelques jours, le temps de prendre mes dispositions, et tu seras débarrassée de moi.

— Victoria, tu ne peux pas partir !

Elle lui lança un regard furieux.

— Ne me dis pas ce que je dois faire ou pas ! À part cette amnésie, je suis en parfaite santé. Ton devoir de me garder chez toi jusqu'à ce que je sois guérie est donc terminé. Tu n'auras plus à supporter ma vue ou mes *mensonges* !

Elle était furieuse, blessée, frustrée. Toutes les émotions qui s'étaient accumulées en elle ces deux dernières semaines jaillissaient d'un coup. Et elle avait conscience que rien n'allait changer entre Wade et elle. Or elle n'avait aucune envie d'une relation tendue sans espoir d'amélioration, et elle n'avait pas besoin de recouvrer la mémoire pour le savoir.

— Victoria...

Elle leva la main pour lui indiquer que, quoi qu'il ait à lui dire, cela ne l'intéressait pas.

Dès que les portes de l'ascenseur se rouvrirent à l'étage, elle se précipita vers sa chambre et, pour la première fois, s'y enferma à clé. Lorsque Wade frappa à la porte, elle lui répondit d'un ton dépourvu d'ambiguïté :

— Va-t'en !

Après quelques tentatives, il renonça.

Alors, ôtant son maillot de bain, elle entra dans la douche, envahie d'un sentiment de victoire mêlé d'appréhension.

Où irait-elle ? se demanda-elle tandis que l'eau ruisselait sur son corps. Il devait bien y avoir des foyers pour femmes, à Dallas. Roe lui donnerait peut-être quelques conseils, même si l'idée d'impliquer le personnel de Wade la dérangeait. Peut-être pourrait-elle retrouver l'appartement que, selon Wade, elle possédait à Dallas ? À moins que ce ne soit pas le sien... Oh, bon sang ! Si seulement la mémoire pouvait lui revenir...

Cela faisait presque trois semaines à présent que Victoria était sortie du coma, songea Wade. Curieux que son amnésie persiste encore... Tout aussi curieux que ce désir qui flottait entre eux. Il sentait bien qu'elle le désirait — avec au moins autant d'ardeur que lui ! — et qu'elle se retenait car elle ne savait rien de leur passé.

Il avait envisagé à plusieurs reprises de ne lui raconter qu'une partie de la vérité, à savoir qu'ils étaient sur le point de divorcer avant l'accident. Alors ils pourraient peut-être surmonter tous les obstacles et devenir un vrai couple... Mais non, il rêvait ! Quand elle retrouverait la mémoire, elle se rappellerait le contrat qu'ils avaient passé et entendrait le faire valoir. Et qui sait si elle ne le poursuivrait pas en justice. Avec elle, il fallait s'attendre à tout !

Et s'il lui disait toute la vérité ? S'il lui parlait du contrat ? Des souvenirs pourraient peut-être lui revenir. Oui, mais quels souvenirs ? Certes, il souhaitait qu'elle guérisse, mais il redoutait que la vérité au sujet de leur relation lui soit plus préjudiciable que bénéfique.

Toutefois avait-il le choix ? Il en avait assez des demi-vérités, il était fatigué de l'embrasser, de sentir son corps répondre et de devoir s'éloigner d'elle au plus vite. Tôt ou tard, il finirait par céder à ses pulsions, car il lui était à chaque fois plus difficile de lui résister.

Bon sang ! Que lui arrivait-il ? Elle ne l'avait jamais attirée avant l'accident, et une fois guérie de son amnésie, il y avait de fortes probabilités pour qu'elle redevienne la snob qu'elle avait toujours été. Toute cette situation le rendait fou…

Le dîner se déroula dans une atmosphère tendue malgré le repas délicieux, un filet mignon aux truffes, une vraie réussite. Et puis cet endroit qu'il trouvait si cosy l'oppressait désormais. D'ailleurs, Victoria ne paraissait guère plus à l'aise.

Après un long silence inconfortable, il décida de prendre le taureau par les cornes.

— Victoria, les gens se marient pour différentes raisons, et pas toujours par amour.

— Que veux-tu dire ? Que c'était un mariage de convenance ? Ou alors, j'étais… J'étais enceinte ?

— Non, absolument pas. Ce que j'aimerais, c'est qu'on laisse le passé derrière nous et que l'on avance.

— Vers où ? Comment puis-je avancer si je ne sais pas d'où je viens ?

Il se tut, tourna le problème dans tous les sens.

— Viens, dit-il soudain.

Ils remontèrent au premier où, au lieu de la ramener dans sa chambre, il la conduisit dans la sienne. Il lui indiqua un siège près de la cheminée et s'installa en face d'elle.

— Tu as raison, commença-t-il en se frottant la nuque. J'ai eu tort de ne pas te parler du passé, car tu as le droit de savoir. Alors tu pourras prendre la décision de rester ou partir. Et si tu choisis cette dernière option, je n'essaierai pas de te retenir.

Elle hocha la tête et lança :

— Pourquoi ai-je parfois l'impression que tu me détestes ?

Il serra les dents.

— Je ne te déteste pas, Victoria.

— Tu n'es pas très convaincant. C'est comme lorsque tu me tiens dans tes bras et que tu as envie de me faire l'amour. Je sens ton désir, il est palpable, et puis brusquement tu me repousses ou tu t'écartes de moi, comme si tu te salirais en allant jusqu'au bout de tes pulsions. Je… je ne comprends pas ce que j'ai fait de mal. Selon toi, je te mens souvent, mais à propos de quoi ? J'ai besoin de savoir, Wade. Prenons la piscine. Pourquoi aurais-je menti sur une chose aussi élémentaire que savoir nager ? Quelle aurait pu être ma motivation ?

Victoria regarda Wade dans les yeux. Les étoiles dorées de ses prunelles noisette semblaient briller et éclairer la pièce, mais sa bouche demeurait tendue, semblable à un trait.

Il finit par pousser un soupir.

— C'est compliqué, Victoria, et tant que tu n'as pas retrouvé la mémoire, je ne sais pas trop ce que tu comprendras de la situation.

— Tu te rends compte que c'est terriblement angoissant pour moi, ce que tu dis ? Ce que je peux *comprendre de la situation* ? Quelle situation ?

Sans le lâcher du regard, elle poursuivit d'un ton déterminé :

— Je veux connaître la vérité. Sommes-nous réellement mariés ?

Il hésita au point qu'elle crut qu'il n'allait pas répondre.

— Oui, confirma-t-il pourtant. Nous sommes mariés.

À son grand dam, elle sentit les larmes lui monter aux yeux et rouler sur sa joue.

— Oh. Et je t'ai trompé, c'est ça ? Ce qui explique pourquoi tu étais si furieux, le premier jour de mon retour à la maison ? Parce que j'ai posé une question au sujet de Murphy ? Je peux te jurer que je ne pensais à aucun homme en particulier…

Wade détourna les yeux.

— C'est ça, n'est-ce pas ? Il y avait un autre homme.

Elle en avait la nausée. Comment avait-elle pu être attirée par un autre que lui ?

— Non, enfin, si…, marmonna-t-il. Honnêtement, je ne sais pas. Selon la rumeur, tu avais un amant, mais tu es la seule à pouvoir répondre à cette question, et ce ne sera possible que lorsque la mémoire te sera revenue.

— Franchement, quelle réponse ! Elle m'est une grande aide !

— Je n'en ai pas d'autre, désolé.

Obstinée, elle reprit d'une voix brisée :

— Tu es mon mari, Wade. Je veux savoir. Que s'est-il passé entre nous pour que... pour que j'aie un amant ?

Encore une fois, il demeura silencieux si longtemps qu'elle désespéra d'obtenir une réponse, mais soudain il la regarda bien en face et expliqua :

— Certains affirment que je suis un bourreau de travail, et ils ont probablement raison. J'ai l'habitude de voyager, de définir les priorités et de faire en sorte que tout se déroule comme je l'entends. Je passe plus de temps à l'étranger qu'aux États-Unis. Pour cette raison, je n'ai pas les qualités requises pour être un bon mari. Or, je me suis rendu compte il y a quelques années que les P-DG des autres entreprises avaient tendance à faire davantage confiance aux hommes mariés qui avaient un foyer stable et un environnement familial. Je ne sais pas pourquoi mais c'est ainsi, et depuis que je suis un homme marié mes affaires vont mieux.

Il marqua une pause, comme s'il se demandait si ses propos étaient cohérents, et reprit :

— J'ai eu des relations par le passé qui se sont toutes mal terminées. J'ai compris très vite que trouver le grand amour n'allait pas m'arriver car, sans entrer dans les détails, disons que j'ai des problèmes pour faire confiance à une femme.

Il se frotta la nuque et poursuivit :

— Voilà pour moi. Quant à toi, tu ne rêvais que d'être introduite dans les milieux les plus fermés de l'élite. Après que ton père a perdu toute sa fortune, tu étais effondrée. Alors nous avons passé un accord. Un contrat par écrit. Tu devenais ma femme sur le papier pendant un an. À la fin de cette période, si nous avions tous deux respecté les clauses du contrat, nous la renouvelions. Si tu partais avant la fin de cette première année, tu renonçais à un million de dollars. Mais il y avait d'autres conditions. Ainsi, l'un comme l'autre, nous pouvions avoir des liaisons tant que nous étions discrets et que nous ne nous montrions pas en public. Voilà en gros la nature de notre contrat. Tu as des questions ?

Elle secoua la tête sans répondre. Sous le choc le plus total, elle ne savait que dire. C'était bien la dernière situation qu'elle aurait imaginée... C'était donc un mariage blanc qui expliquait sa présence ici. Son *mari sur le papier* n'avait pas à l'aimer, juste à se montrer cordial envers elle et s'assurer qu'elle aurait tout ce dont elle avait besoin jusqu'à la fin du contrat. Lui, il continuerait à voyager, à s'immerger dans le monde des affaires et à la laisser seule dans cette immense demeure...

Une douleur affreuse lui transperça le cœur.

— Donc nous sommes vraiment mariés, murmura-t-elle.

— Oui, sur le papier.

— Et tu ne m'aimes pas, tu ne m'as jamais aimée ?

Encore une fois, la réponse fut longue à venir.

— Non.

Immédiatement, les larmes lui montèrent de nouveau aux yeux et elle ne put les retenir. Elle se sentait tellement humiliée, meurtrie. Idiote.

— Il est préférable que je parte, dit-elle en prenant un mouchoir en papier posé sur la table. Je ne peux pas vivre ainsi. Prête-moi une valise, s'il te plaît, je te la rendrai.

— Victoria, je ne veux pas que tu partes !

— Forcément, car tu vas perdre ta crédibilité d'homme marié, et ce sera mauvais pour tes affaires ! répliqua-t-elle d'un ton moqueur.

Il ne fit aucun commentaire, ce qui était tout aussi bien.

— Mais réfléchis un peu, poursuivit-elle, je vais te faire économiser un million de dollars ! C'est pas mal, non ?

Elle avait tenté de se raccrocher à un peu d'humour, mais sa tentative échoua. Ses larmes ne cessaient de couler.

— J'ai perdu la tête pour accepter un tel contrat..., murmura-t-elle.

Elle se leva pour partir mais Wade s'interposa entre la porte et elle. Encore en pleurs, elle attendit patiemment qu'il s'écarte.

— Je suis désolée pour cette amnésie, Wade. C'est vraiment le grain de sable qui a enrayé les rouages de toute cette machinerie.

— Victoria...

— Non ! Épargne-moi d'autres détails. Tu m'as dit tout ce que j'avais à savoir. Maintenant, ce que je veux, c'est une valise et un taxi qui m'emmène... quelque part.

Oui, c'était bien beau de vouloir partir, mais pour aller où ?

Il la considéra sans un mot, sans bouger, et lui bloquait toujours le passage.

— Laisse-moi sortir d'ici, insista-t-elle.

D'un geste très lent, il ouvrit la porte, la laissant enfin sortir.

À travers un brouillard de larmes, elle parvint à regagner sa chambre, et se jeta sur son lit pour pleurer tout son soûl. Elle sanglota avec désespoir, mue par une tristesse profonde... Comment avait-elle pu se ridiculiser à ce point ?

Elle considéra alors l'anneau à son doigt. Avec son assortiment de pierres voyantes, cette bague était trop tape-à-l'œil, trop grosse, pensa-t-elle en la retirant et en la posant sur la table de nuit. De plus, elle ne symbolisait pas l'amour qu'un vrai mari était censé porter à sa femme... Une nouvelle vague de larmes la souleva. Elle était en plein cauchemar. Un rêve épouvantable dont elle ne pouvait se réveiller.

Bon sang, mais que lui avait-il pris ? se demanda Wade, qui n'arrivait toujours pas à croire qu'il était passé aux aveux. Victoria avait très mal pris la vérité — il faut dire que, présenté ainsi, ce mariage blanc était froid et calculé —, et la scène avait été bien pire que ce à quoi il s'était attendu.

Sa réaction était toutefois aux antipodes de son exaltation, le jour où il lui avait présenté l'idée. D'ailleurs, elle avait tout fait pour que le projet se concrétise rapidement, tant elle avait hâte de mener cette vie de luxe à laquelle elle aspirait.

Et aujourd'hui, elle était... furieuse, offusquée. Triste, même.

C'était à n'y rien comprendre !

Quoi qu'il en soit, il se sentait terriblement mal à l'aise.

Pourtant, il se devait de lui dire toute la vérité, même si celle-ci était aussi difficile à accepter qu'il l'était pour lui de continuer à la taire.

Jamais il n'aurait cru que Victoria le prendrait aussi mal, ni qu'elle partirait. Il n'avait aucune envie qu'elle s'en aille. Sans compter qu'elle avait dû oublier que le moindre de ses déplacements requérait la présence d'un garde du corps — et c'était une notion que la nouvelle Victoria n'apprécierait assurément pas. Voilà où il en était, à ne pouvoir être en sécurité nulle part, à part quand il était sur son ranch ! D'ailleurs, comment pourrait-il la convaincre, à présent, de l'accompagner là-bas ? Ce serait mission impossible.

Il sentait bien qu'elle avait radicalement changé depuis l'accident, et si leur situation avait été différente, il l'aurait tout de suite invitée à dîner puis entraînée dans son lit. Le problème, c'est qu'il ne se serait pas contenté d'une nuit… Il aurait voulu apprendre à la connaître. Elle était si belle, si intelligente… et aussi tentante que le péché ! Et comme elle n'essayait pas d'afficher à tout prix ses qualités, elle n'en était que plus excitante. Le résultat était désastreux : elle l'attirait irrésistiblement. Malheureusement, si la mémoire lui revenait, il était possible que son ancien moi refasse surface… Il souhaitait qu'elle guérisse de cette amnésie, bien sûr, mais il espérait de toutes ses forces qu'elle ne redeviendrait pas l'ancienne Victoria.

Même s'il enviait ses frères, il n'avait jamais réellement pensé à fonder une famille. Du moins jusqu'à tout récemment… Mais à l'idée de ce que Victoria et sa mère seraient capables de comploter contre lui, il retrouvait bien vite ses esprits.

Depuis ce fichu accident, il marchait sur une corde raide entre le désir et la réalité, ce qui le rendait fou.

Une petite voix lui rappela soudain tous les hommes avec qui Victoria était censée avoir eu une liaison, ces derniers mois. Et puis cette amnésie, au fond, était-elle vraiment réelle ?

Agité, il se mit à faire les cent pas, essayant de réfléchir calmement…

Quand Victoria se serait calmée, peut-être pourraient-ils discuter de nouveau ? L'idée qu'elle parte lui était insupportable. Il avait l'impression de l'avoir juste trouvée !

Marmonnant dans sa barbe, il entra dans la douche.

Comment avait-il pu se retrouver dans un tel guêpier ?

Tout au fond de lui, depuis le retour de Victoria, il s'était rendu compte du vide de sa vie en dépit des réceptions, des fêtes sur son yacht et des dîners dans les meilleurs restaurants. Il s'était même pris à s'imaginer en père de famille...

D'un côté purement théorique, il n'aurait aucun mal à séduire une femme, sauf qu'une petite voix lui soufflait qu'aucune n'arriverait à la hauteur de Victoria. Il avait beau lutter contre ce qu'il éprouvait pour elle, force était de constater qu'en sa présence il se sentait plus vivant. Parfois même, il avait la sensation qu'un gros poids avait glissé de ses épaules.

Il était cependant fermement décidé à rester sur ses gardes : il n'était pas exclu que l'ancienne Victoria resurgisse très vite.

8

Victoria tressaillit : on venait de frapper à sa porte. Elle se retourna, délaissant la vue du jardin qu'elle était en train d'admirer dans l'obscurité. Incapable de dormir, elle avait arpenté sa chambre de long en large, puis emballé quelques vêtements. Elle n'emporterait pas grand-chose, Wade ayant sans doute payé la plupart des tenues que contenait sa garde-robe. Après quoi, elle avait pris un bain, ce qui lui avait permis de se calmer un peu, puis avait enfilé une nuisette et s'était rendue sur le balcon — non sans avoir pris soin d'en avertir la sécurité, cette fois !

Elle regarda l'heure. Il était 3 heures du matin ! Une seule personne pouvait venir frapper à sa porte à une heure pareille...

Finalement, la porte s'ouvrit et, comme elle s'y attendait, Wade se tenait sur le seuil, grand et musclé, vêtu d'un simple jogging.

— Je voulais juste vérifier que tu allais bien, dit-il en passant la main dans ses cheveux.

Il prit une profonde inspiration et poursuivit :

— Je m'inquiète pour toi. Tu fais partie de mes connaissances depuis cinq ans, et même si nous n'avons jamais été proches jusqu'à ton accident, la relation que nous avons désormais est différente. Victoria, il faut que l'on apprenne à se découvrir en faisant abstraction de notre... *arrangement*. J'aime ta présence chez moi, j'ai vraiment envie de te connaître. J'espère que de ton côté tu en as aussi envie.

Elle l'observa un instant avec attention, surprise par son petit discours. Était-il sincère ?

— Un mannequin dans une vitrine ne pourrait-elle pas remplir la même fonction que moi ? répliqua-t-elle. Elle n'exprimerait ni sentiments ni émotion, et il suffirait que tu lui donnes un nom. Elle suivrait l'étiquette à la lettre, et je te garantis qu'elle ne prononcerait pas le nom d'autres hommes en ta présence. Elle aurait peut-être quelques difficultés pour signer un nouveau contrat, mais qu'importe, tu pourrais le faire à sa place.

Fière de sa tirade, elle voulut refermer la porte, mais il l'en empêcha.

— Victoria...

Il lui lança un regard qu'elle...

Seigneur ! Elle l'aimait, songea-t-elle brusquement. Durant le peu de temps qu'ils avaient passé ensemble — du moins après son accident —, elle était tombée amoureuse de cet homme incroyablement complexe. Malgré son attitude étrange et cette façon qu'il avait de lui faire comprendre qu'elle s'était mal comportée avec lui... et malgré ce qu'il venait de lui raconter sur leur mariage de convenance.

— Qu'attends-tu de moi, au juste ? lança-t-elle. Je n'ai rien à donner.

— Voyons où cela nous mène, Victoria. Il se peut que tu finisses par te dire que tu ne veux plus rien avoir à faire avec moi, mais...

— Vraiment, tu crois ?

— ... J'aimerais que tu nous donnes une chance. Il nous reste presque deux mois avant que le contrat n'arrive à expiration.

— Très bien, mettons un minuteur, alors. Voyons si tu peux tomber amoureux de ta femme en deux mois. Tu donnes le top départ ?

Visiblement, il n'apprécia pas ses sarcasmes.

— Assez, Victoria !

Refermant la porte derrière lui, il la saisit par les épaules et la fit gentiment reculer contre le mur le plus proche.

— Ce n'est pas ce que je voulais dire, reprit-il, radouci. Je ne m'attendais pas à éprouver de sentiments pour toi et je ne pensais pas non plus que tu en éprouverais pour moi. Tu n'as jamais… Enfin, quand nous avons passé notre marché, tu voulais juste l'argent et le prestige lié au titre de Mme Masters. Je suis désolé de ne pas t'avoir dit la vérité sur notre mariage tout de suite, mais je craignais qu'au lieu de stimuler ta mémoire, ce serait contre-productif.

Ces paroles la firent réfléchir. Il ne lui était jamais venu à l'idée qu'elle avait pu vouloir ce mariage fictif autant que lui… Et cela lui faisait voir la situation d'un autre œil.

Au fond, peu importait ce qui s'était passé dans sa vie auparavant, car elle savait désormais que les bras de Wade étaient le seul endroit au monde où elle voulait être. Et pas simplement pour l'argent ou le prestige, mais pour qu'il la serre tendrement contre lui, comme toute femme amoureuse de son mari est en droit de l'espérer.

Wade lui sourit et essuya doucement les larmes qui roulaient sur ses joues.

— Je veux que nous explorions la possibilité qui s'offre à nous de nouer une relation solide, reprit-il. Je veux plus qu'une femme symbolique, je souhaite que l'on se donne une chance.

Elle hocha la tête, la gorge nouée par une étrange émotion.

— D'accord, murmura-t-elle. On ne se cache plus la vérité. Plus de courtoisie distante. J'en ai vraiment assez, tu sais, d'être traitée comme une invitée dans ma propre maison. Enfin plus exactement dans *ta* maison.

— *Notre* maison.

— Je ne veux pas de ton argent. Promets-moi que tu vas déchirer ce contrat en mille morceaux.

— Nous en reparlerons plus tard.

Il prit son menton entre ses doigts et plongea son regard dans le sien.

— Reste, Victoria. Reste avec moi.

Et il captura ses lèvres comme s'il y avait urgence.

Ce n'était pas le premier baiser qu'il lui donnait depuis son retour de l'hôpital, mais celui-ci était bien différent des autres, dépourvu de la moindre hésitation ou incertitude, comme si elle était à lui, et qu'il avait l'intention de lui montrer en quoi cela consistait.

La prenant dans ses bras, il la conduisit dans sa suite et la déposa en douceur sur son lit.

— Tu étais juste ma femme sur le papier, Victoria, et maintenant, tu vas l'être au sens biblique du terme, dit-il d'une voix essoufflée en lui retirant sa chemise de nuit. Dans mon lit, là où est ta place. Si tu n'en as pas envie, c'est le moment de me le dire...

Pendant de longues secondes, elle soutint son regard intense, puis se redressa pour poser sa bouche sur la sienne.

Alors il la fit doucement basculer sur le lit et elle noua ses bras autour de son cou.

— Je crois que je n'ai jamais ressenti un désir aussi fort de ma vie..., murmura-t-elle.

De nouveau, il s'empara de sa bouche pour l'embrasser avec une folle ardeur, comme si sa vie en dépendait.

Elle qui s'était demandé l'effet que cela ferait de s'unir à lui allait enfin le savoir...

Il continuait à dévorer sa bouche, tout en plaquant ses mains douces comme du velours sur ses seins dont les pointes se hérissèrent sur-le-champ à leur contact. Elle se cambra tout naturellement et poussa un petit gémissement.

— C'est vraiment ce que tu veux, Victoria ?

Sans répondre, elle posa sa main sur la sienne de sorte qu'il pressa plus fortement ses seins...

— Parfait, marmonna-t-il. Alors...

Il la déshabilla en deux temps trois mouvements puis, se penchant sur elle, captura un de ses seins avec la bouche.

Elle ne put retenir un petit cri de plaisir quand il se mit à en titiller le bout, et elle glissa les doigts dans ses cheveux pour le maintenir contre elle. Tout à coup, il changea de sein, avant de revenir à ses lèvres avec une ferveur plus grande encore.

Après quoi, il délaissa sa bouche et fit glisser la sienne tout le long de son corps jusqu'à son entrejambe...

— Prête pour m'accueillir ? demanda-t-il d'une voix rauque.

Elle ouvrit alors un peu plus les jambes, et il vint y loger sa langue...

— Oh... ! cria-t-elle, n'ayant jamais ressenti une telle impression de sa vie.

Elle s'en serait forcément souvenue, non ? Comment pouvait-on oublier pareille sensation ?

Trouvant son point le plus sensible, Wade se mit à l'explorer et, tout à coup, elle eut la sensation que son corps explosait... Elle éprouva un plaisir indescriptible...

Wade posa la tête sur son ventre, attendant que les tremblements cessent.

Il se déshabilla à son tour et se remit à caresser son corps de façon appliquée, et quand elle sentit son sexe contre le sien, elle poussa un petit gémissement, à quoi Wade répondit par un grognement. Elle l'empoigna par les cheveux, consciente qu'il était le seul en mesure d'éteindre le feu intérieur qui la dévorait.

— Je ne peux plus tenir, souffla-t-il d'une voix rauque. J'ai besoin d'être en toi...

Elle perçut à cet instant les tremblements de son corps vigoureux au-dessus d'elle.

— Oui, murmura-t-elle contre sa bouche.

Mais quand il voulut la pénétrer, elle prit une profonde inspiration et se crispa. Il s'arrêta immédiatement.

Wade sentit son pouls se mettre à battre comme un fou.

— Que se passe-t-il ? demanda Victoria.

— Tu es vierge, répondit-il en secouant la tête, incapable de le croire.

C'était impossible. Comment se pouvait-il que Victoria n'ait jamais couché avec un homme ? Ses diverses aventures avaient pourtant fait la une de nombreux journaux.

— Chérie, si tu n'as jamais fait l'amour, cela risque d'être un peu douloureux, la première fois.

— Je m'en fiche, dit-elle en pressant ses lèvres fiévreuses contre lui.

— Victoria, tu es bien certaine que c'est ce que tu veux ?

— Oui, murmura-t-elle. Je t'aime, Wade.

Prenant son visage en coupe, il plongea son regard dans le sien.

— Tu es prête pour moi, Victoria ?

Elle hocha la tête, les yeux brillants, haletante. Alors d'un coup de reins, il finit par rompre la barrière qui les séparait, puis s'immobilisa, attendant qu'elle lui dise de continuer ou d'arrêter.

Mais elle se mit à lui déverser des petits baisers dans le cou, sur les épaules, à le mordiller. C'était la réponse qu'il attendait, et il se mit à aller et venir doucement en elle, puis de plus en plus profondément...

— Oh ! Wade ! hurla-t-elle.

Il se figea, le souffle court.

— Ça va ? parvint-il à demander.

— Oui, ne t'arrête pas, s'il te plaît !

Il reprit sa danse, et brusquement le monde sortit de son axe.

— Jouis avec moi, ma chérie..., lui souffla-t-il à l'oreille.

Elle poussa un cri et il la rejoignit immédiatement dans l'orgasme, qui fut ravageur...

Quand il retomba sur le matelas à ses côtés, il l'embrassa de nouveau, plus tendrement cette fois. Le temps semblait suspendu et le monde extérieur évaporé. Peu à peu, enlacés l'un à l'autre, ils s'endormirent.

Un peu plus tard, il la réveilla par de doux baisers.

— Chérie, tu marmonnes dans ton sommeil. Je vais te faire couler un bain, cela t'apaisera.

Elle hocha la tête, tout endormie.

Quelques minutes plus tard, il la déposait dans de l'eau mousseuse où il l'y rejoignit bientôt, ajustant les jets pour qu'elle se relaxe, avant de la prendre de nouveau. Il adorait la douceur de sa peau, la sensation de ses cheveux dans son cou, son corps contre le sien, tout simplement.

Plus tard dans la nuit, il lui refit l'amour en la réveillant par une pluie de baisers. Visiblement avide qu'il la pénètre, elle s'offrit tout de suite à lui et ce fut encore plus merveilleux que les fois précédentes. Après quoi, tous deux sombrèrent dans le sommeil.

Le lendemain matin, Wade proposa à Victoria de lui faire visiter ses bureaux au centre de Dallas. Le siège de sa société comportait vingt niveaux, et était fait de verre foncé et de béton. Elle y rencontra des personnes adorables, et découvrit que le bureau de Wade, comme tout ce qui appartenait à son monde, était immense. Il occupait la moitié d'un étage et offrait une vue panoramique sur le quartier en pleine expansion de la ville. Il était meublé avec goût, de façon luxueuse, et disposait aussi d'un coin salon avec de grands canapés. Attenant au bureau se trouvait une salle de conférences, ainsi qu'un centre d'appels internationaux. Elle découvrit aussi une salle de bains et un Spa.

— Tu pourrais presque vivre ici ! s'exclama-t-elle en riant.

— Cela m'arrive parfois, répondit-il en souriant. Que dirais-tu de prendre un peu de vacances ? ajouta-t-il, redevenu sérieux. Tu as l'air d'apprécier la nature et le grand air.

— Excellente idée !

Décidément, tout lui semblait bien plus léger, désormais. Après les confessions de la veille, elle avait l'impression qu'elle pouvait avoir confiance en son mari.

— As-tu une destination en tête ? demanda-t-elle.

— Je te réserve la surprise. J'espère qu'elle te plaira.

— Très bien.

Sur ces paroles, ils regagnèrent la limousine. Une fois à l'intérieur, elle demanda :

— Quand partons-nous ?

— Demain. Mets des vêtements confortables dans ta valise. Des jeans, ce sera parfait.

Bien sûr ! Elle ne demandait pas mieux.

Le lendemain matin, ils se rendirent au petit aérodrome qui abritait les avions de la famille Masters, et la limousine fila jusqu'au fond du hangar pour s'arrêter devant un hélicoptère bleu foncé sur lequel était imprimé en lettres argentées : Masters International.

— On y va en hélico ?

— Viens, dit-il en souriant devant son air stupéfait.

L'appareil étant déjà en marche, l'air que brassaient ses pales souleva ses cheveux et elle s'accrocha bien vite à la main de Wade. Celui-ci ouvrit la porte, lui dit de monter à l'arrière, puis fit le tour de l'hélicoptère et grimpa à côté d'elle. Après quoi, il lui tendit un casque auquel était relié un microphone, en mit également un, puis lui demanda d'attacher sa ceinture.

— Prête ?

— Moyen...

Elle inspecta l'intérieur, confortable et rassurant, elle le reconnaissait, et ajouta :

— Et n'essaie pas de me faire croire que j'ai déjà fait cela auparavant.

— Non, mais ta capacité d'adaptation est remarquable, répondit-il avec un air entendu.

Puis il éclata de rire et leva le pouce vers le pilote. Celui-ci mit les gaz, le bruit se fit encore plus assourdissant et, quelques instants plus tard, l'appareil décollait.

C'était à la fois excitant et effrayant... Bientôt ils survolèrent la ville et la vue fut à couper le souffle. Tout devint minuscule et, oubliant ses frayeurs premières, elle se sentit aussi légère qu'un oiseau.

Après quoi, la ville céda la place à de superbes villas périurbaines auxquelles succédèrent les immenses ranchs, qui se trouvaient dans le nord du Texas.

Au bout d'une heure, Wade annonça :

— Nous y sommes.

Et ils amorcèrent la descente vers une clairière située au milieu d'une zone forestière et, peu à peu, elle se rendit compte que la piste d'atterrissage était un enclos situé près d'une grange.

Non loin paissaient des chevaux et du bétail dans une prairie à l'herbe haute et verte.

Le pilote se posa doucement au centre de l'hélistation et coupa le moteur. Wade ouvrit aussitôt la porte, descendit le premier, puis aida Victoria à s'extraire de l'hélicoptère. La prenant par la main, il l'entraîna vers un sentier bordé d'arbres et ils débouchèrent rapidement devant un imposant chalet doté de parois en verre.

— Comme c'est beau..., murmura-t-elle en s'arrêtant pour admirer le spectacle qui s'offrait à elle. C'est là que tu as grandi ?

— Oui. C'est mon père qui l'a construit quand Chance est né.

— Chance, c'est ton frère, c'est ça ?

— Oui, c'est le plus jeune, il vit encore sur le ranch avec sa femme Holly. Il le gère tandis que Holly a un cabinet de vétérinaire juste en face de la maison principale de la propriété.

À son accent nostalgique, elle comprit que le ranch était enraciné dans son cœur. Elle pouvait le comprendre ; c'était ici qu'il avait grandi et avait appris la vie, avec ses frères.

Alors qu'ils avançaient vers la grande terrasse, la porte d'entrée s'ouvrit brusquement et une jeune femme blonde et menue s'élança vers Wade pour se jeter dans ses bras. Tous deux éclatèrent de rire quand ce dernier se mit à tournoyer sur lui-même sans la lâcher.

— Je n'arrivais pas à le croire quand on m'a dit que tu venais ! s'exclama-t-elle tout excitée. C'est si bon de te revoir !

Wade la reposa à terre, un grand sourire aux lèvres.

— Holly, je te présente ma femme, Victoria.

Son beau visage encore tout souriant, Holly lui souhaita la bienvenue au ranch et dans la famille avant d'ajouter :

— Wade Masters, ça, on peut dire que tu as pris ton temps pour l'amener ici. Elle est vraiment très belle, bien joué !

— Victoria, dit Wade, voici donc Holly, la femme de mon frère Chance qui, comme je te l'ai dit, gère le ranch. Holly a elle aussi grandi sur la propriété, car son père était l'ancien régisseur. Et cette *gamine* m'a embêté pendant combien... vingt-trois ans ?

— Vingt-quatre le mois prochain, corrigea-t-elle. Bon, entrez et installez-vous.

Elle ouvrit alors la lourde porte et s'effaça pour les laisser passer.

— Personne n'a séjourné ici depuis août dernier quand Wade nous a fait l'honneur d'une courte visite, expliqua-t-elle. J'ai demandé à Mme Hughes de faire le ménage à fond, de mettre des draps propres et de remplir le réfrigérateur et les placards. Il y a bien sûr du vin dans la cave, de la viande au congélateur, des conserves dans le garde-manger... Voilà, je crois que j'ai fait le tour. Si vous avez besoin de quoi que ce soit, appelez le bureau.

— Merci, Holly, c'est très gentil, dit Wade.

Et il regarda autour de lui d'un air détendu.

— Avec plaisir, répondit-elle. Chance devrait revenir mercredi, j'espère que vous serez encore ici.

— Telle est notre intention, sauf si j'ai un appel en urgence, tu sais ce que c'est.

— Entendu ! Bonne installation, je dois filer. À plus tard.

— Elle est vraiment charmante, déclara Victoria une fois qu'elle fut partie.

Wade approuva.

— Et si courageuse ! Quand mon frère s'est engagé dans l'armée, je me suis fait du souci pour elle, car elle l'aimait depuis toujours, mais c'est finalement elle qui l'a convaincu de renoncer à la marine. Pas de manière explicite, j'en suis sûr, mais il a dû se rendre compte de ce qu'il perdrait s'il s'engageait dans l'armée.

Victoria hocha la tête, songeant que Holly voyait un grand frère en Wade, ce qui en disait long sur lui.

À son tour, elle inspecta les lieux. C'était un chalet magnifique, moderne et confortable, avec des poutres apparentes, de hauts plafonds et une grande cheminée. Les parois en verre offraient une vue à couper le souffle sur la vallée. Un immense îlot occupait une partie de la cuisine qui comportait des placards en noyer clair et des comptoirs en granit. Au sol, un parquet verni complétait le tout.

— Ce chalet est superbe, je l'adore ! déclara-t-elle. Merci de m'avoir amenée ici.

— Il y a quatre chambres d'amis et une suite en haut dans laquelle quelqu'un déposera nos valises tout à l'heure, si tu n'as rien contre.

Ils allaient donc partager une chambre ? Elle lui sourit.

— Pas de problème.

Alors Wade se pencha pour effleurer ses lèvres d'un léger baiser.

— As-tu faim ?

— Non, pas du tout, je suis impatiente de visiter ton ranch !

— Entendu, nous allons faire une petite visite. Je ne peux hélas pas te promettre que nous pourrons tout voir aujourd'hui. Suis-moi.

Et il l'entraîna vers une bâtisse à l'extérieur, dans laquelle se trouvaient plusieurs quads.

— Tu en as déjà conduit un ? demanda-t-il. C'est la meilleure façon de découvrir un ranch de cette taille.

— Pas que je me souvienne. Mais je veux bien essayer.

— Ne prenons pas de risque, je préfère que tu montes sur le mien pour une première sortie, d'accord ?

— Comme tu voudras.

Il grimpa alors sur un quad rouge, alluma le moteur et lui fit signe de monter derrière lui avant de lui tendre un casque. Quand elle noua ses bras autour de sa taille, elle sentit ses abdominaux fermes sous ses doigts.

Elle ne peut s'empêcher de pousser un cri quand, en deux accélérations, ils furent à l'extérieur. Et un autre quand, arrivés au sommet d'une petite colline, ils en descendirent à toute allure l'autre versant.

— Ralentis ! cria-t-elle en riant.

Elle se tenait si fermement à lui qu'elle redoutait de lui briser les côtes.

Il hocha la tête, lui indiquant qu'il avait entendu mais, contre toute attente, accéléra. À certains endroits, ils décollaient quasiment du sol, zigzaguaient pour éviter le gazon mais roulaient à tombeau ouvert dans la boue, tandis qu'elle hurlait de peur et riait en même temps.

Quand il s'arrêta devant un immense bâtiment, elle s'empressa de descendre du quad, jurant qu'elle ne remonterait jamais dessus.

— Tu es fou ! Tu t'es cru au volant d'un bolide ! s'écria-t-elle.

Wade éclata de rire et la serra dans ses bras.

Quelques instants plus tard, ils pénétraient dans une écurie. La plupart des box étaient occupés par des chevaux majestueux. Elle repéra alors une superbe jument à la robe noir et blanc.

— Elle est magnifique ! Je n'en ai jamais vu une comme elle, enfin, d'après ce dont je me souviens.

— C'est une jument à robe pie Tobiano, de race Tennessee Walker.

— Elle est merveilleuse.

— Mon grand-père était soucieux du pedigree de ses bêtes et, grâce à lui, nous n'avons pas perdu l'ADN qui produit ces remarquables juments. Je crois qu'aujourd'hui nous en possédons une trentaine. Certaines sont marron et blanc, d'autres ont juste des points bruns sur une robe blanche mais en majorité elles sont blanches avec des taches noires sur le corps, le cou et les cuisses.

— On dirait que tu me décris des dalmatiens !

Wade sourit.

— Il est vrai que beaucoup leur ressemblent. Nous avons aussi des Appaloosa et des Quarter Horse qui ont également fait la légende de l'Ouest.

Ils poursuivirent la visite, et Victoria ne cessa de pousser des cris enthousiastes. Elle avait la sensation d'être dans un ranch de western.

Après quoi, ils se rendirent dans un deuxième bâtiment, qui abritait des dizaines et des dizaines d'autres chevaux, Victoria n'en croyait pas ses yeux… L'air sentait le foin fraîchement mis en bottes, et l'odeur de copeaux de cèdre et de cuir.

— La plupart sont des Quarter Horse, lui expliqua Wade.

Nous les vendons à d'autres ranchs pour le travail ou à des centres d'équitation.

De l'immense écurie, ils passèrent à l'enclos aux poulains, où des nouveau-nés tentaient de tenir sur leurs maigres pattes.

— Nous mettons les mères et leurs bébés pendant quelques semaines ici, afin de nous assurer que tout va bien.

— Ils sont adorables ! s'écria-t-elle. On dirait qu'ils ont des jambes immenses.

Wade laissa échapper ce petit rire qu'elle aimait tant.

— À cet âge, c'est juste ce qu'ils sont, mais ils grandissent vite.

— Quand commencez-vous à les dresser ?

— Dès leur naissance, mais on ne les monte qu'à partir de trois ans.

Elle ignorait combien de temps ils passèrent auprès des poulains, mais Wade déclara soudain :

— Il se fait tard, tu dois être affamée. Rentrons, nous pourrons nous promener à cheval demain, et je te montrerai d'autres parties du ranch.

— Parfait ! dit-elle, un grand sourire aux lèvres.

9

Wade était fasciné. Victoria n'avait pas fait le moindre commentaire négatif depuis qu'ils étaient descendus de l'hélicoptère. Il avait cru qu'elle allait se plaindre de l'emplacement éloigné du ranch, mais elle n'avait pipé mot. En outre, elle avait paru apprécier réellement la visite des écuries. Il ne comprenait plus rien, car ce comportement était vraiment aux antipodes de l'ancienne Victoria. Cela dit, il s'en réjouissait vivement, surtout après ce qu'ils avaient partagé. Néanmoins, il demeurait sur ses gardes. Tout semblait tellement insensé… Depuis sa sortie de l'hôpital, les réactions de Victoria ne correspondaient nullement à celles qu'il attendait ; il en éprouvait à la fois du soulagement et de la stupeur.

Demain, il prévoyait de l'emmener à Stockman's Ridge, qui n'était accessible qu'à cheval. L'endroit offrait des points de vue panoramiques magnifiques. Pour l'heure, ils devaient rentrer au chalet avant le coucher du soleil. Il avait prévu un repas typique qu'ils prendraient dehors : haricots rouges et saucisses cuites sur un feu de camp, le tout accompagné de pain au maïs — c'était l'un de ses plats préférés quand il était enfant. Pas de chefs français, pas de vins chers, et la seule musique serait celle d'une guitare, si l'un des ouvriers apportait son instrument.

Si Victoria survivait à ce dîner et ce qui l'attendait le lendemain, alors il cesserait de s'inquiéter au sujet de ce changement de personnalité et devrait accepter le fait qu'elle était amnésique et ne feignait pas de l'être. Si elle appréciait la vie au ranch et les chevaux, il profiterait de chaque minute avec elle… Jusqu'à ce que la mémoire lui revienne. En cas de changement d'attitude de sa part, il aviserait.

Une chose l'intriguait, toutefois : il n'aurait jamais imaginé qu'elle était vierge, compte tenu de tous les hommes en compagnie desquels elle paradait ! C'était tout bonnement hallucinant.

Depuis son accident, elle n'était plus du tout la femme qu'il avait épousée. Si elle aimait la nature autant que lui, alors il devait remercier sa bonne étoile : c'était une union bénie par les dieux ! Il l'espérait de tout son cœur. Toutefois, rien n'excluait qu'avec la fin de l'amnésie l'ancienne Victoria ne reviendrait au grand galop… Et cette pensée l'attristait terriblement.

De retour à Pine House, après qu'un employé leur eut annoncé qu'il avait déposé leurs bagages devant la porte de la suite, Victoria se précipita en haut, curieuse de découvrir les lieux. La pièce était très spacieuse, occupée en son centre par un grand lit. La porte-fenêtre donnait sur une terrasse vers laquelle elle se dirigea sans hésiter. De vastes prairies bordées d'arbres s'étendaient à perte de vue. Au loin, elle aperçut une rivière dont l'eau étincelait dans la lumière de cette fin d'après-midi. Le paysage était spectaculaire… Comment Wade pouvait-il s'en priver en vivant à Dallas ?

Le dîner se déroula autour d'un feu de camp, où une vingtaine d'employés du ranch les rejoignirent, chacun se régalant allègrement de haricots rouges, de saucisses et de pain au maïs. Après avoir rempli son assiette, pris une fourchette et une serviette, elle alla s'asseoir sur un énorme tronc posé à terre, où Wade vint lui tenir compagne. Les journaliers faisaient la conversation, et elle était heureuse d'entendre des récits liés à l'enfance de Wade et de ses frères, la plupart étant très drôles.

À côté d'elle, Wade, un sourire aux lèvres et un chapeau de cow-boy sur la tête, écoutait les histoires, protestant de temps à autre quand on le décrivait comme un petit chenapan. De toute évidence, il connaissait ces hommes depuis sa plus tendre enfance et les appréciait tout autant qu'ils l'appréciaient. C'était ici qu'il devait vivre, se redit-elle. Il était dans son élément, et tellement différent de l'homme d'affaires de Dallas…

Depuis qu'ils étaient arrivés, il n'affichait pas de sourires forcés, il paraissait comblé et heureux, s'exprimant plus librement et, d'une manière générale, était bien plus décontracté.

Quand le groupe se dispersa, ils rentrèrent au chalet. Elle était fatiguée par cette journée pleine de surprises et de nouveautés mais tellement bien…

— De quel côté du lit préfères-tu dormir ? lui demanda Wade

— Ça m'est égal, choisis.

Elle prit sa nuisette et se rendit dans la salle de bains. Une fois sous la douche, lorsque les vapeurs l'enveloppèrent, elle repensa à la nuit qui s'annonçait, dans les bras de Wade… Aussitôt les battements de son cœur s'accélérèrent.

Une fois prête, elle retourna dans la chambre. La pièce était plongée dans l'obscurité, mais elle repéra tout de même la forme du lit et se dirigea vers le côté inoccupé. Se glissant sous les couvertures, elle roula malgré elle vers le milieu. Elle tenta de revenir sur le côté. En vain.

— Tu ne pourras pas dormir en t'accrochant au matelas, dit Wade avec humour. Je suis le seul à avoir dormi dans ce lit pendant des années et, en général, je m'allonge au milieu.

— Ah, je comprends !

Et elle plaça entre eux les oreillers qu'ils n'utilisaient pas, barrage précaire mais faute de mieux…

Lui tournant le dos, elle s'efforça de s'installer le plus confortablement possible. Comme il faisait frais ! se dit-elle soudain. La température chutait sacrément pendant la nuit. Elle s'emmitoufla dans les couvertures, puis ferma les yeux.

Un grand silence régnait… Qu'il était étrange d'être séparé de son mari par ces oreillers !

— Wade, tu dors ?

— Non.

— Tu sais, je trouve ça bizarre, ce barrage entre nous.

D'un mouvement sec, il le détruisit.

— Problème résolu, dit-il.

— C'est juste que je ne voulais pas t'écraser.

Il se mit à rire.

— *M'écraser* ? Chérie, tu ne le pourrais pas même si tu en avais envie. De toute façon demain, tu te retrouveras sur moi, et il n'y aura aucune plainte de ma part.

— Je sais que tout devrait me paraître normal, mais…

Wade se redressa sur un coude et lui souffla à l'oreille :

— Il suffira d'une nuit pour que tout te semble normal.

Et sur ces mots, il se mit sur le côté et cala son torse contre son dos.

— Ça va, comme ça ? demanda-t-il.

— Oui…

— Parfait. Si tu as trop chaud dans la nuit, réveille-moi.

Il effleura sa joue d'un léger baiser et ajouta :

— Mmm, tu sens bon.

À cet instant, elle perçut son érection à la pointe de ses reins, et son cœur se mit à battre comme un fou… Sa température intérieure monta d'un cran, et elle lutta pour ne pas se retourner… Bon sang ! Wade était un homme dans la pleine puissance de l'âge, et il savait pertinemment ce qu'il faisait.

— Wade, tu dors ?

— Il y a un problème, trésor ? répliqua-t-il d'un ton innocent.

— J'ai chaud.

Il éclata de rire puis la fit tourner vers lui. En un tournemain, il recouvrit sa bouche de la sienne et ses mains s'affairèrent à lui donner encore plus chaud.

Après avoir pris une douche rapide, Victoria enfila un jean, un chemisier décontracté et ses nouvelles baskets, puis descendit bien vite l'escalier.

— Prête pour l'aventure ? lança Wade.

— Absolument !

Wade se tenait près du comptoir de la cuisine, en jean… et torse nu. Seigneur ! Il portait uniquement un jean délavé et déchiré qui le moulait comme une seconde peau. Son ceinturon en cuir noir faisait ressortir ses abdominaux en « tablette de chocolat », son torse imposant et ses épaules carrées. Les muscles sous sa peau roulaient comme les rouages d'une machine bien huilée. Elle ne l'avait jamais vu vêtu autrement qu'en costume ou en jogging, mais le jean dépassait tout... D'autant qu'il mettait en valeur des atouts qu'elle avait pu apprécier la nuit précédente...

— Le sucre et le lait sont sur la table, dit-il. Veux-tu manger quelque chose ?

Il prit sa tasse de café, avala une gorgée et la reposa. Était-il conscient du pouvoir qu'il exerçait sur les femmes ? Et sur la sienne, en particulier ? C'était comme si une main de fée avait assemblé tous les éléments les plus sexy de la Terre, avait remué le tout et que le produit final se trouvait nonchalamment devant elle.

— Victoria ?

— Comment ? Euh... Non. Je n'ai pas faim.

Et elle se détourna pour qu'il ne la voie pas rougir.

— Tu n'as pas assez dormi ?

— Si, j'ai passé une *excellente* nuit, affirma-t-elle. Courte, mais excellente. J'ai besoin de peu d'heures de sommeil pour récupérer, ajouta-t-elle avec un sourire.

— C'est une bonne chose à savoir, répondit-il avec un clin d'œil. Tu veux que l'on emporte une boisson pour la promenade ? De la limonade, ou autre chose ?

Au lieu de lui répondre, elle se contenta de le regarder de nouveau fixement. Comme il fronçait les sourcils, elle se dirigea vivement vers le réfrigérateur, effleurant les verres qui étaient sur le comptoir. Elle eut le réflexe de les rattraper avant qu'ils ne tombent et se cassent en mille morceaux.

Wade l'observa, et ses yeux dorés lancèrent des éclairs amusés ; il s'était bien rendu compte que c'était lui qui la troublait !

— Tu es certaine que tu vas pouvoir chevaucher ?

— Oui, bien entendu !

— Tu es déjà montée à cheval ?

Elle se contenta de hausser les épaules.

— Bon, on va rapidement le savoir, conclut-il. Tu as trouvé de la limonade ?

— De la quoi ?

— Tu cherchais de la limonade dans le frigo, non ?

— Ah, oui ! Euh, j'ai trouvé du Coca light, ce sera parfait.

— Dans ce cas, allons-y.

Sur ces mots, il enfila sa chemise, et ce fut pour elle une véritable torture ; comme elle enviait le tissu en contact avec ses muscles, puis les doigts de Wade quand il boutonna la chemise…

À l'écurie, deux chevaux sellés les attendaient et Wade lui désigna la jument Tobiano qui lui avait tant plu la veille.

Se fiant à son instinct, elle prit la bride de l'animal et, à l'aide de l'escabeau, se hissa sur la selle, prête à partir. Cela lui valut un sourire de Wade et un hochement de tête approbateur. Il sauta sur un bel alezan, et ils partirent.

Courageuse mais pas téméraire, elle fit aller sa monture au pas, pour commencer, et très vite elle se sentit tout à fait à l'aise. Au bout d'une heure, elle avait la sensation d'être montée à cheval toute sa vie.

Ils suivirent la rivière qui serpentait sur plusieurs kilomètres dans la propriété des Masters, à travers des pins et quelques collines, le tout offrant des vues dignes d'un superbe livre d'images.

Wade, lui, semblait être né sur un cheval, et il était évident qu'il était chez lui, ici.

— Tu ne commences pas à avoir faim ? lui demanda-t-il. Il est presque 13 heures.

— Je déjeunerais volontiers. Mais je doute que l'on trouve un restaurant dans le coin.

— Il se pourrait que tu sois surprise, dit-il d'un ton amusé.

Quand ils arrivèrent en haut d'une colline, elle vit une couverture étalée sur l'herbe, un panier de pique-nique posé au milieu.

Descendant de cheval, elle attacha celui-ci à un arbre, puis se précipita vers la couverture. Ils dominaient toute la vallée.

— Waouh ! Splendide ! s'exclama-t-elle.

— C'était un de mes lieux préférés quand j'étais enfant. Juste derrière la colline, à droite, on retrouve la rivière et il y a de bons endroits pour pêcher.

Elle le regarda et lui sourit. Il lui rendit son sourire et demanda :

— Alors, comment t'en sors-tu, à cheval ?

— Pas mal du tout. Il faut dire que ma jument est extraordinaire.

Elle marqua une pause, s'absorbant dans la contemplation du paysage, et reprit :

— Je n'en reviens pas de la beauté de ton ranch. Pourquoi ne demandes-tu pas à un peintre de l'immortaliser ? Ainsi, tu pourrais accrocher la toile chez toi.

— Ma mère était l'artiste de la famille, elle peignait des paysages, des portraits. On a accroché ses œuvres un peu partout dans les différentes bâtisses de la propriété, mais je ne crois pas qu'elle ait peint ce lieu-là.

— Que c'est dommage !

— Et toi, sais-tu peindre ?

— Je l'ignore. Il me semble que je devais dessiner un peu avant l'accident, car j'ai les doigts qui me démangent de prendre un fusain et un carnet de croquis. Cela dit, c'est peut-être la splendeur de l'endroit qui me donne cette envie.

— Il faudra que l'on t'achète de la peinture et des toiles.

Elle secoua la tête.

— Non, inutile de se lancer dans des achats trop spécifiques, un simple crayon et du papier suffiront.

Après avoir mangé leurs sandwichs, ils reprirent leur chevauchée vers le nord, à travers les prairies luxuriantes qui flanquaient la rivière.

— Oh ! Wade ! s'écria-t-elle tout à coup. Regarde cette vieille cabane, j'aimerais l'observer de plus près. On peut s'arrêter ?

Quelques instants plus tard, elle poussait la porte vermoulue qui grinça sur ses gonds.

— À ton avis, elle remonte à quand ? demanda-t-elle, intriguée.

— Je ne pourrais te donner une date exacte, mais elle devait être là avant que mon grand-père achète la propriété, donc elle a au moins cent cinquante ans. Quand on était gamins, avec mes frères, on adorait venir ici. Il arrivait même que l'on apporte des provisions et que l'on campe dans les environs. Lorsqu'on aime la nature, on est comblé...

À ces mots, il l'enlaça et effleura sa bouche d'un baiser bien trop bref à son goût, avant de reprendre :

— Je pourrais rester ici à t'embrasser indéfiniment mais il faut que nous rentrions avant la nuit.

— Entendu, dit-elle en se haussant sur la pointe des pieds pour l'embrasser elle aussi. Je regrette de ne pas avoir un portable, car j'aurais adoré prendre cette bicoque en photo.

— Tu peux te servir du mien, dit-il en lui tendant son téléphone. Et de toute façon, rien ne s'oppose à ce que nous revenions ici.

Toute joyeuse, elle fit quelques photos puis lui rendit son portable.

— La propriété compte plus de trente-cinq mille hectares, dit-il. La prochaine fois, je suis certain que nous trouverons un autre endroit qui te plaira plus encore.

Elle lui sourit, heureuse comme elle ne l'avait jamais été depuis son réveil du coma. Elle ignorait si par le passé elle avait déjà chevauché, mais elle était en revanche certaine que les promenades à cheval feraient désormais partie de son avenir.

10

Le lendemain, comme Victoria dormait encore, Wade fit un saut à la ville voisine tôt dans la matinée. Lorsqu'il revint au chalet, Victoria était assise au comptoir de la cuisine et buvait un café.

— Bonjour ! lança-t-il.

Et il posa un gros sac sur la table.

— Bonjour, répondit-elle d'un ton intrigué. C'est quoi ?

— C'est pour toi.

— Pour moi ?

Dans le sac se trouvaient un carnet à dessins, des crayons, ainsi qu'un petit assortiment de peintures et deux toiles. Il y avait aussi des pinceaux et un petit chevalet que l'on pouvait installer sur une table.

— Waouh ! s'exclama-t-elle, visiblement ravie. J'espère que tu n'as pas perdu inutilement du temps et de l'argent.

— Nous verrons bien, répondit-il en souriant.

— Merci, Wade.

Et elle se réfugia dans ses bras pour l'étreindre tendrement. Il aurait bien prolongé cet instant d'une plus agréable façon, mais elle se dégagea et prit un carnet et un crayon.

Il la laissa dessiner tranquillement et quitta le chalet pour passer quelques appels.

Quand il revint dans la cuisine, un peu plus tard, il découvrit une multitude de dessins qui recouvraient toute la surface disponible de la pièce !

Quelques-uns représentaient la vieille cabane, d'autres la

vallée et la rivière, et sur l'un d'eux, on voyait une vache brouter en compagnie de son veau. Victoria avait aussi dessiné des gros plans de pommes de pin pendant aux branches de façon remarquablement détaillée. Certaines esquisses étaient scotchées sur les portes des placards, d'autres couvraient le comptoir. Il y en avait même sur les chaises et le dessus de la gazinière ! Et actuellement, Victoria était assise à la table, en train de travailler à une autre œuvre dont la précision était fascinante.

— Victoria ?

Elle ne leva pas la tête de son dessin.

— Victoria ?

Sa voix sembla enfin l'arracher à sa transe, et elle leva les yeux vers lui.

— Tiens, salut, dit-elle avec un sourire.

Il s'avança vers elle et prit un dessin qu'il observa de plus près, sourcils froncés.

— Depuis quand es-tu une artiste ? demanda-t-il.

Elle se redressa et s'adossa à sa chaise en s'étirant.

— Je ne savais pas moi-même que je savais dessiner.

— Mais c'est comme pour la nage, ça t'est revenu naturellement. Aujourd'hui, nous pouvons passer la journée ici, si tu veux. Pourquoi n'essaierais-tu pas de peindre la vieille maison sur toile ?

— Oh ! J'adorerais ! Tu es certain que cela ne t'ennuie pas, que nous ne sortions pas ?

— Pas le moins du monde.

Il était stupéfait de découvrir une artiste accomplie en elle. Comment avait-il pu passer à côté d'un tel talent ? Elle dessinait réellement comme une professionnelle.

— Je vais faire un tour à l'étable pour voir nos nouvelles génisses, dit-il. Ensuite, on mangera.

— OK, répondit-elle distraitement, déjà occupée à mettre différentes peintures sur sa palette.

Quand il sortit, elle était de nouveau absorbée par son travail.

Wade se tenait derrière Victoria, regardant la toile en cours. Au bout d'un moment, il poussa un sifflement d'admiration.

— C'est spectaculaire, Victoria. J'ignorais que tu avais un si grand talent.

— Merci. Je l'ignorais aussi. Je ne sais si c'est bien ou pas, mais j'adore avoir un pinceau dans la main. On déjeune ?

— L'heure du déjeuner est passée depuis longtemps, il est 19 heures. Je suis revenu vers 15 heures, mais tu étais si absorbée par ta peinture que je n'ai pas osé te déranger. Mais là, il faut manger. Une artiste affamée, ce n'est pas forcément une bonne chose.

— Tu as raison. Je range tout ce désordre, et on y va.

Aujourd'hui, un chili était au menu, et comme la veille, Victoria se servit puis vint s'asseoir près de lui, sur la même souche. Le son des guitares emplit bientôt l'air du soir. La soirée était douce, tout comme la légère brise qui soufflait du Sud. Victoria semblait heureuse en regardant les flammes qui éclairaient la nuit. Au-dessus d'eux brillait la pleine lune. Soudain, elle se tourna vers lui.

— Je suis si contente que tu m'aies fait découvrir ton ranch. J'ai l'impression que cela fait une éternité que je n'ai pas été aussi détendue. J'espère... J'espère que ce n'est pas la dernière fois que nous venons ici.

— Nous reviendrons, ma chérie, c'est promis, mais nous devons hélas repartir demain, car je dois préparer une réunion avec nos partenaires japonais. Apparemment, les choses ont évolué rapidement, depuis ma dernière visite au Japon.

— Il a toujours une excuse, lança une voix masculine derrière eux.

Wade se leva d'un bond et se retourna.

— Chance ! s'écria-t-il. Tu es déjà rentré ?

— Holly m'a appris que tu t'étais enfin décidé à amener ta femme au ranch, je tenais absolument à te voir et à faire sa connaissance.

— Victoria, je te présente mon jeune frère, Chance. Chance, voici Victoria.

— Ravie de te rencontrer, Chance, dit-elle en lui tendant la main.

— Plaisir partagé. Wade te traite bien, au moins ?

— Jusque-là, je ne peux pas me plaindre !

— Ah, donne-lui encore un peu de temps, à ce *bouseux*, dit Chance d'un ton taquin. En tout cas, je suis ravi de te voir en chair et en os, Victoria. Nous commencions à penser qu'il t'avait inventée de toutes pièces !

— Non, elle est bien réelle, tu vois !

— Bienvenue dans la famille, reprit Chance. Et enchanté que tu sois sur le ranch.

— Merci, répondit-elle.

— Au fait, Wade, dit Chance. Cole m'a dit que la date pour signer la succession allait bientôt être fixée. Cela nous permettra aussi de revoir Seth. J'en suis si heureux.

— Moi aussi, répliqua Wade.

— Bien ! dit Chance. Il ne me reste plus qu'à vous souhaiter un bon retour à la maison. Et encore une fois, Victoria, c'était vraiment chouette de faire ta connaissance.

— Pour moi aussi.

Adressant un bonsoir collectif aux employés, Chance se dirigea vers son pick-up. Nul doute que Holly attendait son retour avec impatience.

Wade songea alors à leur propre retour à Dallas…

Désormais, il ne serait plus angoissé à l'idée de laisser Victoria seule pendant ses absences liées au travail, car elle serait occupée à peindre. Il avait aussi l'intention de prendre contact avec un spécialiste de la mémoire. Après ces quelques jours passés en sa compagnie sur le ranch, il ne pouvait imaginer que son ancienne personnalité, si détestable, resurgisse en elle. Aussi devait-il discuter de son cas de plus près avec les meilleurs experts afin d'éviter qu'un tel drame se produise, quand elle retrouverait la mémoire. Il n'était pas sûr de pouvoir le supporter.

— On rentre ? proposa-t-il.

— OK, répondit-elle en prenant la main qu'il lui tendait.

Le lendemain, Wade emmena Victoria faire une dernière promenade à cheval, puis ils préparèrent leurs bagages en vue de prendre l'hélicoptère vers 17 heures et de rentrer à Dallas.

— Ainsi, nous serons à l'heure, déclara-t-il.

— À l'heure pour quoi ?

— Je me suis dit que nous pourrions dîner en ville, ce soir, dans un restaurant étoilé, puis aller visiter une exposition.

— Oh ! Génial !

Et elle se jeta à son cou.

— Tu es trop bon avec moi, Wade, murmura-t-elle contre sa bouche. Je ne le mérite pas.

— Non, c'est moi qui ne te mérite pas.

Et il captura ses lèvres tout en roulant avec elle sur le lit pour lui montrer combien il était heureux de partager ce moment avec elle…

Victoria se laissa entraîner par Wade au cinquantième étage d'un immeuble de Dallas, dans un restaurant situé sous un dôme en verre qui tournait doucement sur lui-même et offrait une vue panoramique sur la ville qui scintillait de mille feux.

Le dîner fut divin. Et Wade ne cessait de lui décocher des œillades dépourvues d'ambiguïté quant à ce que leur réservait la fin de la soirée. À vrai dire, elle avait tout aussi hâte de se retrouver dans les bras de cet homme si beau, si fort, si viril qui l'entraînait chaque fois dans des océans de volupté…

Après le repas, ils regagnèrent la limousine qui les attendait en bas pour les conduire à l'exposition promise. Elle se rendit compte qu'il s'agissait d'une visite privée et que du champagne avait été prévu !

— Prends tout ton temps pour admirer tranquillement les tableaux, lui conseilla Wade. La plupart sont déjà vendus mais pas encore livrés.

Il s'agissait en partie de toiles abstraites qu'elle trouva fascinantes. Au fil de la visite, les peintures se firent toutefois plus figuratives. Sur certaines, on voyait des ponts, des oies voler au-dessus d'un lac tranquille, des nuages surplombant une verte prairie... L'ensemble la toucha profondément, mais un tableau en particulier la frappa : il représentait une petite maison blanche, et devant, une femme détachait des draps accrochés à un fil tandis que le vent les soulevait violemment et que des éclairs striaient le ciel. La toile s'appelait *L'Orage monte*, mais le nom de l'artiste ne figurait nulle part...

— Elle te plaît ? demanda Wade, la faisant sursauter.

— Wade, je connais ce tableau, murmura-t-elle. Je veux dire, je l'ai déjà vu.

— Si tu t'en souviens, alors cela signifie peut-être que ta mémoire va revenir sous peu.

— Oh ! Je l'espère !

— Tu sais, le style de l'artiste me rappelle le tien, fit-il remarquer.

Elle se pencha vers le tableau et distingua des initiales dans l'angle droit, en bas : L.D.

— Tu crois que l'on peut savoir qui est l'artiste ? demanda-t-elle.

— Je mène l'enquête, je reviens.

Elle continua sa visite, toujours ravie mais légèrement troublée par le tableau aux draps volant au vent, et par l'espèce d'écho familier qu'il suscitait en elle.

— Le tableau a été peint par une jeune artiste, Laurel Dawson, lui annonça Wade quand il revint. Il est vendu, mais la galerie nous préviendra, quand elle recevra de nouveaux tableaux de cette artiste.

La limousine les ramena à la maison. Blottie dans les bras de Wade, Victoria ne disait rien. Elle baignait dans une sorte de mélancolie qu'elle n'aurait su expliquer.

Que Wade perçut rapidement.

— Qu'as-tu, Victoria ?

— Rien, sans doute la nostalgie du ranch.

— Nous y retournerons bientôt. À propos, mon assistante vient de me rappeler qu'il y aura le bal du gouverneur, le mois prochain. C'est un événement qu'en général tu attends avec fébrilité, et nous le sponsorisons chaque année. Entre le choix de ta robe et tes tableaux, tu auras de quoi t'occuper pendant que je retrouverai mes dossiers.

— Le bal du gouverneur ? Non, Wade, je ne peux pas y assister, je ne reconnaîtrai personne. Je ne sais plus comment me comporter en société.

— Les gens ne sauront pas si tu te souviens d'eux ou pas. Ce ne sera pas la mer à boire, tu sais.

— Parle pour toi !

— Je serai à tes côtés, de toute façon, donc pas de panique. Ta compagnie m'est si douce. Ces jours sur le ranch étaient exquis, je n'avais pas pris de vacances depuis des lustres, et cela m'a fait un bien fou de me détendre, surtout avec toi. Je dois partir demain matin de bonne heure, mais je serai de retour en fin d'après-midi.

— Ne te presse pas de rentrer à cause de moi !

— Promets-moi d'être prudente, notamment autour de la piscine et…

— Oui, ne t'inquiète pas. Nous en avons déjà discuté.

— De toute façon, tu seras si fatiguée demain que tu passeras ta journée à dormir, lui souffla-t-il d'une voix rauque et prometteuse quant à la nuit qui s'annonçait.

Quelques instants plus tard, elle se trouvait sous la douche et se lavait les cheveux quand Wade entra. Immédiatement, les battements de son cœur s'accélérèrent lorsqu'il posa ses mains sur ses épaules. Il s'attarda ensuite particulièrement sur ses seins qui gonflèrent sous ses caresses avant de s'agenouiller devant elle pour allumer un véritable feu entre ses jambes… Alors qu'elle se sentait défaillir, il se redressa et, la saisissant par la taille, la plaqua contre les carreaux de la paroi. Le souffle lui manqua quand elle sentit son sexe en elle, mais elle lui enserra bien vite les hanches de ses jambes, nouant les bras autour de son cou.

Il se mit alors à chalouper contre elle, avant de lui murmurer à l'oreille :

— Je ne vais pas tenir longtemps, ma chérie…

Et sur ces mots, il accéléra ses va-et-vient avant de se retirer brusquement d'elle pour la soulever et l'emporter dans la chambre, non sans avoir saisi un drap de bain au passage. Tout aussi prestement, il mit un préservatif, et fut bientôt de nouveau en elle, exerçant sa magie pour les conduire tous deux vers les rives de l'extase…

Soudain, elle poussa un cri et eut la sensation qu'un courant magnétique la parcourait tout entière, puis qu'un feu d'artifice explosait en elle. Elle s'agrippa de toutes ses forces à Wade qui la suivit dans l'orgasme quelques secondes plus tard…

Une fois qu'ils eurent retrouvé leur souffle, Wade se pencha vers la table de nuit, d'où il sortit une boîte en velours noir qu'il lui présenta.

Elle se redressa, ne comprenant pas trop de quoi il s'agissait. Lorsqu'il souleva le couvercle, elle vit le plus magnifique des diamants… Wade le sortit de son écrin et lui prit la main gauche.

— J'ai remarqué que ma femme ne portait plus son alliance, alors j'ai voulu lui en offrir une nouvelle.

— J'ai rangé l'autre dans un tiroir quand tu m'as raconté la vérité sur notre mariage, avoua-t-elle.

— Veux-tu bien accepter celle-ci jusqu'à ce que tu en choisisses une qui te plaira réellement ? demanda-t-il en la lui glissant au doigt.

La bague était réellement superbe, avec un énorme diamant autour duquel scintillaient des plus petits.

— Wade, tu n'aurais pas dû… D'autant que nous ne sommes mariés que sur le papier, comme le stipule le contrat.

— Dans ce cas, épouse-moi pour de bon, Victoria. Soyons mari et femme pour la vie.

À court de mots, elle pressa sa bouche contre la sienne, et murmura :

— Je t'aime, Wade Masters.

Pour Victoria, les jours suivants s'apparentèrent à la perfection sur Terre. Lorsque Wade travaillait dans son bureau, elle alternait la piscine et la peinture. Quant aux nuits, elles étaient tout simplement incroyables.

Quand Wade lui parlait de sa famille, de son enfance, elle

s'accrochait à chaque mot, espérant que ces souvenirs finiraient par réveiller les siens et qu'elle pourrait enfin les partager elle aussi avec lui.

Ce jour-là, tandis qu'ils déjeunaient ensemble dans leur alcôve tout en commentant le dernier tableau de Victoria, Curtis vint les interrompre :

— Veuillez m'excuser, monsieur Masters, mais votre assistante est sur la ligne 4.

— Désolé, ma chérie, je dois absolument prendre cet appel.

— Je t'en prie, j'imagine que tu lui manques, dit-elle pour le taquiner.

Il posa un baiser sur son front et s'éclipsa… pour revenir quelques minutes plus tard, le front soucieux.

— Que se passe-t-il ? s'enquit-elle, inquiète.

— Rien de grave, mais il faut que je me rende au siège, ma présence s'impose pour un dossier ! La réalité trouve toujours un moyen de se rappeler à nous au moment le plus inopportun. C'est l'un des inconvénients d'être le P-DG de Masters International. Mais au moins ce soir, je ne trouverai pas une maison vide à mon retour, grâce à toi, Victoria.

— Je t'aime, Wade.

— Merci pour ta compréhension.

— À propos, pour le bal du gouverneur… Il faudra que tu me donnes des consignes.

— Tu y as pourtant assisté l'an dernier. Tu en as parlé des semaines à l'avance et tu attendais l'événement avec impatience. En gros, il te suffira de profiter du buffet somptueux, de danser avec ton mari et de sourire à l'assemblée, trois fois rien, en somme. Mais l'important sera surtout que tu t'amuses, Cendrillon ! précisa-t-il d'un ton taquin. Et je serai là pour te souffler le nom des uns et des autres.

— *M'amuser* ? C'est plutôt effrayant de penser que je serai entourée de personnes qui me connaissent mais qui seront des étrangers pour moi ! Et si je gâche tout ?

— Mais non ! Tout le monde sera ravi de te revoir après ton accident.

— Bien, si tu le dis... Je m'en remets donc à toi, mon prince charmant.

11

Les jours qui suivirent, Victoria vit très peu Wade, mais elle se doutait bien qu'il avait un emploi du temps bien chargé. Elle espérait vivement que, très vite, ils pourraient retourner au ranch.

Quand on lui livra sa robe pour le bal du gouverneur — un fourreau à sequins noirs avec un décolleté aussi plongeant devant que derrière —, elle en resta sans voix. Jamais elle n'oserait porter une tenue aussi audacieuse !

Elle en éprouva toutefois un certain plaisir mêlé de frayeur. Allait-elle être à la hauteur de l'événement, avec sa mémoire défaillante ? Elle espérait surtout ne pas faire honte à Wade.

Quand ce dernier rentra, il dut percevoir sa tension car il s'enquit tout de suite de ce qui n'allait pas.

— Rien de grave, lui assura-t-elle. Je m'inquiète juste un peu pour le bal.

— Ma chérie, ne te tracasse pas pour ça. Il y aura plus de trois cents invités et tu es la plus exquise des femmes. Reste près de moi et personne ne se rendra compte si tu le reconnais ou non. D'ailleurs, la plupart ne savent même pas que je suis marié, et donc beaucoup nous féliciteront. Et si on s'en étonne, réponds que nous avons préféré une cérémonie intime à un mariage tapageur.

Elle se contenta de hocher la tête.

Le lendemain, un paquet d'une galerie d'art arriva à son nom. Intriguée, elle retira le papier brun qui le protégeait pour découvrir un tableau représentant un chat siamois juché sur un guéridon et absorbé dans la contemplation d'un papillon aux ailes or et bleu métallique, une patte levée sous l'effet de la fascination. Le mélange de tons pastel et d'ombres allié à la couleur vive des yeux du chat et des ailes du papillon donnait presque à la peinture l'aspect d'une photo.

Elle se pencha pour mieux apprécier les coups de pinceau et, malgré la beauté globale qui se dégageait de l'œuvre, elle perçut quelques défauts. Ainsi, la fourrure du chat aurait gagné à être plus épaisse et touffue, ses prunelles auraient dû refléter les objets alentour… Et soudain, elle prit conscience qu'elle observait la toile avec un œil professionnel, la main en l'air comme si elle tenait un pinceau et s'apprêtait à terminer l'œuvre inachevée.

Ce fut alors qu'elle sentit les doigts de Wade se poser sur ses épaules, ce qui l'arracha au sortilège.

— Il me plaît beaucoup, dit-il en l'embrassant sur le front.

— Il n'est pas fini, murmura-t-elle en fronçant les sourcils.

— Pardon ? Victoria, tu as acheté cette peinture quelques jours avant ton accident. Tu m'as appelé pour me parler d'une jeune artiste montante dont tu venais de découvrir un magnifique tableau dans une galerie, me dire que tu l'avais acheté et qu'il nous serait livré lorsque l'exposition serait terminée, ce qui semble être le cas.

— C'est sans doute pour cette raison qu'il me semblait familier, dit-elle, sentant une légère migraine pointer. C'est peut-être le signe que ma mémoire revient.

— Peut-être. Nous l'accrocherons dans la bibliothèque, cela me semble l'endroit idéal. C'est un très beau tableau.

— C'est vrai… Il a juste besoin de quelques finitions avant qu'on ne l'accroche.

Wade haussa les épaules.

— Il me semble parfait, à moi. Est-ce que tu as faim ? Victoria ?

Elle sursauta.

— Pardon ?

— Je te demande si tu as faim. Pour ma part, je meurs de faim. Quant à ce tableau, s'il te paraît familier, c'est que ta mémoire va bientôt te revenir. Tu verras, cette amnésie va finir par se dissiper.

— Je l'espère, murmura-t-elle, pensive.

Le bal du gouverneur était dans deux jours à présent, et Victoria contemplait sa robe accrochée dans la chambre. Les escarpins étaient placés juste en dessous. La maquilleuse et le coiffeur viendraient quatre heures avant. Tout était prévu, ce qui ne l'empêchait pas d'avoir les nerfs en pelote, en dépit des paroles rassurantes de Wade.

Ce bal était l'événement de l'année, une liste interminable de dignitaires y assisterait ! Et elle, elle ne reconnaîtrait *personne* ! Comment pouvait-elle se sentir calme ?

Les frères de Wade et leur épouse étaient également invités, et Holly l'appelait régulièrement pour la tranquilliser et lui certifier que tous l'entoureraient et que personne ne remarquerait si elle oubliait un nom ou deux, voire trois. Elle n'était pas pour autant convaincue, mais ne voulait pas laisser tomber Wade.

Celui-ci rentrerait dans deux heures, et elle eut soudain envie de lui réserver une surprise : un excellent repas. Aussi se rendit-elle dans les cuisines et demanda-t-elle au chef de mitonner le plat favori de Wade pour le dîner.

Elle retourna dessiner un peu, ravie de la soirée qui les attendait, Wade et elle. Tous les moments qu'ils passaient ensemble étaient de plus en plus précieux, et elle s'était rendu compte... qu'elle était follement amoureuse de son mari.

Il avait beau être immensément riche, ce qu'elle préférait chez lui, c'était quand il était en jean, sur le ranch, et que son visage détendu indiquait combien il s'y sentait bien. Elle était si heureuse qu'il lui ait montré ce lieu qu'il aimait tant.

Jacob avait placé un chandelier au milieu de la table et allumé des bougies, devinant qu'elle avait envie d'une soirée intime. Il avait également disposé un petit bouquet de fleurs.

Elle portait une robe en dentelle noire très suggestive et avait ramené ses cheveux en arrière, maintenus par un peigne argenté.

Wade rentra peu avant 18 h 30, et elle vit un éclair briller dans ses yeux dès qu'il les posa sur elle.

— Ai-je oublié une invitation ? demanda-t-il. Nous donnons un dîner ?

— Non, il n'y aura que nous deux.

— Mmm, voilà qui ouvre tout un champ de possibles… À propos, sais-tu que tu es particulièrement ravissante ce soir ?

— Merci. Tu n'es pas mal non plus.

Il lui adressa son sourire le plus sexy, et elle eut immédiatement envie de faire l'amour avec lui…

— Je vais prendre une douche si cela ne te dérange pas, dit-il.

Un sourire aux lèvres, elle le suivit à l'étage.

— Le dîner sera prêt dans une demi-heure, dit-elle.

— Il se peut que ce soit un peu trop tôt…

— Tôt ?

Sans répondre, il entra dans sa suite et décrocha le téléphone intérieur.

— Jacob ? Pouvez-vous attendre que je vous donne le feu vert, pour le dîner ? Prévoyez de le servir dans au moins une heure, voire deux.

Raccrochant, il desserra sa cravate, déboutonna sa chemise en soie, puis ce fut le tour de sa ceinture, ses chaussures, ses chaussettes, le tout avec un léger sourire entendu aux lèvres. Puis il s'approcha d'elle et défit la fermeture Éclair de sa robe avec une lenteur… exaspérante. Quelques instants plus tard, la robe glissait de ses épaules, tomba sur le sol, et elle se retrouva devant Wade dans ses sous-vêtements en dentelle et ses escarpins noirs.

— Mais… Wade… Le dîner ?

Il lui retira son peigne et ses cheveux retombèrent sur ses épaules.

— Il attendra, déclara-t-il. J'ai une autre faim à assouvir, pour l'instant.

Il retira son pantalon, sa chemise et poursuivit :

— Tu veux te joindre à moi ?

— Peut-être…

— Peut-être ? Peut-être que oui ?

— Oui !

À cet instant, il captura sa bouche et l'embrassa avec fièvre.

Jamais plus elle ne pourrait se passer de ses baisers, pensa-t-elle en savourant ses lèvres à la fois douces et fermes sur les siennes. Sans compter que sa barbe naissante du soir le rendait encore plus sexy…

Une poignée de secondes plus tard, ils se retrouvaient dans la douche, et elle sentit qu'il faisait glisser sa culotte en soie sur ses jambes… Alors elle saisit le savon, puis se mit à lui masser le dos avec, avant de passer sur le devant de son corps pour se concentrer sur son érection. Sur une impulsion, elle se mit à genoux devant lui…

— Victoria…, marmonna-t-il.

— C'est ton tour.

Il enserra son visage et la laissa suivre son idée pendant quelques instants avant de déclarer :

— Victoria, assez !

Il l'aida à se relever, la fit doucement pivoter sur elle-même, puis entreprit de lui passer à son tour le savon sur les seins, avant de descendre vers son entrejambe… Elle eut soudain la sensation de fléchir de plaisir, mais Wade la maintenait fermement. Plaquant les mains sur ses hanches, il la souleva, puis la pénétra… Elle ferma les yeux, savourant pleinement ses va-et-vient en elle, lesquels devinrent de plus en plus fougueux jusqu'à ce qu'elle se mette à jouir bruyamment, bientôt rejointe par Wade qui cria son prénom dans un dernier sursaut…

Elle eut à peine le temps de reprendre son souffle qu'il l'enveloppait dans un drap de bain et l'emportait sur le lit.

Sans hésiter, il s'allongea sur elle, et se mit à lui mordiller les seins, tout en déversant de temps à autre une pluie de baisers sur sa poitrine. Chaque centimètre de son corps que Wade touchait devenait extrêmement vivant. Soudain, il prit son mamelon dressé dans sa bouche… Elle se cambra dans un long gémissement.

— Wade, prends-moi…, murmura-t-elle.

Et, sans attendre, elle le guida en elle.

— Non, une seconde, dit-il.

Le souffle court, il glissa sur son corps pour caresser de nouveau avec sa langue les plis de son intimité. Il voulait la rendre folle ou quoi ? Elle se mit à haleter de plus en plus fort, le plaisir montant de nouveau en elle avant qu'un orgasme foudroyant l'emporte dans un tourbillon de sensations...

Une fois qu'elle eut retrouvé son calme, Wade enfila rapidement un préservatif et, bien qu'épuisée, elle sentit rapidement sa fatigue passagère se transformer en désir ardent. En un rien de temps, elle était de nouveau prête pour lui et il fut en elle.

Cette fois, il chaloupa d'abord doucement, puis ses coups de reins se firent plus fougueux... Au moment où elle allait jouir, il la retourna sur le ventre puis glissa la main vers son clitoris tout en la pénétrant de nouveau... En quelques secondes, la jouissance la submergea tout entière...

Quelques minutes après, lorsque Wade roula sur le côté, il l'attira contre lui, complètement essoufflé.

— Alors, que prévoyais-tu pour dîner, ma chérie ?

Elle laissa échapper un petit rire.

— Je crois que nous venons de prendre le dessert.

— Tu veux le plat de résistance, à présent ?

Wade savourait la douceur des baisers de Victoria sur son torse et son cou.

Il n'arrivait toujours pas à comprendre la place que Victoria avait prise dans sa vie, et à quel point il désirait maintenant qu'elle retrouve la mémoire. L'appréhension qu'elle éprouvait à l'idée du bal montrait bien à quel point l'absence de souvenirs lui pesait. Plus vite son amnésie aurait disparu, plus vite leur relation serait débarrassée de ce poids.

Elle s'était blottie contre lui, ce qui raviva peu à peu son érection... Pauvre Jacob ! pensa-t-il. Le dîner allait être repoussé d'une heure encore...

Une fois le bal du gouverneur passé, il allait organiser leur mariage, une cérémonie en grande pompe ou intime, c'était Victoria qui déciderait. Puis ils partiraient en lune de miel là où elle le désirerait, au bout de la Terre si elle le souhaitait !

Comment cette incroyable alchimie s'était-elle donc imposée à eux ? Il ne le comprenait pas, mais il était quasi certain que, lorsqu'elle aurait retrouvé la mémoire, il aurait envie de passer le reste de sa vie avec elle. Le spectre de l'ancienne Victoria s'éloignait chaque jour un peu plus. Elle était désormais si sincère, si douce et aimante, qu'il était fou amoureux d'elle, et cette fois pour de bon.

12

Tout endormie, Victoria se retourna dans le lit et entendit Wade respirer de façon régulière. Elle sourit, attendrie par le spectacle qu'il lui offrait dans son sommeil. Comme elle aimait le regarder dormir, sentir la chaleur qui émanait de son corps solide… et lui voler des baisers. Le diamant qu'elle portait au doigt brilla sous la lumière argentée de la lune qui entrait par la fenêtre, et elle sentit un immense bien-être la submerger.

Elle regarda l'heure. Il était juste minuit, et une petite faim la titillait, si bien qu'elle ne put résister longtemps à l'idée d'un verre de lait et d'un sandwich. Enfilant promptement une nuisette et un peignoir en soie, elle descendit l'escalier pour se rendre dans la cuisine, mais alors qu'elle s'apprêtait à ouvrir le réfrigérateur, elle entendit un bruit, dans l'entrée. S'aventurant dans le corridor, elle vit la porte s'ouvrir… et une femme entrer, un parapluie à la main qu'elle secoua tranquillement pour faire tomber les gouttes qui le recouvraient. Un frisson de peur parcourut Victoria.

— Euh… Bonjour ! Je peux vous aider ?

La femme tourna lentement la tête vers elle, et Victoria sentit le souffle lui manquer… quand elle se retrouva face à son propre visage !

Qui était cette femme et que lui voulait-elle ?

— Je vois qu'on a pris ses aises en mon absence, décréta son sosie en la toisant des pieds à la tête, yeux plissés. Pour qui te prends-tu au juste ?

— Je… Je ne comprends. Je ne… Qui êtes-vous ?

Une violente migraine la saisit, les murs blancs et le sol se mirent à vaciller, et elle eut la sensation que ses tempes allaient exploser.

— Tu étais censée être partie, déclara l'inconnue d'un ton rageur en se rapprochant d'elle. Alors tu sors de chez moi, et tout de suite !

— Chez... *vous* ?

Elle se massa les tempes qui l'élançaient affreusement et, soudain, des visions commencèrent à tourbillonner dans son esprit... Elle vit par fragments son atelier, son chien Murphy, tout en ayant conscience que cette femme qui lui ressemblait comme une jumelle menaçait de la faire chanter si elle ne jouait pas le jeu jusqu'au bout. Mais quel jeu ?

— Pourquoi n'as-tu pas répondu à mes appels, petite garce ?

La femme hurlait à présent, complètement déchaînée.

— Que croyais-tu pouvoir faire ? Tu pensais peut-être que Wade allait tomber amoureux de toi et te pardonnerait la mascarade ?

Elle la toisa d'un air dégoûté et poursuivit :

— Désolée de t'annoncer la nouvelle, ma grande, mais Wade Masters n'aime rien ni personne. C'est un gros crétin calculateur et froid, mais ça, c'est mon problème, pas le tien. À propos, où est-il ?

— Euh... En haut.

Dans le lit où nous venons de faire l'amour.

— Wade est ici ? s'exclama l'inconnue. Tu dois partir immédiatement, tu m'entends ? Prends ma voiture et disparais avant qu'il ne descende. On se voit à ton atelier demain. Allez, ouste !

Victoria était en proie à une terrible douleur, subissant de plein fouet le flot de souvenirs qui lui revenaient. Elle prit appui contre un petit secrétaire, mais la pièce continuait de tourner.

— C'est quoi ton problème ? s'exclama la femme, furieuse à présent, en s'approchant d'elle. Tu ne comprends pas ce que je te dis ? Va-t'en ! Pars immédiatement !

— Mais qu'est-ce qui se passe ici ? demanda Wade qui venait de les rejoindre.

En un rien de temps, la femme retrouva une contenance.

— C'est à elle qu'il faut poser la question ! répliqua-t-elle vivement. J'étais partie en vacances et elle en a profité pour prendre ma place.

— C'est faux ! s'écria Victoria.

Et, alors que son esprit subissait l'assaut des souvenirs qui affluaient comme si une digue s'était rompue, elle se rappela tout. Absolument tout.

Elle s'appelait Laurel. Pas Victoria. Et elle était artiste peintre.

Victoria Masters — la vraie — était venue la voir à son atelier, à Waxahachie et lui avait acheté une toile. Elle lui avait affirmé être sa tante, et elle l'avait crue : la ressemblance entre elles était troublante.

Victoria lui avait alors expliqué que des années auparavant, sa sœur plus âgée était morte en couches, laissant une orpheline. Elle affirma avoir trouvé récemment de vieilles photos dans une petite boîte et interrogé sa mère. Sur l'une d'elles figurait un nouveau-né, et sa mère avait finalement admis que l'enfant était sa nièce, d'où la ressemblance. Elles étaient quasiment jumelles, n'ayant que très peu de différence d'âge.

Laurel qui, enfant, avait été placée dans divers foyers, avait accueilli cette nouvelle comme un miracle. Elle ne savait rien de sa naissance, ignorait qu'elle avait une famille, et certainement pas une tante.

Cette nuit-là, elle eut des difficultés à s'endormir tant elle avait été heureuse de faire la connaissance de Victoria, cette tante qui avait entrepris des démarches pour la retrouver.

Deux jours plus tard, celle-ci était revenue pour lui demander un grand service. Elle devait s'absenter des États-Unis pendant quelques mois et, contre une somme d'argent conséquente, lui proposait d'occuper sa place auprès de son mari durant ce temps. Elle lui avait alors juré que celui-ci serait en déplacement en Europe et que personne ne soupçonnerait la supercherie ; avec la bonne coupe de cheveux et le maquillage approprié, elles se ressembleraient comme deux gouttes d'eau.

Laurel avait trouvé cette idée parfaitement invraisemblable et amorale, aussi avait-elle vivement refusé. Mais Victoria avait insisté et, face à cette résistance à laquelle elle ne s'attendait de toute évidence pas, elle avait fini par menacer Laurel de ruiner sa réputation sur la scène de l'art si elle ne marchait pas dans son jeu.

Or, l'art était tout ce que Laurel possédait, son rêve de toujours, et si elle perdait la possibilité de gagner sa vie grâce à ses toiles, elle ignorait ce qu'elle pourrait faire. Elle savait bien que la communauté artistique était minuscule et impitoyable, et elle commençait à percer, à exposer dans des galeries, à vendre… Et voici que cette personne menaçait de réduire à néant les efforts de nombreuses années de travail acharné si elle ne la remplaçait pas trois mois. Comme elle hésitait, Victoria avait cité quelques noms d'agents très en vue dans le milieu artistique, affirmant les connaître personnellement et être leur très bonne cliente ; un mot d'elle et ils n'auraient aucun état d'âme à rayer de leur catalogue l'artiste en herbe qu'elle était. Laurel avait senti ses rêves s'évanouir… Tout était tellement irréel…

Victoria lui avait assuré qu'elle était mariée à un millionnaire qui passait 90 % de son temps hors des États-Unis. Il suffirait à Laurel de vivre dans la maison à Dallas et de faire ce qu'elle voudrait pendant ces trois mois : du shopping à gogo, des visites de musée à satiété, et elle pourrait même installer sur place un petit atelier et peindre autant qu'elle le voudrait.

— Accepte, lui avait ordonné Victoria. Qu'est-ce que tu as à perdre… à part ton gagne-pain ? C'est très court, trois mois.

— Pourquoi ? avait rétorqué Laurel. Pourquoi as-tu besoin que je te remplace auprès de ton mari ? Qu'y a-t-il de si important ?

— Cela ne te regarde pas ! avait hurlé Victoria. Fais juste ce que je te dis, et crois-moi, moins tu en sauras, mieux ce sera.

— C'est parce que tu es enceinte ? avait alors demandé Laurel.

En dépit de ses visibles efforts pour masquer sa grossesse, Victoria devait en être à son sixième ou septième mois.

— Ce ne sont pas tes oignons ! avait rétorqué Victoria. Et maintenant, prends cette clé et écris les codes que je vais te donner. Une voiture t'attend pour te conduire à la maison.

— *Maintenant* ?

— Oui, maintenant.

Laurel n'avait donc pas eu le choix et avait obtempéré, tout en se demandant comment elle allait bien pouvoir gérer la supercherie. Néanmoins, elle avait travaillé trop dur pour voir son rêve se briser.

Elle avait appelé sa meilleure amie, Beth Hamilton, afin de lui annoncer qu'une amie venait de l'inviter à passer quelques mois chez elle, lui promettant qu'elle resterait en contact avec elle. Une limousine avec chauffeur l'attendait devant chez elle, mais sur le trajet un semi-remorque leur avait refusé la priorité. Au moment où Laurel était transportée à l'hôpital, la véritable Victoria filait vers Paris...

À présent, elle était de retour, et enchaînait les mensonges, l'accusant de toute la manigance.

Wade semblait hors de lui, les scrutant tour à tour.

— L'une de vous peut-elle m'expliquer ce qui se passe ? demanda-t-il.

— C'est une intruse ! s'écria Victoria. Ne vois-tu donc pas ce qui s'est passé ? Je t'avais prévenue que je m'absenterais quelques mois, et voilà que je rentre chez moi et que je trouve cette femme dans *ma* maison !

Il lui décocha un regard furieux, puis se mit à regarder fixement Laurel au point qu'elle eut envie de rentrer sous terre.

— Wade, la situation est... compliquée mais il y a une explication, commença-t-elle, le cœur battant à tout rompre, sous le double choc des souvenirs et de l'apparition de Victoria. J'ai... je viens de retrouver la mémoire. Cette femme, enfin, *ta* femme, m'avait demandé de la remplacer pendant qu'elle serait à l'étranger.

Il la regarda d'un air ébahi quelques instants et lança :

— Et tu as accepté ?

Des larmes lui montèrent aux yeux. Comment allait-elle expliquer clairement cette histoire surréaliste ? En disant la vérité, songea-t-elle.

— Pas au début, mais oui, j'ai fini par accepter, murmura-t-elle. Mais cela n'a rien à voir avec ce qu'elle affirme.

— Et comment t'appelles-tu, soit dit en passant ?

— Laurel. Laurel Dawson.

— Eh bien, Laurel Dawson, tu es une excellente actrice, je présume que ton amnésie était également factice ?

— Non !

— De toute façon, cela n'a plus aucune importance, chéri, puisque je suis de retour, intervint Victoria. Restons-en là.

Il se tourna vers elle et la fusilla du regard.

— Où étais-tu pendant ce temps-là, Victoria ?

— À Paris, répondit-elle bien vite. Tu ne te souviens pas ? Nous avions rendez-vous au Café La Bruine, le week-end dernier, mais tu n'es pas venu.

— Pourquoi aurais-je pris l'avion pour te retrouver à Paris puisque tu étais avec moi ici, Victoria ?

— Elle est arrivée à l'improviste dans mon atelier, expliqua Laurel qui souhaitait mettre les choses au clair rapidement. Elle a affirmé être ma tante et m'a demandé de prendre sa place auprès de toi, jouant sur notre ressemblance. J'ai refusé et...

— Franchement, Wade, je ne comprends vraiment pas de quoi elle parle ! l'interrompit Victoria. Tu vois bien que c'est une menteuse. On a beau se ressembler, je n'ai pas de nièce de mon âge. Tu connais mes parents, tu crois vraiment que ce serait possible ?

— Tu étais enceinte, reprit Laurel. Tu es allée à Paris pour accoucher.

Cet argument attira l'attention de Wade, qui braqua les yeux sur Victoria, laquelle se mit à hurler de colère et à injurier Laurel tout en s'approchant d'elle, main levée, comme pour la frapper. Mais Wade s'interposa à temps.

— Je veux que vous sortiez immédiatement de chez moi ! décréta-t-il d'un ton sans appel. Toutes les deux !

Comprenant que Wade n'était pas prêt à discuter sereinement de la situation, Laurel monta dans sa chambre, les larmes aux yeux, se demandant comment elle avait pu se mettre dans un embrouillamini pareil.

Une fois dans sa suite, elle s'écroula sur une chaise, tremblante.

Toute cette idylle avec Wade reposait sur un mensonge, la réalité était insupportable ! Elle aurait aimé se réveiller de ce cauchemar, mais hélas, ce n'était pas un cauchemar...

Elle devait partir avant que Wade la mette à la porte. Elle avait vu de la rage à l'état pur dans ses yeux qui, il n'y a pas si longtemps, la couvaient avec amour, la rage d'un homme blessé d'avoir été pris pour un idiot. Et elle ne voulait surtout pas recroiser ce regard-là. Elle se sentait incapable de l'affronter. Certes, c'était lâche, mais elle ne voulait pas revoir cette haine dans ses yeux...

Bien sûr, ce qu'elle avait fait était impardonnable, même si elle avait une raison d'avoir accepté cette mascarade. Toutefois elle aurait beau lui expliquer, il ne la croirait pas. Il pensait bien sûr qu'elle était de mèche avec Victoria pour lui extorquer de l'argent pendant que celle-ci accoucherait en Europe de l'enfant d'un autre homme. Mais qui pourrait lui en vouloir ?

Elle espérait seulement qu'il ne croirait pas la version de Victoria.

Elle se leva, encore tremblante, et enfila un jean et un T-shirt. Elle jeta un coup d'œil à sa magnifique bague et, le cœur serré, l'ôta de son doigt pour la déposer sur la table de nuit. Elle regarda une dernière fois le lit où, quelques instants auparavant, elle était blottie amoureusement contre Wade puis, ouvrant brusquement la porte, elle s'enfuit à toutes jambes.

Une fois dehors, elle demanda à la sécurité de lui appeler un taxi et s'engouffra à l'intérieur dès qu'il surgit, ne sachant trop où aller ni que faire. En l'espace de quelques minutes, son monde s'était écroulé et l'amour de sa vie avait été réduit en cendres.

Quand le taxi franchit la grille de la demeure, elle tourna la tête pour emporter une dernière image de la superbe maison en haut de la colline qui abritait le seul homme qu'elle aimait.

Il ne croirait jamais qu'elle avait été réellement amnésique, ni que Victoria avait exercé un affreux chantage sur elle pour qu'elle accepte son ignoble marché. Comment aurait-elle pu l'en blâmer ?

Une pensée l'assaillit soudain, lui faisant monter les larmes aux yeux. Si ce qu'il lui avait dit était vrai, il était tombé amoureux d'elle... Enfin de la femme qu'il croyait qu'elle était, c'est-à-dire Victoria, son épouse, ce qui était dans l'ordre des choses. Et à présent... À présent elle devait rentrer chez elle, reprendre sa propre identité et retrouver sa vie. Le conte de fées était terminé, le royaume magique avait refermé ses portes. Cendrillon allait retourner au monde étriqué qui était le sien, et plus jamais elle ne reverrait son prince charmant.

Le cœur déchiré, elle se retourna. La maison était déjà hors de vue.

Wade ne décolérait pas. Il venait d'être trahi par une femme en qui il avait toute confiance, qu'il pensait aimer. Il ne pouvait lui arriver pire !

Se dirigeant vers le bar, il se servit un verre de whisky et en but une longue gorgée qui ne lui apporta aucun réconfort.

Victoria l'avait habitué à des coups tordus, mais là, c'était inimaginable, vraiment ! Trouver une jumelle pour l'aider dans sa mascarade ! Parviendrait-il à s'en remettre ?

En ce qui concernait Victoria, c'était clair : elle était en train de rassembler quelques effets et serait partie d'ici peu. Mais c'était la fausse Victoria, Laurel, qui lui posait problème : celle-là avait tenu son cœur entre ses mains et l'avait piétiné !

D'après ce qu'il avait compris de la brève conversation décousue de tout à l'heure, l'accident avait été le grain de sable qui avait enrayé la belle machine. Lorsqu'il avait eu lieu, Victoria était déjà en partance pour l'aéroport, direction Paris, afin d'accoucher de l'enfant d'un autre homme ! Savait-elle seulement qui était le père ? Bien entendu, elle avait tout intérêt à lui cacher cette grossesse qui aurait mis fin à leur contrat. Il s'attendait à une escroquerie semblable de sa part — c'était d'ailleurs pour cette raison qu'il avait demandé le divorce ; jamais elle n'aurait risqué de perdre le million de dollars qu'elle devait toucher au bout d'un an.

Le plan de Victoria était diabolique mais bien monté. Elle savait qu'il était censé passer l'été à Londres, de sorte qu'il ne se serait aperçu de rien. Malheureusement pour elle, il y avait eu cet accident. Après l'appel de l'hôpital, il était revenu en urgence d'Angleterre.

Il avait bien conscience que Victoria était capable des pires ruses, mais celle-ci les battait toutes. Sans l'accident, il n'y aurait vu que du feu...

Il se resservit deux doigts de whisky qu'il avala d'un trait.

Jamais il n'avait ressenti une telle rage ! Cependant il ignorait contre qui il la dirigeait. Contre Victoria pour ce piège ? Contre lui-même pour s'y être laissé prendre ? Ou contre cette Laurel pour avoir accepté et rendu possible ce plan machiavélique ?

Il finit par se calmer un peu et se rappeler quelques bribes de la conversation... Il revit Laurel expliquer que les choses n'étaient pas telles que Victoria les racontait, ce qu'il aurait d'ailleurs pu croire aisément. Il n'en restait pas moins qu'elle était complice de ce mensonge. Et pourtant, pendant toutes ces semaines qu'ils avaient passées ensemble, elle lui avait paru si honnête, si sincère... Pas du genre à comploter contre autrui.

Assis dans l'obscurité de son bureau, il sirota son whisky, en essayant de réfléchir aussi sereinement que possible.

Si Victoria pensait qu'il allait lui régler ce qui avait été convenu entre eux après cette supercherie, elle était bien crédule. Elle ne toucherait pas un dollar ! Il lui avait donné deux heures pour faire ses bagages et déguerpir. Il lui enverrait ce qu'elle n'avait pu emporter et laisserait son avocat régler la question du divorce. Elle devait d'ailleurs s'estimer heureuse qu'il ne la poursuive pas en justice.

Une rapide recherche sur Internet lui apprit que Laurel menait une vie de bohème et qu'elle était une artiste pleine de talent, sur le point de percer. Sur les photos, on la voyait en jean déchiré, dans des T-shirts lâches et sans doute pieds nus... Une photo d'elle la montrait avec une longue natte retombant d'un côté de son visage, souriant à l'objectif...

Assez ! L'histoire était réglée. Victoria avait été prise en flagrant délit de supercherie, et Laurel Dawson avait été contrainte de reconnaître son rôle dans l'affaire. Quant à lui, il venait de prendre une leçon qui lui servirait désormais de leitmotiv : ne plus jamais faire confiance à personne.

Une image lui revint soudain, ébranlant ses belles décisions... Pendant quelques secondes, il avait vu le regret et les remords dans les yeux de Laurel, quand elle était passée devant lui pour monter dans sa chambre. Bon sang ! Comment avait-elle pu le trahir ainsi ?

Alors qu'il se rendait au salon, il aperçut Victoria, valise à la main, arborant un air offensé. Un comble !

Incapable de se taire, il lui hurla :

— Fiche le camp immédiatement ! Et n'oublie pas le tableau dans la bibliothèque. Je ne veux rien qui me rappelle ta présence dans cette maison !

— Je n'emporte rien pour l'instant, je charge mon avocat de l'affaire, et la toile dont tu parles n'est pas à moi, mais à cette sale petite garce ! C'est elle qui l'a peinte. Je l'avais achetée deux jours avant qu'elle ne me persuade que son plan marcherait et ne m'encourage à partir pour Paris.

Il ne prit pas la peine de répliquer quoi que ce soit à ce sujet ; il savait pertinemment que Victoria mentait, inutile de le souligner.

— Juste une question, Victoria. Comment as-tu trouvé une femme qui te ressemblait autant ?

Prenant un air faussement indigné, Victoria répondit :

— Ma sœur aînée a conçu une fille quand elle était encore adolescente. Mes parents ont remis le bébé à l'assistance publique. Poussée par la curiosité, je l'ai recherchée, et quand je l'ai vue... Wade, j'avais commis une erreur, je devais aller à Paris pour la réparer. Certes, j'ai eu tort de ne pas t'en parler, mais après tes menaces et tes avertissements pour que je reste discrète, je ne savais pas comment tu réagirais face à une grossesse.

— Qu'est-il arrivé au bébé ?

— Je l'ai confié à des amis, à Paris. Je dois retourner là-bas pour le donner à l'adoption dès que les choses se seront arrangées ici. Franchement, je n'avais pas du tout l'intention de te défier ou t'embarrasser, c'était une histoire sans lendemain.

— Une histoire sans lendemain ? Une grossesse ? Tu te fous de moi ? Tu connaissais les règles, Victoria. Tu les as outrepassées mais tu voulais malgré tout empocher un million de dollars. Dommage, si près du but !

Elle était vraiment lamentable. À un mois de la fin du contrat, elle avait tout perdu. *Mauvais timing !* pensa-t-il avec dérision.

Puis, après un dernier regard à cette femme qui allait enfin sortir définitivement de sa vie, il tourna les talons. Plus jamais il n'aurait à supporter ses plaintes et ses mensonges.

Laurel était partie elle aussi...

Ce qui lui convenait également tout à fait !

13

— Il est presque 17 heures ! Le moment est venu de nettoyer le matériel ! lança Beth depuis l'arrière-boutique.

Laurel obtempéra, puis prépara l'espace pour les cours du lendemain.

La boutique de son amie, Beth Hamilton, était située dans la petite ville de Waxahachie. C'était à la fois une galerie d'art et un centre d'apprentissage qui accueillait une vingtaine d'élèves de tous âges, des enfants aux jeunes adultes, en passant par les adolescents.

— Comment avance ta peinture ? lui demanda Beth en la rejoignant. Accepteras-tu de me la montrer, cette fois ?

Laurel haussa les épaules.

— Je ne sais pas pourquoi tu prêtes tant d'importance à mes tableaux. Ce sont juste des paysages, rien de nouveau.

Beth se dirigea vers le chevalet posé dans un angle, et enleva avec précaution le drap qui le recouvrait, avant de reculer de quelques pas pour contempler la toile.

— C'est fantastique..., murmura-t-elle d'un ton admiratif.

Puis, replaçant le drap, elle enchaîna :

— Mme Bridgeman va nous faire une crise si tu ne lui prêtes pas ta dernière série pour sa nouvelle exposition.

— Je n'ai pas réalisé de série et mes tableaux ne sont pas destinés à être exposés.

— Franchement, Laurel, je ne te comprends plus ! Tu es une artiste exceptionnelle, j'aimerais vraiment que, pour une fois, tu acceptes de lui montrer ton travail ! Je me demande bien comment l'idée t'est venue de peindre ce genre de sites, car je suis quasi certaine que ces endroits paradisiaques n'existent nulle part sur cette planète.

Laurel se contenta de sourire, sans daigner donner d'explications.

Ces paysages ne sortaient pourtant pas de son imagination, ils étaient gravés de manière indélébile dans sa mémoire. C'était les lieux où elle était allée avec Wade, sur son ranch : la forêt touffue de pins, l'étang au calme étrange, la ravissante petite cascade, les prairies où paissaient le bétail et les chevaux dont les yeux reflétaient l'âme, la vieille cabane. Désormais, ces souvenirs étaient toute sa vie, songea-t-elle. Elle ne reverrait jamais ces endroits, mais chaque coup de pinceau la rapprochait de Wade, de sa voix profonde, de son souffle chaud sur sa peau, de son rire troublant. C'était tout ce qu'elle possédait à présent, aussi refusait-elle de partager ce passé avec quiconque. C'est pourquoi il n'était pas question que l'on accroche ces peintures dans une exposition. Elle ne voulait pas montrer des souvenirs aussi précieux au monde entier ; c'était tout ce qui lui restait de l'homme qu'elle avait aimé et aimait encore...

Il lui avait fallu plus d'un mois pour ramasser sa vie en miettes et aller de l'avant. Elle était restée quelque temps auprès de Beth, enfermée dans son silence. Son amie avait compris qu'elle avait vécu un traumatisme et ne l'avait pas pressée de questions.

Après de longues journées dans sa chambre à pleurer son amour perdu, Laurel avait peu à peu rejoint le monde des vivants. Finalement, elle avait accepté de sortir avec ses six amies de toujours qui ne l'avaient pas non plus questionnée sur son comportement, mais lui avaient su gré de se joindre de nouveau à elles, conscientes de toute évidence qu'elle avait l'âme brisée.

Au bout d'un moment, Beth n'avait plus supporté de l'entendre sangloter chaque nuit, et l'avait un peu secouée, lui demandant ce qui s'était passé. Alors Laurel avait fini par lui raconter sommairement ce qui lui était arrivé : elle avait rencontré l'homme qu'il ne fallait pas, et son inconscience l'avait conduite à une terrible peine de cœur. Beth avait été soulagée d'apprendre qu'elle ne souffrait pas d'une maladie incurable, et avait continué à lui apporter soutien et réconfort.

— Mme Bridgeman va insister, reprit Beth. Elle adore ton travail depuis que nous sommes au lycée, et elle est du genre têtu. Bon, tu restes travailler ici, ce soir ?

— Oui, si cela ne te dérange pas.

— Bien sûr que non. Seulement, n'oublie pas de dîner, il ne faut pas que tu perdes encore du poids, d'accord ?

— OK.

— À demain, alors, lui dit son amie en l'embrassant.

Le carillon de la porte tinta et tout redevint calme.

Laurel se remit à son tableau en cours. Il représentait la vieille cabane du ranch, mais sous un angle bien particulier. Par le jeu successif de l'ombre et de la lumière, le toit était mis en relief, et il se dégageait de l'ensemble une impression de doux délabrement, dans un cadre automnal mordoré, avec quelques touches de vert et de rouge. Des rayons de soleil perçaient à travers le nuage et éclairaient la vieille bâtisse construite au moins cent cinquante ans plus tôt. Peut-être était-ce pour cette raison qu'elle l'attirait, se dit-elle. Si peu de chose avait duré, dans sa vie. Sa mère l'avait abandonnée, elle avait été placée dans un orphelinat avant de passer d'une famille d'accueil à une autre.

En revanche, ce qui avait toujours été permanent dans sa vie, c'était l'art ; son carnet de croquis et son crayon étaient ses meilleurs alliés pour affronter la vie. Une fois capturée sur le papier, celle-ci lui devenait plus compréhensible.

Elle travailla de longues heures, et ce fut la cloche du village sonnant minuit qui la ramena à la réalité. Elle s'étira, plongea son pinceau dans une solution nettoyante, puis s'assit afin d'observer la progression de son travail. Ce n'était pas encore parfait, mais l'ensemble était satisfaisant, estima-t-elle. Elle sentait presque le piquant automnal dans l'air qui enveloppait la cabane, l'odeur des pins. Grâce à Wade, elle avait en tête de nombreux autres tableaux. Les peindre serait la meilleure thérapie pour son esprit torturé.

En revanche, ce qu'elle ne pourrait jamais peindre mais n'oublierait jamais, c'était le dernier regard qu'il lui avait lancé, les éclairs furieux qui brillaient dans ses yeux... « Je te faisais confiance, disaient-ils clairement. Comment as-tu pu me faire ça ? » La rage déformait ce visage si beau et le transformait en une mosaïque exprimant la douleur profonde d'avoir été trahi...

Elle recouvrit le tableau en soupirant. Demain, c'était dimanche, et elle serait seule dans la boutique atelier. Elle aurait tout loisir de céder à ses souvenirs doux et amers. Pour autant, elle ne devrait pas se laisser envahir par la tristesse, sans quoi elle ne pourrait pas avancer. Son cœur demeurait si fragile.

Wade s'était assuré que Victoria était bien sortie de sa maison et de sa propriété et qu'elle n'y remettrait plus jamais les pieds. Pour le reste, il s'en remettait à ses avocats. Il était clair qu'en fuyant à Paris afin d'accoucher de l'enfant d'un autre, elle avait rompu le contrat qui les liait. Elle avait pourtant si bien préparé son plan. Dommage qu'un semi-remorque se soit mis en travers de son chemin...

Quant à Laurel, il pensait à elle sans arrêt... Il ne comprenait toujours pas pourquoi elle avait accepté de participer à ce complot ridicule. Elle semblait être une femme intelligente, sincère, honnête...

Quand il avait hurlé aux deux femmes de s'en aller, Laurel lui avait jeté un regard qu'il n'oublierait jamais, puis elle était aussitôt montée dans sa chambre pour faire ses bagages. Il ne l'avait pas revue depuis. Peut-être aurait-il dû tenter d'avoir une conversation avec elle ? Mais, sur le moment, il avait été tellement furieux.

Un mois s'était écoulé et il ne parvenait pas à l'oublier. Il était sûr d'avoir bien agi en chassant les deux femmes, mais son cœur lui soufflait de partir à la recherche de Laurel. N'avait-elle pas été piégée par Victoria, tout autant que lui ? Et puis elle était la seule et unique femme qu'il avait aimée. Et en toute honnêteté, il pensait que cet amour était réciproque, ou du moins *l'était*, jusqu'à ce qu'il perde le contrôle de lui-même, le soir où Victoria était revenue. Laurel voudrait-elle encore lui parler après les horreurs qu'il lui avait jetées au visage ?

Lorsqu'il avait découvert sa bague sur la table de chevet, son cœur s'était serré. Elle aurait pu en tirer un très bon prix, et le fait qu'elle l'ait laissée là en disait long sur la femme qu'elle était.

Il passa nerveusement la main dans ses cheveux.

Il était certain à présent qu'elle n'avait pas feint l'amnésie ; personne ne pouvait être une aussi bonne actrice. Elle avait par ailleurs réellement adoré le ranch, les chevaux, le lac dans la montagne ; tout cela non plus, elle n'avait pas pu le simuler.

Au fond de lui, il avait conscience qu'il ne retrouverait jamais une femme aussi incroyablement faite pour lui. Aussi parfaite.

Où pouvait-elle bien être en ce moment ? Et n'était-ce pas un pari perdu d'avance de croire qu'elle lui reviendrait ?

Il devait en avoir le cœur net !

Décrochant son téléphone, il composa le numéro de son service de sécurité privé.

— Matt ? J'ai besoin que vous me retrouviez quelqu'un, aussi vite que possible.

Laurel était tellement furieuse contre Beth qu'elle aurait pu la gifler!

Elle s'était radicalement opposée à montrer au public ses tableaux représentant Wade et le ranch. Malgré tout, Beth avait agi derrière son dos ! Et qui plus était, l'exposition n'ayant pas lieu dans une petite ville, ses toiles étaient en ce moment en partance pour Dallas ! Elle devait de toute urgence se rendre à la galerie. Peut-être réussirait-elle *in extremis* à protéger son intimité.

Bien qu'il ne soit que 15 heures, elle ferma la boutique et se dirigea en toute hâte vers sa voiture. Il faudrait une bonne heure pour gagner Dallas, si elle n'était pas coincée dans les embouteillages dus aux actuels travaux sur la route. Sortant à toute vitesse du parking, elle mit le cap vers le sud.

Il était presque 17 heures quand elle se gara devant la galerie. Elle repéra immédiatement le véhicule de Beth.

— Alors, qu'en penses-tu ? demanda celle-ci en s'avançant vers elle, lorsqu'elle pénétra à l'intérieur. Superbe galerie, non ?

— Où sont-ils ?

— Au fond… Oh ! Laurel, arrête, ne fais pas l'idiote ! Tu travailles depuis des années pour avoir la reconnaissance, et elle est enfin là !

— Pas avec *ces* tableaux, Beth. Tu n'as donc pas compris ? Je croyais pourtant que si.

— Allez, Laurel, il y en a aussi qui datent d'avant ton accident. On t'a réservé deux murs, tu te rends compte ? *Deux* murs ! Et tes tableaux sont vraiment spectaculaires !

Laurel se dirigea vers le fond de la galerie où étaient exposés ses natures mortes, ses paysages et ses portraits. Il y avait son tableau préféré, celui d'une femme assise contre un mur de pierre, une rose à la main, sur fond de coucher de soleil… Et tout un pan de mur était consacré au ranch.

— Combien de temps dure l'exposition ? demanda-t-elle à Beth.

— Juste un week-end. Enfin, vendredi, samedi et dimanche.

Outre les paysages figuraient des tableaux d'un format plus petit, comme cette pomme de pin accrochée à sa branche, sous la rosée du matin, qui semblait toute fraîche.

— Je l'adore, celle-ci, déclara Beth en désignant un poulain et sa mère. Tout comme ces hommes mystérieux.

À ces mots, Laurel se tourna vers les deux tableaux que lui montrait son amie et qu'elle n'avait pas encore vus. L'un représentait Wade en homme de pouvoir en costume griffé, sérieux et songeur, celui qui gérait des contrats internationaux et assistait à des conseils d'administration du monde de la haute finance. Sur l'autre, on voyait le même Wade insouciant, en jean et chemise ouverte, les cheveux au vent, proche de sa famille et de ses amis, celui qui chevauchait durant des heures, roulait dans la boue sur un quad, qui appréciait les autres en fonction de leurs actions et de leurs paroles tenues. C'était cet homme dont elle était amoureuse, cet homme qu'elle avait blessé…

— C'est lui, Laurel ? demanda Beth d'une voix émue.

Incapable de répondre, elle sentit une larme rouler sur sa joue. Si Wade découvrait ces portraits, il la haïrait pour toujours. Même c'était déjà sûrement le cas… Donc, qu'avait-elle à perdre, s'il les voyait ? Après tout, ces toiles lui appartenaient, à elle, et elle se devait peut-être de montrer au monde quel homme complexe, brillant et aimant était Wade Masters.

— Oui, finit-elle par répondre.

— Lequel ?

— Les deux.

Incroyable ! pensa Wade. Une section entière de la galerie Montrella montrait des tableaux de *son* ranch ! Des peintures détaillées des cascades, étangs, vallées et pinèdes qui le constituaient. Jamais sa propriété n'avait été représentée de façon si précise. La vieille cabane était des plus émouvantes…

Quand son assistante lui avait conseillé de se rendre à la galerie, il avait ouvert de grands yeux.

— Mais enfin, je n'y connais rien en art. Pourquoi irais-je ?

— Parce qu'il y a deux portraits de vous, et les paysages sont ceux de votre ranch. Enfin je suppose.

Et voilà comment il s'était retrouvé devant ces superbes toiles peintes par Laurel, ces magnifiques paysages. Quand il se tourna vers les portraits, le souffle lui manqua… L'un révélait le visage qu'il montrait au monde des affaires, l'autre celui qu'il réservait à son cercle d'intimes. Laurel avait capturé à la perfection ces deux visages, car elle connaissait intimement les deux hommes qui cohabitaient en lui.

— Monsieur Masters…

La femme à qui il avait demandé s'il lui était possible de parler à l'artiste se tortillait les mains devant lui. *Mauvais signe*, en déduisit-il.

— Désolée, mais Laurel Dawson vient de partir et j'ignore quand elle reviendra. Ce que je sais en revanche, c'est que ces toiles ne sont pas à vendre. Il y a eu un malentendu entre Mme Bridgeman, la galeriste, et l'artiste. Ces tableaux ne devaient en fait pas être accrochés. Voulez-vous que je laisse un message ou votre numéro de téléphone à Laurel Dawson ?

— Inutile, elle sait où me trouver. En tout cas, j'achète toutes ces toiles, peu importent les consignes que l'on vous a données. Si

Mme Bridgeman y voit un inconvénient, qu'elle téléphone à mon comptable. Vous allez recevoir dans quelques minutes un appel de Bradley Jarrod, qui s'occupera du paiement et de la livraison.

Il jeta un nouveau coup d'œil aux tableaux et ajouta :

— J'insiste : ne laissez personne repartir avec une des toiles de Laurel Dawson, à part mon mandataire.

— Bien sûr, monsieur. Pour plus de sûreté, nous allons fermer cette section.

— Parfait.

Et sur ces mots, il se dirigea vers la porte, flanqué de Crawford et Jenkins qu'il vit échanger un curieux regard. Mais il avait mieux à faire que d'y prêter attention, obsédé qu'il était par le fait que Laurel était venue ici, et repartie un peu avant son arrivée. S'était-elle enfuie en le voyant ? Possible. Il ne pouvait lui en vouloir, après la façon dont il l'avait traitée. Une chose était certaine, toutefois : cela n'arriverait plus jamais.

— Laurel, lui dit Beth quand elle prit l'appel. Euh... Tes toiles... Elles ont toutes été vendues...

— *Pardon* ?

Laurel crut s'étrangler. Elle ne voulait même pas les exposer, alors les vendre...

— Mme Bridgeman et toi ne pouvez pas me faire ça ! s'exclama-t-elle. Je vous ai bien dit que...

— Écoute, je crois que ça ne pose pas de problème, elles ont été achetées par le même homme et tout porte à croire qu'il s'agit de Wade Masters. Celui des portraits, n'est-ce pas, Laurel ?

Laurel ouvrit la bouche et la referma.

— C'est bien ce que je pensais, enchaîna Beth. Bon, il a demandé à te voir et n'a pas été content d'apprendre que tu t'étais déjà éclipsée. Lui et ses gardes du corps sont tout de suite repartis et j'imagine qu'ils se dirigent vers chez toi...

— Il ne sait pas où j'habite.

— Allons, ne fais pas l'idiote ! S'il a retrouvé tes tableaux, il peut facilement te dénicher. Tu l'aimes et j'ai la conviction qu'il t'aime, lui aussi. Alors parle-lui quand il arrivera ! Quoi qu'il se soit passé entre vous peut être surmonté.

Laurel raccrocha sans un mot.

Elle aurait basculé dans le vide qu'elle n'aurait pas été plus sonnée.

Wade était venu à l'exposition, il avait acheté tous ses tableaux représentant le ranch...

Sans doute n'avait-il pas apprécié qu'elle expose et mette en vente des toiles représentant sa propriété, ses souvenirs qui lui tenaient à cœur et qu'il lui avait fait partager. Il devait la haïr encore plus, à présent...

Quoi qu'il en soit, elle ne regrettait absolument pas le temps qu'ils avaient passé ensemble et elle l'aimait toujours de tout son cœur.

Rien ne s'était déroulé selon le plan machiavélique de Victoria, qui lui avait assuré qu'elle ne rencontrerait pas Wade, puisqu'il était à Londres. Et il était encore moins prévu qu'elle tombe amoureuse de lui ! Dire qu'aujourd'hui il pensait qu'elle était aussi malveillante que sa femme et qu'elle avait voulu monnayer son ranch tant aimé en mettant ses tableaux le représentant en vente...

Elle cligna des yeux pour retenir ses larmes. En tout cas, elle avait bien fait de ne pas rentrer chez elle et de venir dans la boutique de Beth, songea-t-elle. Chez elle, elle n'aurait pas fermé l'œil de la nuit.

Elle se rendit dans l'arrière-boutique. Elle allait travailler à son tableau en cours. En général, peindre l'apaisait. Mais ce soir, sachant que Wade avait vu ses toiles, la peinture ne lui serait pas d'un grand secours. Elle ne cessait de revivre le moment où il l'avait chassée de chez lui, puis d'imaginer sa colère en découvrant ses peintures, à l'exposition...

Assez !

Elle prit une grande inspiration, choisit deux pinceaux et se mit au travail.

— C'est très intéressant !

Elle poussa un cri.

Wade !

Même si la lumière était tamisée, Wade la vit pâlir. Il la regarda avec attention, redoutant qu'elle disparaisse de nouveau.

— Qu'est-ce que tu fais là ? Comment es-tu entré ? demanda-t-elle.

Il brandit une clé.

— Grâce à Beth Hamilton, dit-il en la posant sur une table. J'ai eu tort, Laurel. Tort de te dire de partir de chez moi. J'étais furieux, frustré, mais cette colère ne t'était pas adressée.

— C'est faux ! J'ai bien vu la façon dont tu me regardais. Et tu avais toutes les raisons de me détester. Je ne savais pas à quoi je m'engageais en acceptant le plan machiavélique de Victoria...

— Tu as accepté car elle t'a menacée. Au moins, concernant le chantage qu'elle a exercé sur toi, elle a été honnête et m'a tout raconté. Je te comprends à présent. Si la seule chose à quoi je tenais était menacée, je céderais moi aussi probablement à un chantage.

— Non, certainement pas. Toi, tu es fort, tu es un battant. Pas moi.

— Tu es la femme la plus forte que je connaisse, et la personne la plus honnête qu'il m'ait été donné de connaître. Et je t'aime, Laurel Dawson.

À ces mots, elle baissa la tête, et il vit les larmes couler sur ses joues.

— Regarde-moi, Laurel...

— Non, marmonna-t-elle.

Il s'approcha d'elle et lui releva le menton. Ses beaux yeux violets scintillaient de larmes.

— Je crois que tu m'aimes, toi aussi, souffla-t-il.

Elle ne répondit pas.

— La question est maintenant de savoir ce que l'on va faire de tout cet amour, enchaîna-t-il.

Comme elle demeurait muette, il caressa doucement son visage.

— Victoria est partie, et ne reviendra jamais, dit-il. Notre divorce a été officialisé la semaine dernière. Je veux que tu rentres à la maison avec moi, je veux que tout redevienne comme avant cette affreuse soirée, entre nous, sauf que désormais, tu sauras qui tu es. Je suis tombé amoureux de toi dès le début, il se trouve que par erreur je ne t'ai pas appelée par ton nom... Laurel Marie Dawson, veux-tu m'épouser ?

Sur ces mots, il approcha la bouche de la sienne, lui laissant le choix d'accepter son baiser ou non. Poussant un petit gémissement, elle pressa ses lèvres contre les siennes... Alors il eut l'impression que le temps avait juste été suspendu depuis le retour de Victoria. Il tenait de nouveau dans ses bras la femme qu'il aimait, et l'accord entre eux était toujours aussi parfait. Il la sentait avide de l'embrasser, et il nourrissait le même désir, ainsi que d'autres intentions...

— Épouse-moi, Laurel, murmura-t-il contre sa bouche.

— Oui, je...

Incapable de se contenir davantage, il l'interrompit d'un baiser fougueux...

— Je t'aime tant, dit-il dans un souffle avant de reprendre sa bouche.

Son corps réagissait déjà, comme toujours face à cette superbe femme.

Mais elle s'écarta brusquement de lui.

— Les tableaux, dit-elle, haletante, je ne voulais pas les exposer. Encore moins les vendre. Ils étaient juste pour moi. C'est Beth qui...

— Ce n'est rien, mon amour. On va les emporter à la maison avec nous. Ils sont magnifiques et je pourrai les contempler le reste de ma vie. Il se peut même qu'un jour, nous consentions à les partager avec le reste du monde, le temps d'une exposition.

Soudain, il prit sa main gauche... et y glissa la bague qu'elle avait laissée sur la table de nuit en partant.

— Nous nous marierons demain, poursuivit-il. Je refuse d'attendre plus longtemps. Nous pourrons, bien sûr, organiser une grande cérémonie plus tard pour célébrer notre mariage, mais il n'est pas question qu'une journée supplémentaire s'écoule sans que tu sois entièrement mienne, sur tous les plans : légal, émotionnel et spirituel.

De nouveau, il vit des larmes jaillir de ses yeux, et il l'étreignait avec fougue. Puis il recouvrit sa bouche de la sienne, et leur amour put prendre son envol...

Épilogue

La cérémonie de mariage eut lieu sur le ranch, ainsi que Laurel l'avait souhaité, dans une petite chapelle oubliée depuis des années, mais à présent repeinte, à l'autel restauré et aux bancs flambant neufs. Un tapis de roses et d'arums blancs en recouvrait le sol.

Les frères de Wade ainsi que leur épouse étaient présents, tout comme le personnel du ranch et quelques amis intimes. C'était une noce en petit comité, selon ses vœux, même s'ils étaient déjà mariés depuis deux mois.

Elle était arrivée dans une calèche tirée par deux chevaux blancs aux harnais décorés de rubans blancs. Wade l'attendait devant la chapelle et l'avait aidée à descendre.

Après la bénédiction, l'assemblée avait regagné un pavillon situé à un kilomètre environ de la maison principale du ranch.

La musique country emplissait à présent l'air du soir, et la nuit d'été prêtait un magnifique écrin à cet heureux événement.

— Es-tu prête à t'éclipser ? murmura Wade à l'oreille de sa femme, tandis qu'ils dansaient. Il faut absolument que je sois en tête à tête avec toi.

Et sur ces mots, il l'étreignit pour lui prouver qu'il y avait urgence...

— Je te suivrai au bout du monde, répondit-elle dans un magnifique sourire.

Elle savait que la nuit qui allait suivre serait magique car c'était toujours le cas quand elle était dans les bras de Wade.

Quand il lui prit la main, elle s'émerveilla encore une fois de la chaleur et de la force qui émanaient de lui. Un peu en retrait, sa voiture les attendait.

— Je t'aime, Laurel Masters, dit-il en démarrant, direction Pine House.

Elle se contenta de sourire de nouveau, sur un petit nuage.

Une fois qu'ils furent arrivés, Wade lui ouvrit la porte et la prit dans ses bras pour l'emporter jusque dans leur suite à l'étage, sans faire la moindre pause.

Lorsqu'il l'eut déposée sur le lit, il lui retira sa belle robe en soie, ainsi que le diadème en diamants qui retenait ses cheveux qui retombèrent en cascade sur ses épaules.

En un rien de temps, il se dévêtit, et sa bouche fut sur la sienne... Elle se laissa happer par son baiser, par ses bras, et l'embrassa avec toute la force de l'amour que cet homme extraordinaire lui inspirait.

Bientôt, il éteignit les lumières et déclara d'une voix rauque :

— Je t'aimerai pour la vie, Laurel.

— Moi aussi, Wade, lui assura-t-elle avec ferveur.

Puis aucun des deux ne prononça le moindre mot, pendant très longtemps, cette nuit-là.

CAT SCHIELD

La vengeance me va si bien

Traduction française de
MADELEINE POULAIN

PASSIONS

HARLEQUIN

Titre original :
SUBSTITUTE SEDUCTION

Ce roman a déjà été publié en 2019.

Prologue

— Linc, Tristan et Ryan ont besoin d'une bonne leçon. Nous devons absolument nous venger.

Lorsque Everly Briggs avait décidé de participer à la soirée du Club des femmes influentes de Charleston, elle avait repéré dans la liste des invitées deux jeunes femmes qu'elle pensait pouvoir convaincre de l'aider. En effet, elle complotait contre trois des hommes les plus en vue de cette grande ville de Caroline du Sud. Des hommes qui leur avaient brisé le cœur, d'une façon ou d'une autre.

Linc Thurston avait rompu ses fiançailles avec London McCaffrey ; Tristan Crosby avait entraîné sa femme Zoe dans un divorce qui la laissait en miettes ; quant à Ryan Dailey, ce qu'il avait fait subir à Kelly, sa sœur, était de loin le pire de tout.

— Je ne sais pas trop, répondit London en mordillant ses lèvres couleur corail. Si j'essaie de me venger de Linc, cela va me retomber dessus.

— Elle a raison, approuva Zoe. Quoi qu'on fasse, les choses risquent de s'envenimer.

— Pas si nous nous occupons chacune de la cible d'une autre, rétorqua-t-elle, frissonnant d'enthousiasme devant le visage plein d'espoir de ses compagnes. Réfléchissez : nous sommes des étrangères qui se sont croisées lors d'une soirée, qui penserait à faire le lien ? Je me chargerai de Linc, London s'occupera de Tristan, et Zoe, de Ryan.

D'une voix hésitante, Zoe demanda :

— Quand tu dis « s'occuper », à quoi tu penses, exactement ?

— Tout le monde a des choses à cacher, surtout les hommes importants. Tout ce qu'on a à faire, c'est trouver lesquelles, et s'arranger pour qu'elles soient connues de tous.

— J'en suis, répliqua London. Linc mérite une petite humiliation pour avoir rompu sa promesse de cette manière.

Zoe opina :

— Tu peux compter sur moi aussi.

— Magnifique, dit-elle, renonçant à cacher sa jubilation alors qu'elle levait son verre. Trinquons à notre vengeance !

— À notre vengeance ! firent les deux autres en chœur.

1

La fête qui célébrait les dix ans de la Fondation Dixie Bass-Crosby battait son plein. Harrison Crosby traversa le hall d'entrée de la belle demeure d'avant Sécession rénovée, passant sous le lustre Baccarat suspendu au plafond quelque cinq mètres plus haut. S'emparant d'une coupe de champagne sur le plateau d'une serveuse, il quitta le hall avec ses hautes colonnes et son sol en marbre blanc pour se diriger vers la salle de bal, où un quatuor à cordes gazouillait dans un coin.

Trente ans plus tôt, Jack Crosby, son oncle, avait racheté l'ancienne plantation des Bosquets, à une cinquantaine de kilomètres de Charleston, pour faire de cette propriété de cinquante hectares le quartier général de Crosby Motorsports. À cette époque, la maison datant de 1850 était dans un état de délabrement avancé et avait failli être démolie ; mais c'était compter sans l'obstination de Virginia Lamb-Crosby et de Dixie Bass-Crosby, sa mère et sa tante. La famille Crosby avait investi des sommes énormes dans la restauration, afin de préserver le charme d'antan de la demeure tout en la rendant habitable. Le résultat s'apparentait à une véritable œuvre d'art.

Il avait beau être habitué aux soirées de charité en faveur des diverses fondations familiales, il s'ennuyait toujours à en mourir dans le tourbillon de la vie mondaine. Il aurait préféré, et de loin, donner de l'argent sans s'embarrasser de tout ce décorum. Sa famille possédait une fortune considérable et d'anciennes relations dont sa mère et sa tante pouvaient se vanter ; pourtant, lui-même n'avait rien en commun avec les membres du gratin de Charleston. Il aimait mieux les chevaux de sa Ford de course que ceux du terrain de polo.

C'est pourquoi, ce soir, il avait la ferme intention de saluer sa famille, de discuter un peu, puis de prendre la fuite aussitôt qu'il le pourrait. Il ne restait plus que trois courses avant la fin de la saison, il devait donc rester concentré sur ses objectifs et avait besoin de toute son énergie pour cela, aussi bien physique que mentale.

Il fixa son attention sur sa mère et se fraya un chemin jusqu'à elle. Hélas, lorsqu'il réussit à s'approcher, il réalisa son erreur : elle était en grande conversation avec une jolie jeune femme blonde qu'il ne connaissait pas, et dont l'annulaire gauche ne portait pas de bague. Il pesta intérieurement. C'était plus fort qu'elle : chaque fois que sa mère rencontrait une femme qu'elle jugeait convenable, elle essayait de jouer les marieuses. Elle ne comprenait pas que sa carrière de pilote accaparait tout son temps et mobilisait toutes ses forces ; ou plutôt elle le comprenait trop bien et espérait que fonder une famille le pousserait à abandonner les circuits pour se poser.

Il s'apprêtait à rebrousser chemin lorsque sa mère – Virginia, Ginny pour les intimes – s'aperçut de sa présence et eut un sourire triomphal.

— Ah ! mon fils, s'exclama-t-elle en lui prenant le bras pour l'attirer plus près. Sawyer, voici Harrison. Harrison, je te présente Sawyer Thurston.

— Ravi de vous rencontrer, répondit-il avec un sourire forcé, cherchant à se rappeler pourquoi ce nom lui était familier. Thurston…

— Je suis la sœur de Linc Thurston, l'éclaira la blonde, visiblement habituée à devoir expliquer son lien de parenté avec le célèbre joueur de base-ball.

— Oh ! Bien sûr, opina-t-il.

Sa mère reprit rapidement le contrôle de la conversation, ne lui laissant pas le temps d'ajouter quoi que ce soit.

— Sawyer fait partie de la Société de vonservation des

monuments de Charleston. Nous discutions justement de la visite annuelle des demeures historiques, et Sawyer voulait savoir si nous accepterions d'ouvrir au public le manoir Jonathan Booth, cette année. Qu'en penses-tu ?

Il poussa un soupir. C'était tout à fait le genre de conversation inutile qu'il détestait. Quelle que soit l'opinion des autres, Ginny Lamb-Crosby n'en faisait toujours qu'à sa tête.

— Je crois que tu devrais demander à papa ; après tout, c'est sa maison aussi, murmura-t-il en se penchant pour déposer un baiser sur sa joue.

Après quelques échanges polis du même acabit, il s'excusa, prétextant une connaissance à voir.

Alors qu'il faisait le tour de la salle de bal, saluant les invités qu'il connaissait, son regard s'arrêta sur une merveilleuse jeune femme dont la robe semblait faite de ciel liquide. Ses longs cheveux dorés ondulaient librement, ramenés sur une épaule pour laisser entrevoir une boucle d'oreille étincelante. Elle se détachait de cette foule de beautés car, au lieu de sourire et de profiter de la soirée, elle affichait un air maussade, tout en écoutant à peine la conversation de sa bavarde compagne, une petite brune ronde à la bouche pulpeuse.

Elle semblait préoccupée par… Il suivit son regard. Bon sang, elle fixait Tristan. Il ne souhaitait pour rien au monde marcher sur les plates-bandes de son frère, mais cette inconnue lui inspirait bien plus que de la curiosité. Il ressentait un besoin urgent et irrépressible de se trouver seul avec elle pour voir si ses lèvres étaient aussi douces qu'elles en avaient l'air, et cela ne lui était pas arrivé depuis bien trop longtemps.

Écoutant la voix de la raison, il tourna le dos à l'apparition et se dirigea vers le coin de la pièce où siégeait sa tante, près d'un grand écran de télévision qui diffusait une vidéo promotionnelle de la fondation Dixie Bass-Crosby. En plus d'apporter de l'aide aux familles d'enfants malades, la Fondation soutenait des programmes éducatifs littéraires pour les écoles primaires. Sur ces dix dernières années, sa tante avait consacré des sommes astronomiques à ces projets, et sa famille en était très fière.

Malgré tout, alors qu'il échangeait quelques mots avec son oncle et sa tante, il ne pouvait s'empêcher de revenir à la jolie blonde en robe bleue. Plus il l'observait, plus elle lui paraissait différente des femmes qui l'attiraient d'habitude ; non moins séduisante, mais beaucoup plus réservée, pas une joyeuse fêtarde comme les autres. Le style de belle-fille que sa mère approuverait. En fait, à première vue, il aurait pu la classer dans la catégorie des femmes trop sérieuses et prévisibles. Quelque chose, chez elle, disait que toute sa vie était une ligne droite bien tracée. Sans cette obstination qu'elle avait à fixer son frère, il aurait probablement déjà cessé de s'intéresser à elle.

Il avait besoin de mettre un nom sur ce visage, et pensa immédiatement à son oncle. Bennett Lamb était toujours au courant de tout et échangeait des ragots comme d'autres vendent et achètent des actions, de l'immobilier ou des pièces de collection. Il trouva l'idole de Charleston tenant salon près du bar. Avec son pantalon noir, sa veste de smoking couleur miel, son nœud papillon doré et sa pochette assortie, Bennett éclipsait bien des invitées en matière d'élégance.

— Aurais-tu une minute ? lui demanda-t-il, jetant un bref coup d'œil autour d'eux pour vérifier que sa proie ne s'était pas enfuie.

— Certainement, répondit Bennett, haussant l'un de ses sourcils soigneusement entretenus.

S'éloignant avec lui de quelques pas, il désigna d'un geste l'objet de son intérêt.

— Sais-tu de qui il s'agit ?

Son oncle jeta un coup d'œil amusé dans la direction indiquée.

— Maribelle Gates ? Elle vient de se fiancer avec Beau Shelton. Une bonne famille. Ils ont réussi à maintenir leur fortune à flot, malgré pas mal de déboires.

Il jura silencieusement. Fiancée ? Pourquoi était-elle si intéressée par Tristan si elle n'était pas célibataire ? Peut-être trompait-elle son fiancé. Pour éviter que son oncle le croie intéressé par une femme déjà prise, il demanda :

— Et la petite brune ?

— Maribelle Gates *est* la petite brune. Oh ! mais c'est la blonde qui t'intrigue. Elle s'appelle London McCaffrey.

— London..., répéta-t-il, savourant ce nom qui lui plaisait. Pourquoi cela me dit-il quelque chose ?

— Elle a été fiancée à Linc Thurston pendant deux ans.

— Je viens de rencontrer sa sœur.

Il reprit son observation, écoutant attentivement son oncle.

— Il a rompu leurs fiançailles il y a peu. Personne n'a su pourquoi, mais il paraît qu'il a une liaison avec... son employée de maison, continua Bennett en esquissant un sourire malicieux.

L'image de la vieille gouvernante dodue qui entretenait la maison de ses parents s'imposa à son esprit et il fit la grimace. Il considéra la silhouette élancée de la beauté blonde et se demanda comment diable Linc avait pu lui préférer une autre.

— Il n'a pourtant pas l'air du genre à pourchasser les gouvernantes.

— Certaines personnes sont comme ça : on croit les connaître, et puis...

— Alors pourquoi tout le monde est persuadé qu'il a une liaison avec elle ?

— « Persuadé » est un terme un peu fort, tempéra son oncle. Disons simplement qu'il y a des soupçons. Linc n'est sorti avec personne depuis que London et lui ont rompu, et pas l'ombre d'un murmure à propos d'une nouvelle conquête. D'après ce que j'ai entendu dire, il s'agit d'une jeune veuve qui a un bébé.

Il écarta mentalement les ragots et se concentra de nouveau sur London. Plus son oncle dissertait à propos de la raison pour laquelle Linc avait rompu son engagement, plus il redoutait cet intérêt qu'elle semblait avoir pour son frère. Elle méritait mieux. Tristan n'avait jamais bien traité les femmes, comme le prouvait son attitude lors de son récent divorce. Non content d'avoir trompé son épouse Zoe tout au long de leurs huit ans de vie commune, Tristan avait de surcroît engagé un avocat impitoyable qui l'avait laissée pratiquement sans ressources.

— Après, si tu cherches une nouvelle conquête, je peux te suggérer...

Entièrement absorbé par London McCaffrey, il cessa de prêter attention aux remarques de son oncle. Puis, interrompant brusquement ses élucubrations, il demanda :

— Est-ce qu'elle voit quelqu'un en ce moment ?

— Ivy ? Je ne crois pas.

— Non, London, corrigea-t-il, se rendant compte qu'il avait laissé son oncle parler dans le vide pendant un moment.

— Si j'étais toi, je n'essaierais même pas, prévint Bennett. Sa mère est une vraie calamité. Une ancienne mondaine new-yorkaise qui pense que l'argent peut servir de ticket d'entrée dans la haute société de Charleston. Franchement, cette femme est une plaie.

— Ce n'est pas la mère qui m'intéresse.

— Voyons, mais la fille est exactement le même genre d'arriviste. Pourquoi penses-tu qu'elle se serait fiancée à Linc, sinon ?

— De toute évidence, répliqua-t-il d'un ton sec, tu ne considères pas qu'elle a pu être amoureuse de lui.

L'élitisme de la vieille garde charlestonienne ne lui était pas étranger. Sa propre mère avait déçu toute sa famille lorsqu'elle avait épousé un homme de Caroline du Nord ne possédant rien d'autre que ses rêves et de l'ambition. Il n'avait jamais vraiment compris les relations compliquées de sa mère avec sa famille et, pour être honnête, cela ne l'avait jamais préoccupé. Du plus loin qu'il se souvienne, son unique passion avait été de bricoler des voitures et de les conduire le plus vite possible.

Son père et son oncle avaient d'abord été mécaniciens, puis ils avaient investi dans leur premier magasin de pièces détachées. Cinq ans plus tard, ils se trouvaient à la tête d'une chaîne de boutiques présente dans tout le pays. Alors que son père, Robert « Bertie » Crosby, se plaisait dans les bureaux, tenant les rênes de l'entreprise, son oncle Jack réalisait enfin son rêve de piloter des voitures de course.

Au moment où il avait été en âge de conduire, Crosby Motorsports était devenue une équipe gagnante. À l'image de son père, Tristan n'aimait pas se salir les mains ; il avait donc repris le flambeau à la tête de l'entreprise. Lui, au contraire, adorait, comme son oncle, chacune des taches d'huile et de cambouis qui marquaient sa peau à la fin de la journée.

— Pourquoi t'intéresse-t-elle autant ? demanda Bennett, le ramenant au présent.

— Je ne sais pas.

Il ne pouvait tout de même pas expliquer à son oncle que c'était l'intérêt de London pour son frère qui l'inquiétait. Ces dernières années, la dégradation du mariage de Tristan et Zoe l'avait préoccupé chaque jour un peu plus. Même s'il avait choisi d'ignorer les rumeurs concernant les liaisons de son frère, il reconnaissait maintenant qu'il avait un côté sombre, voire cruel.

D'ailleurs, il n'avait plus de nouvelles de Zoe depuis la séparation et cela le tourmentait. À l'époque, il avait préféré ne pas s'en mêler, mais maintenant il regrettait de ne pas avoir été un meilleur beau-frère pour elle.

— Sais-tu ce qu'elle fait dans la vie ? reprit-il, laissant ses pensées revenir à London.

— Elle possède une entreprise d'organisation de fêtes.

— Est-ce elle qui s'est occupée de la fête de ce soir ?

— Non, Zoe avait presque tout organisé avant que...

Même Bennett se sentait mal à l'aise lorsqu'il en parlait.

— Je crois que je vais aller me présenter moi-même à London McCaffrey.

— Ne t'étonne pas quand elle t'enverra sur les roses.

— Mon pedigree est presque impressionnant, je te rappelle, répliqua-t-il avec un clin d'œil.

— Elle ne se contentera pas d'un « presque impressionnant ».

— Tu es tellement pessimiste. Je pense que je peux lui suffire très largement.

— Aucun doute là-dessus, répondit son oncle en éclatant de rire. Seulement, ne sois pas surpris : je t'aurai prévenu !

London McCaffrey se tenait près de sa meilleure amie, Maribelle Gates, les yeux fixés sur l'homme qu'elle avait promis d'anéantir dans les semaines à venir. L'ex-mari de Zoe était tout à fait séduisant, mais son regard glacial et son petit sourire ironique la faisaient frissonner. D'après ce qu'elle avait découvert ces dernières semaines, il avait harcelé Zoe sans pitié, la laissant sans ressources après huit ans de mariage.

Non content de la tromper pendant une bonne partie de leur union, il avait fabriqué de faux documents montrant que c'était elle qui avait bafoué leur contrat de mariage en étant infidèle. Zoe avait dû dépenser des dizaines de milliers de dollars pour prouver son innocence, ce qui avait complètement faussé le jugement de divorce – jugement basé sur les informations financières fournies par Tristan, selon lesquelles il était accablé de dettes et d'hypothèques.

L'avocat de Zoe soupçonnait son ex-mari d'avoir créé des sociétés-écrans offshore pour mettre sa fortune à l'abri et éviter les impôts. Même si ce n'était ni inhabituel ni illégal, impossible de trouver la moindre trace de ces activités.

— Seigneur ! Il est beau comme un dieu, celui-là, remarqua Maribelle, le souffle coupé. Et il regarde de notre côté pratiquement depuis qu'il est arrivé.

Son amie lui asséna un petit coup de coude.

— Ce ne serait pas génial qu'il s'intéresse à toi ?

Avec un soupir exaspéré, elle s'apprêtait à lui répéter, pour la énième fois, qu'une aventure était la dernière chose qu'elle souhaitait en ce moment, lorsqu'elle reconnut l'homme en question : Harrison Crosby, le jeune frère de Tristan. Ce favori des circuits automobiles, avec sa longue silhouette mince et ses traits réguliers, n'était pour elle qu'un vulgaire fêtard que tout le monde portait aux nues. D'après Zoe, il n'aimait que les voitures de course, les jolies femmes et toutes les activités préférées du mâle typique.

— Ce n'est pas mon genre.

— Ma chérie, je t'aime beaucoup, répondit Maribelle en exagérant son accent traînant du Sud, mais tu devrais cesser d'être aussi difficile.

À ces mots, une vague d'amertume se souleva dans sa poitrine, mais London la refoula soigneusement. Depuis la première fois que sa mère l'avait giflée, pour avoir fait un scandale lors de sa fête d'anniversaire, à six ans, elle avait compris que, si elle voulait survivre dans cette famille, elle devrait apprendre à masquer ses émotions. Cela n'avait pas toujours été facile, mais aujourd'hui, à vingt-huit ans, elle pouvait se vanter d'être, aux yeux des gens, pratiquement indéchiffrable.

— Je ne suis pas difficile, seulement réaliste.

De toute manière, puisque ce n'était pas celui des frères Crosby dont elle devait s'occuper, il ne méritait pas qu'elle s'y attarde.

— C'est bien le problème, grommela Maribelle. Tu es toujours réaliste. Pourquoi est-ce que tu ne t'autorises pas à rêver un peu à prendre du bon temps ?

Sans doute par gentillesse, et au nom de leur amitié de longue date, Maribelle préféra ne pas lui rappeler son récent échec à gravir un échelon dans l'échelle sociale. Fort heureusement, car elle en avait assez entendu sur ce chapitre par sa mère, Edie. En effet, lorsqu'elle avait commencé à sortir avec le rejeton d'une des plus anciennes familles de Charleston, sa mère avait cru tenir là sa chance de réintégrer enfin la bonne société.

Dans sa jeunesse, Edie avait été au sommet de l'élite new-yorkaise, mais sa situation avait bien changé lorsqu'elle avait épousé Boyd McCaffrey, P-DG d'une chaîne de restaurants. Quand son père avait trouvé une meilleure position et qu'ils avaient déménagé du Connecticut à Charleston, sa mère avait pensé que ses relations new-yorkaises, sa fortune et son style de vie lui ouvriraient les portes des meilleures maisons de Charleston ; au lieu de quoi elle avait vite déchanté en découvrant que l'ancienneté du nom et des liens entre les familles du beau monde était ici bien plus importante que l'argent.

Avec un soupir, elle revint au présent.

— Ce n'est pas que je ne veux pas m'amuser, reprit-elle. Seulement, je ne suis pas sûre de vouloir le même genre de distractions que Harrison Crosby.

Eh bien ! Voilà qui sonnait tout à fait ennuyeux et moralisateur. Le genre de commentaire qu'on émet lorsqu'on a laissé le riche et beau Linc Thurston glisser entre ses doigts. Son cœur se serra. Même si elle ne ressentait plus rien pour lui, elle avait été à deux doigts de l'épouser. Mais l'aurait-elle fait ? Où leur relation en serait-elle s'il n'avait pas rompu leurs fiançailles ?

— Et comment sais-tu quel genre de distractions recherche Harrison Crosby ? demanda Maribelle, l'arrachant à ses pensées.

Elle se mordit la lèvre. Elle ne pouvait pas lui expliquer pourquoi elle avait fait des recherches sur la famille Crosby. Seules trois personnes étaient au courant du plan de vengeance. Le complot qu'elle avait tramé avec Everly et Zoe, sans être illégal, devait néanmoins rester secret ; si qui que ce soit l'apprenait, les conséquences seraient terribles.

— C'est un pilote de course, répliqua-t-elle comme si cela expliquait tout. Et il est séduisant.

— Ah oui ?

Seigneur, les photos de lui qu'elle avait vues… Des cheveux bruns bouclés, une barbe de trois jours, portant un jean et un T-shirt ou sa combinaison couverte de logos de sponsors. Il était terriblement sexy et son sourire confiant disait qu'il avait le monde à ses pieds.

— J'imagine, si on aime le genre brut de décoffrage.

Ce qui n'était pas son cas.

— Il m'a l'air plutôt délicat et élégant.

Intriguée par le petit ton narquois de Maribelle, elle risqua un regard en coin dans sa direction, ne voulant pas le laisser penser qu'elle s'intéressait à lui.

Le Harrison Crosby qu'elle s'imaginait n'avait rien de commun avec le parfait gentleman qui se tenait de l'autre côté de la pièce. Son costume sur mesure gris foncé soulignait ses épaules larges et ses hanches étroites, et elle sentit ses hormones réagir avec une intensité surprenante à son look raffiné. Il était rasé de près, cette fois, et on aurait dit qu'il sortait à peine d'un défilé new-yorkais.

— Effectivement, il n'est pas mal, maugréa-t-elle, se hâtant de détourner le regard avant de se faire repérer.

— Il vient par ici, couina Maribelle.

Son pouls s'accéléra.

— Contrôle-toi un peu, murmura-t-elle d'un ton exaspéré, ne sachant pas très bien si elle s'adressait à son amie ou à elle-même.

— Bonsoir, mesdames. Je suis Harrison Crosby, le neveu de Dixie Bass-Crosby.

Sa voix était chaude et profonde, comme le ronronnement d'un chat.

— Numéro vingt-cinq, répondit Maribelle sur un ton gazouillant qui la fit sursauter. Votre deuxième partie de saison se déroule très bien, n'est-ce pas ? Maribelle Gates, enchantée.

— Vous suivez les courses de Formule 1 ? demanda-t-il, faisant écho à ses pensées.

— Oui, tout comme mon fiancé. Nous sommes vos plus grands fans.

Tandis que sa meilleure amie faisait étalage de connaissances surprenantes en matière de course automobile, elle commença à se sentir comme la cinquième roue du carrosse. Bien qu'elles soient amies depuis leur première rentrée à l'école privée pour filles dont elles avaient suivi les cours, certaines différences inaltérables subsistaient entre elles.

Tout d'abord, leurs deux familles avaient beau être également fortunées, l'ancienneté de celle de Maribelle lui permettait l'accès à des cercles dans lesquels elle et les siens ne pouvaient pas mettre un pied. En revanche, bien que séduisante, Maribelle s'était toujours battue avec son poids, ce qui la rendait moins sûre d'elle quant à son physique. Enfin, la plus grande différence était celle-ci : malgré un rang inférieur dans la petite société de Charleston, elle avait toujours été la plus populaire des deux.

Jusqu'à maintenant.

— Oh ! s'exclama Maribelle, que je suis impolie ! Je vous présente mon amie, London McCaffrey.

— Enchantée, dit-elle.

Cependant, refroidie comme elle l'était par son manque d'intérêt, elle n'était pas sûre de le penser vraiment.

— Tout le plaisir est pour moi.

Le regard de Harrison passa de l'une à l'autre.

— Il semble que vous connaissiez déjà tout de moi. Que faites-vous dans la vie ?

— J'organise mon mariage, gloussa Maribelle.

London résista à l'impulsion de lever les yeux au ciel.

— J'imagine que c'est effectivement un travail à plein temps, répondit-il.

— Je gère une entreprise d'organisation d'événements, intervint-elle d'un ton légèrement agressif qui la fit rougir.

Était-elle vraiment en train de se battre avec sa meilleure amie, fiancée, pour un homme qui ne l'intéressait même pas ?

— Est-ce vous qui organisez son mariage ?

— Non, répondit-elle en fusillant son amie du regard.

— Pas votre truc ? devina-t-il adroitement.

— London organise surtout des soirées pour des entreprises ou des organisations de charité, expliqua Maribelle.

— Oh ! dommage, dit-il. Mon frère aura quarante ans le mois prochain et je voulais lui organiser une fête, seulement, je n'y connais rien. Mais je suppose que vous ne pouvez pas m'aider... ?

— Eh bien, je...

Elle aurait voulu refuser, mais après tout ne cherchait-elle pas à se rapprocher de Tristan ? Organiser son anniversaire pourrait être un bon moyen d'y parvenir.

— Je n'organise pas d'événements privés, en général, mais nous pouvons toujours nous voir et en discuter.

Elle sortit une carte de son sac à main et la lui tendit.

— London McCaffrey, propriétaire d'Excell'événements, lut-il. Je vous contacterai. C'était un plaisir de vous rencontrer toutes les deux, ajouta-t-il avec un charmant sourire.

Elle le suivit des yeux alors qu'il s'éloignait. Lorsqu'elle se tourna à nouveau vers Maribelle, son amie arborait un petit sourire satisfait.

— Quoi ?

— Tu vois ? C'est ce que je te disais. Tu as juste besoin de t'amuser.

— C'est pour le travail, affirma-t-elle en détachant bien chaque syllabe. Il organise l'anniversaire de son frère, je lui ai donné ma carte. C'est tout.

— Bien sûr, répliqua Maribelle, une lueur d'amusement dans ses yeux noisette. Mais je pense sincèrement que tu as besoin de passer à autre chose, et, à mon humble avis, il serait l'homme de la situation.

Elle avait entendu dire qu'il aimait jouer les difficiles et que sa relation la plus longue avait duré à peine un an. De plus, elle avait résolu que son prochain compagnon serait quelqu'un de stable, qui aurait une carrière solide et beaucoup de points communs avec elle.

— Et pourquoi ça ? À première vue, il a l'air exactement comme Linc. Un sportif qui a tout un tas de femmes empressées à sa disposition.

— Peut-être qu'il cherche la bonne, tout simplement, objecta Maribelle, dont l'opinion sur la gent masculine avait radicalement changé depuis sa rencontre avec Beau Shelton. Tu ne veux pas lui donner sa chance, au moins ?

Elle soupira. Elles avaient eu cette conversation un nombre incalculable de fois. Peut-être Maribelle la laisserait-elle en paix si elle finissait par dire oui.

— Je ne suis vraiment pas prête à recommencer à sortir avec quelqu'un maintenant.

— Dans ce cas, ne considère pas ça comme un vrai rendez-vous. Pense juste que tu vas passer du temps avec lui.

En réalité, elle voyait plutôt ça comme un moyen d'atteindre Tristan en passant par son frère, mais répondit pour avoir la paix :

— Si cela signifie que tu vas arrêter de me casser les pieds, j'accepte de donner une chance à Harrison Crosby.

2

En se préparant pour son rendez-vous avec London, Harrison se rendit compte qu'il avait allègrement dépassé ses vingt minutes habituelles dans la salle de bains.

Environ un an plus tôt, sa petite amie de l'époque lui avait montré quelques-uns des gestes qu'un homme peut faire pour prendre soin de lui, et qui plaisent à la gent féminine. Il avait d'abord pris cette routine beauté avec scepticisme, mais il avait changé d'avis en constatant les résultats surprenants des soins pour le visage, des lotions pour les cheveux et autres produits divers et variés. En temps normal, sa carrière de pilote ne lui permettait pas de s'attarder à ces futilités ; mais aujourd'hui il avait pris le temps de s'occuper de ses mains, où subsistaient toujours une ou deux taches de cambouis, et même de ses ongles, soigneusement coupés et limés.

En quittant son luxueux *penthouse* surplombant la rivière Cooper, il étudia une dernière fois sa tenue – jean sombre, pull-over gris chiné et mocassins en daim marron – et songea que London, raffinée comme elle l'était, appréciait probablement qu'un homme soigne son apparence. Sa confiance en lui, déjà au beau fixe, grandit encore un peu plus lorsqu'il entra dans le hall d'Excell'événements. La réceptionniste le fixait avec des yeux ronds.

— Vous êtes Harrison Crosby, s'exclama la petite brune, visiblement dans tous ses états alors qu'il s'avançait vers son bureau.

Elle le contemplait en s'agrippant au bord de sa table, comme si ses jambes allaient la lâcher d'une minute à l'autre. Harrison lui accorda un petit sourire en coin.

— Voudriez-vous prévenir London que je suis arrivé ?

— Oh ! bien sûr. Tout de suite.

Sans parvenir à le quitter des yeux, elle décrocha son téléphone et appuya sur un bouton.

— Harrison Crosby est là. Très bien, je transmets.

Elle raccrocha.

— London sera là dans un instant, annonça-t-elle. Voulez-vous un café, un verre d'eau ou... ?

— Non, merci, ça ira.

— Je vous en prie, asseyez-vous.

La réceptionniste lui désigna un canapé à motifs floraux noirs et blancs, juste en dessous du logo d'Excell'événements, peint en blanc sur le mur gris.

— Elle ne devrait plus tarder.

— Merci.

Ignorant le canapé, il resta debout au milieu de la pièce, se demandant combien de temps elle le laisserait patienter ainsi. Pour s'occuper, il se mit à étudier la pièce dans laquelle il se trouvait, qui offrait déjà un bon aperçu des goûts de London : un sobre déploiement de noir, de blanc et de gris, ravivé ici et là par le scintillement discret d'accessoires en argent. Sur le bureau, une composition florale apportait une touche de couleur. En face de lui, un grand écran de télévision diffusait des photos et des vidéos d'événements déjà organisés par London.

Son téléphone se mit soudain à vibrer, l'arrachant à son observation. Il soupira en lisant le message qui s'affichait. Même si le lundi et le mardi étaient ses jours de congé pendant la saison des courses, il se passait rarement une heure sans que son équipe ne le contacte à propos de la préparation de sa voiture. Chaque circuit avait ses caractéristiques, il fallait donc ajuster de nombreux paramètres – résistance aux chocs, pistons, pneus, freins... – à chaque nouvelle compétition.

Pour la première fois depuis longtemps, il hésita à répondre. Il ne voulait pas perdre de vue son objectif du jour, et après tout ses gars savaient ce qu'ils faisaient. Pour avoir sa réponse, ils pouvaient très bien attendre la fin de son entrevue avec London.

Un parfum délicat, comme une brise de printemps, parvint à ses narines.

Et il sut qu'elle était là, tout près de lui, avant même qu'elle ne prononce son nom.

— Monsieur Crosby ?

Il leva les yeux et sentit son cœur s'emballer. Elle portait une robe sans manches couleur pêche à l'encolure volantée, ornée de motifs floraux. Ses longs cheveux blonds retombaient sur ses épaules en ondulations soyeuses. Elle s'avança vers lui, image même de la perfection féminine, et lui tendit une main douce et fraîche.

— Contente de vous revoir.

— J'ai l'intention de vous appeler London, répliqua-t-il, d'emblée, se penchant légèrement pour mieux savourer son parfum fleuri. Alors vous feriez mieux de m'appeler Harrison.

— Harrison.

Sans lâcher sa main, elle lui jeta un bref coup d'œil par en dessous ; pas timide, mais comme si elle essayait de le jauger du regard. Une seconde plus tard, elle libéra sa main et le précéda dans le hall, s'arrêtant un instant pour un échange rapide avec la réceptionniste.

— Missy, avez-vous réussi à joindre Grace ?

— J'ai laissé un message. Est-ce que je vous la passe, si elle finit par répondre ?

— Oui, s'il vous plaît. Il faut que je lui parle dès que possible.

Elle reporta son attention sur lui alors qu'ils entraient dans son bureau, décoré dans les mêmes tons monochromes que la réception.

— Je vous prie de m'excuser si nous sommes interrompus, mais j'organise pour une cliente les cinquante ans de mariage de ses parents, et j'ai besoin de son avis sur une ou deux petites choses. Elle est à l'étranger en ce moment et ne rentrera pas avant le jour J, alors...

— Je comprends.

Comme pour souligner sa réponse, son téléphone vibra de nouveau.

— Je suis sûr que vous êtes du genre à ne jamais vous arrêter.

— On peut dire ça.

Elle lui indiqua une table ronde sur leur gauche et ferma la porte.

— J'ai toujours plusieurs projets en même temps.

— Et vous travaillez en solo ?

Il la regarda s'emparer d'un bloc-notes et d'un stylo-bille posés sur son bureau. Pas d'accessoires d'écriture luxueux chez London McCaffrey.

— Non, j'ai des assistants, expliqua-t-elle en s'asseyant en face de lui. La plupart ne m'aident que lorsqu'il y a beaucoup de travail, mais j'ai deux employés à plein temps, en plus de Missy.

— J'ignorais que votre affaire était aussi florissante.

Elle accepta le compliment d'un sourire.

— En effet, j'ai eu la chance de me développer rapidement.

— Depuis combien de temps l'entreprise existe-t-elle ? demanda-t-il, s'installant confortablement dans son fauteuil tout en laissant son regard glisser sur les épaules fines de son interlocutrice.

Elle s'avança jusqu'au bord de son siège, les bras posés sur la table, stylo en main.

— Presque six ans. Je l'ai fondée à peine sortie de l'université.

— Pourquoi avoir choisi l'organisation de fêtes ?

Ses yeux se plissèrent, comme si elle venait de comprendre qu'il lui faisait passer un entretien, mais sa voix resta lisse et sereine lorsqu'elle répondit :

— Ma mère était une vraie mondaine new-yorkaise, habituée des galas de charité. J'ai assisté à ce genre de soirées dès l'adolescence ; je ne connaissais personne et je m'ennuyais à mourir. Pour m'occuper, je passais toute la soirée à étudier le menu, la décoration, tous les détails qui constituent une réception. Une fois rentrée à la maison, je notais mes observations et je me demandais ce que j'aurais fait différemment, comment j'aurais pu améliorer ceci ou cela.

Il hocha la tête.

— Cela ressemble beaucoup à mes débuts dans la course automobile. Mon oncle me laissait l'aider à bricoler les voitures, et quand j'ai été en âge de conduire il m'a tout de suite autorisé à passer derrière le volant. À quatorze ans, j'étais capable de démonter et remonter entièrement un moteur.

— On dirait que nous avons tous les deux su très tôt ce que nous voulions.

— Oui, cela nous fait un point commun.

Le premier d'une longue série, espérait-il.

Elle dut se rendre compte que la conversation prenait un tour trop personnel, car soudain elle se racla la gorge.

— Alors, vous cherchez quelqu'un pour organiser l'anniversaire de votre frère ?

— Oui. Quarante ans, c'est un âge important, j'ai pensé qu'on devrait faire une belle fête.

Après sa rencontre avec London, il avait appelé sa mère pour vérifier que rien n'était encore prévu. Avant, c'était Zoe qui se chargeait de ce genre de choses, mais maintenant…

Elle tapota son carnet du bout de son stylo.

— Dites-moi quelque chose à propos de lui.

Bonne question. Il réfléchit un moment. Que savait-il de Tristan ? Leur différence d'âge de huit ans n'était pas la seule chose qui les séparait. Ils avaient des idées différentes sur l'argent, sur les femmes, sur leur carrière. Même dans leur enfance, ils n'avaient jamais été proches. N'ayant pas le même âge, ils ne s'étaient jamais trouvés dans la même école en même temps, et Tristan consacrait tout son temps libre au sport et à ses amis.

— Il dirige l'entreprise familiale depuis la retraite partielle de notre père, il y a cinq ans, commença-t-il. Crosby Auto réalise un demi-milliard de bénéfices à l'année, à l'échelle nationale. Nous avons des magasins de pièces détachées et des centres de collision dans vingt États américains, et aussi une des plus grandes concessions automobiles de la côte Est.

— Et, vous, vous êtes pilote de course.

Elle s'était exprimée d'un ton neutre qui ne portait aucun jugement, mais il n'était pas dupe : raisonnable comme elle l'était, elle ne devait pas voir son choix de carrière d'un bon œil. Il le savait. Aucun doute qu'un homme comme Tristan, qui portait des costumes sur mesure et passait sa vie derrière un bureau, lui plairait davantage. D'un autre côté, elle avait bien été fiancée à un joueur de base-ball, alors peut-être était-ce lui qui jugeait hâtivement.

— Je suis un des quatre pilotes de Crosby Motorsports.

— Voiture 25, se rappela-t-elle, notant le nombre sur son bloc avant de l'entourer de petites étoiles.

— Exact, répondit-t-il, fasciné par le mouvement de sa main.

— Je n'ai jamais vu de course automobile.

Elle leva les yeux, suivit son regard et posa précipitamment son stylo.

— Vous avez de la chance ! Il y en a une ce dimanche à Richmond.

— Oh ! je ne pense pas que...

— C'est ma dernière course de la saison, argua-t-il, tâchant de rendre sa voix aussi persuasive que possible.

Elle secoua la tête.

— Ce n'est vraiment pas mon truc.

— Qu'est-ce que c'est, alors ?

— Mon truc ? Je ne sais pas. Je travaille beaucoup, vous savez.

— Sans jamais vous laisser de temps pour vous distraire ?

— D'après ce que me disait mon amie sur l'emploi du temps des pilotes, j'aimerais bien savoir quand vous trouvez le temps de vous distraire.

— Un point pour vous. C'est vrai que je suis sur les routes une bonne partie de l'année.

Elle mit fin à la conversation d'un hochement de tête et revint au sujet de leur entrevue.

— Combien de personnes pensez-vous inviter ?

— Une centaine.

Il avait demandé une liste à sa mère, se disant qu'il valait mieux ne pas arriver les mains vides, et il avait bien fait.

— Avez-vous défini un budget limite ?

Maintenant qu'ils parlaient travail, elle semblait plus détendue.

— Disons au-dessous de dix mille.

— Dix mille ?

Avait-il donné un chiffre trop bas ou trop élevé ?

— Cela nous laisse pas mal de possibilités quant à l'endroit, reprit-elle sans lui donner le temps de réagir. Est-ce que vous aviez une date précise en tête ?

— Son anniversaire est le 5 décembre.

— Je vais demander à Missy de commencer à passer des coups de fil pour trouver un lieu adapté.

Elle s'excusa et sortit parler à la réceptionniste. Il eut à peine le temps de lire les derniers messages qu'il avait reçus avant qu'elle revienne dans la pièce.

— Vous songiez plutôt à un dîner traditionnel, avec des cocktails avant et une piste de danse après, ou à quelque chose de plus décontracté ?

— Ma mère souhaite quelque chose de formel, mais pas de danse, je crois. Peut-être un groupe de jazz, histoire de détendre l'atmosphère, d'inciter les gens à se mélanger, à discuter ?

— Vous avez bien fait de prendre son avis, répondit-elle comme en lisant dans ses pensées. Il ne me reste plus qu'à vous demander si vous souhaitez un thème précis pour la fête.

Un thème ? Cette fois, il était pris de court.

— Eh bien, j'ai pensé que « quarantième anniversaire » était un thème en soi…

— Des couleurs particulières pour la décoration, peut-être ?

— Qu'est-ce que vous me suggérez ?

— Je vous ferai trois propositions et vous choisirez. Et pour le menu ?

— Cela dépendra du lieu, non ?

— Bien sûr, mais cela m'aiderait de savoir si vous préféreriez des fruits de mer ou des grillades.

— Me laisseriez-vous un peu de temps pour y réfléchir ?

Elle secoua la tête et insista :

— Dites-moi ce qui vous vient spontanément.

— Fruits de mer, alors.

— Je connais plusieurs endroits qui font cela très bien, dit-elle en prenant des notes.

Même s'il n'y connaissait rien, il trouvait cela très facile, d'organiser une fête avec elle. Sa compétence et son efficacité simplifiaient tout.

— Vous faites ça bien.

— C'est mon métier, se renfrogna-t-elle.

— Je ne voulais pas vous donner l'impression d'être surpris par votre talent. C'est juste que je n'ai jamais organisé d'anniversaire auparavant, et avec vous cela devient si facile.

— Si vous me permettez cette question, comment vous êtes-vous retrouvé à vous occuper de cette fête ?

Il décida de jouer franc jeu : avec une femme comme elle, c'était sans doute la meilleure stratégie.

— Je me suis proposé parce que je voulais passer du temps avec vous, et un ami m'a prévenu que vous ne m'en laisseriez pas l'occasion autrement.

— Passer du temps avec moi ?

Elle semblait plus surprise que mécontente.

— Alors c'est pour cette raison que vous m'avez engagée ? Vous devriez savoir que je ne sors jamais avec mes clients.

Malgré la fermeté du discours, elle ne semblait pas le rejeter complètement.

— Vous m'avez dit que vous travailliez habituellement avec des entreprises. Une réalisation pour Crosby Auto vous offrirait une belle visibilité, et de mon côté je pourrais passer du temps avec une femme qui attise ma curiosité. C'est gagnant-gagnant.

Une lueur d'intérêt dans le regard, elle répéta, songeuse :

— Gagnant-gagnant…

London laissa son stylo courir sur le papier, dessinant au hasard, tandis qu'elle s'interrogeait sur la proposition de Harrison.

Lorsqu'il l'avait appelée pour planifier leur rendez-vous, elle avait été aux anges : elle tenait là sa chance de connaître un peu mieux l'univers de Tristan, et de trouver des éléments qui pourraient le compromettre. Plus le temps passait, plus la tâche lui semblait difficile et plus elle se sentait découragée. Elle se rendait compte qu'elle avait agi sur un coup de tête quelques mois plus tôt, mais comment faire marche arrière alors qu'Everly et Zoe commençaient déjà à mettre leurs plans à exécution ?

— Ça vous dirait, qu'on dîne ensemble ce soir ?

Elle resta bouche bée, consternée par le plaisir que lui causait cette invitation inattendue. Ne pensant qu'à sa mission, à aucun moment elle n'avait envisagé la possibilité d'une relation plus personnelle avec Harrison. Cette invitation compliquait les choses.

— Depuis la soirée, l'autre jour, je ne peux pas m'arrêter de penser à vous, déclara-t-il, le regard assombri et la voix rauque. Vous ne sortez pas avec vos clients, mais qu'est-ce qui vous l'interdit ? Sortez avec moi ce soir.

Tu as fait ce pacte avec le diable, maintenant, débrouille-toi pour t'en sortir.

— J'aimerais mieux demain.

— Je pars pour Richmond avec toute l'équipe demain. C'est ce soir ou jamais.

Elle s'apprêtait à refuser lorsque tout à coup son sourire s'effaça, son regard posé sur elle se faisant plus intense. Elle dut se rappeler de respirer. Son admiration pour elle la faisait fondre comme neige au soleil. Pourtant, elle hésitait : était-il sincère ou la flattait-il seulement pour augmenter ses chances de la mettre dans son lit ?

Elle se remémora les paroles de Maribelle. Peut-être qu'un peu d'amusement lui ferait du bien, qu'une aventure avec Harrison l'aiderait à passer à autre chose. Si seulement elle n'était pas en train de l'utiliser pour arriver à ses fins…

— Je refuse d'attendre encore une semaine pour passer une soirée avec vous, reprit-il, ignorant tout de ses atermoiements.

— Je suis flattée, dit-elle pour gagner du temps.

— Non, vous ne l'êtes pas, répliqua-t-il, un petit sourire aux lèvres.

De toute évidence, il n'était pas comme les gentlemen du Sud dont elle avait l'habitude, ceux qu'elle pouvait manipuler comme elle le voulait. Il la troublait. Et, à son grand effarement, elle mourait d'envie d'agripper son pull et de l'attirer à elle pour poser ses lèvres sur les siennes. Un voyant rouge s'alluma dans sa tête. L'attrait qu'il exerçait sur elle pourrait s'avérer dangereux.

— Vraiment, je ne…

— Vous pensez que je flirte avec vous parce que j'essaie de passer la nuit avec toutes les femmes que je rencontre.

— Loin de moi cette idée, répondit-elle de sa voix la plus innocente en baissant les yeux sur son bloc de papier.

Elle se rendit compte alors qu'elle avait griffonné une multitude de petits cœurs et tourna immédiatement la page, posant prudemment son stylo.

— Ne jouez pas les Scarlett O'Hara avec moi. Je ne vais pas vous mentir et prétendre que je ne nous vois pas dans un lit ensemble, mais c'est le voyage qui m'intéresse, pas la destination.

Tout indignée qu'elle était, elle ne put se défendre d'une pointe d'amusement et de curiosité. Décidément, sa franchise ne provoquait pas le genre de réaction auquel elle s'attendait.

— Vous semblez plutôt confiant. Qu'est-ce qui vous fait croire que vous avez une chance ?

— Vous êtes toujours là à m'écouter, au lieu de me mettre à la porte.

— Vous pensez vraiment que vous êtes le premier de mes clients à essayer ?

— Oh ! je suis sûr que ce n'est pas le cas. Mais j'ai l'impression que votre réponse sera différente, cette fois.

Elle était bien forcée d'admettre qu'il avait raison, et que le pacte avec Zoe n'était qu'un pâle prétexte.

— C'est d'accord pour ce soir, mais c'est moi qui choisis l'endroit, et je vous y rejoindrai directement.

— Je promets de me comporter en parfait gentleman.

— Il me semble que vous êtes tout sauf un gentleman.

Elle faisait la moue, cependant, l'idée la réjouissait plus qu'elle ne voulait bien l'admettre.

— Vous acceptez mes conditions ?

— Si elles vous rassurent, comment pourrais-je ne pas les accepter ?

Le mot « rassurer » la fit tiquer. Elle n'avait pas posé ces conditions parce qu'elle se sentait en danger avec lui, mais pour bien lui faire comprendre qu'elle n'était pas comme ces femmes qui faisaient ses quatre volontés dans l'espoir de finir avec un beau diamant à l'annulaire gauche.

— Rendez-vous à La Terrasse à 20 heures, ça vous va ?

— C'est parfait.

— Pour en revenir à l'anniversaire de votre frère, ce serait bien que nous nous voyions la semaine prochaine pour visiter quelques endroits possibles, reprit-elle, essayant de se concentrer sur la fête élégante qu'elle allait organiser.

— Je serai en ville lundi et mardi prochains.

— Disons lundi à 14 heures ? Plus vite nous réserverons une salle, plus vite nous pourrons nous occuper des détails. De mon côté, je vais commencer à y réfléchir et je vous enverrai mes idées dans la semaine.

— Ça m'a l'air très bien.

Voilà que leur rendez-vous touchait à sa fin. Alors qu'elle le raccompagnait jusqu'à l'entrée, il tenta encore sa chance :

— Vous êtes sûre que vous ne voulez pas venir à Richmond pour ma dernière course ?

Du coin de l'œil, elle s'aperçut que Missy ne perdait pas une miette de leur échange. Elle se sentit rougir, sachant pertinemment que toute la ville serait bientôt au courant de l'invitation.

— Je ne sais pas...

— Vous pourriez venir avec votre amie. Maribelle, c'est bien ça ?

— Oui, c'est exact. Elle et son fiancé adorent la course automobile.

— Dans ce cas, venez avec eux deux. Je peux vous réserver des places dans notre tribune.

Elle se remémora l'enthousiasme de son amie lorsqu'elle avait rencontré Harrison. Elle ne comprenait pas comment Maribelle, élevée depuis sa naissance comme une parfaite et délicate jeune fille du Sud, pouvait s'intéresser à ce sport bruyant et ennuyeux. Les pilotes ne faisaient rien d'autre que tourner en rond le plus vite possible, pendant des heures. Comment diable pouvait-on aimer cela ?

— Je vais lui demander si elle est libre et je vous tiens au courant.

Les mots avaient franchi ses lèvres trop vite, mais finalement pourquoi pas ? Après tout, elle avait besoin d'en savoir plus sur Tristan : quelle source d'information plus sûre que son frère ? Vu la façon dont son cœur s'emballait lorsque Harrison lui souriait, elle n'aurait même pas à feindre une quelconque attirance pour lui. Bien au contraire, elle allait devoir museler les pulsions qu'il lui inspirait, si elle voulait rester concentrée sur son plan.

Il parut d'abord surpris par ce revirement, mais un petit sourire se forma bientôt sur ses lèvres.

— Super, répondit-il en attrapant la main qu'elle lui tendait.

Cela n'avait été qu'un serrement de main poli, un geste professionnel, mais à ce contact un frisson courut le long de son bras, la faisant vaciller. Elle ne pouvait pas se laisser distraire de sa mission. Compter sur son admiration pour se faciliter la tâche était une chose, y répondre en était une autre.

— Rendez-vous à 20 heures, répéta-t-elle, libérant enfin sa main pour lui ouvrir la porte et le mettre poliment dehors. En attendant, je vous tiens au courant des disponibilités des endroits potentiels pour la soirée.

Après le départ de Harrison, elle se tourna immédiatement vers sa réceptionniste, qui tentait vainement de paraître très occupée. Elle s'apprêta à lui passer un savon, mais se rendit compte que, si elle voulait garder leur conversation privée, elle devrait la continuer dehors.

— Tenez-moi au courant quand vous aurez des nouvelles des salles, se contenta-t-elle de lui demander avant de se réfugier dans son bureau.

Avec un profond soupir de soulagement, elle se laissa tomber dans son fauteuil, feignant d'ignorer le tremblement de ses mains alors qu'elle agitait la souris pour réactiver son ordinateur. Toutefois, elle avait bien du mal à chasser le beau pilote de ses pensées pour se concentrer sur son travail.

Perplexe, elle contempla son bloc-notes. Une dizaine de petits cœurs ornaient la page, dessinés dans les marges et entre ses observations. Mais qu'est-ce qui lui avait pris ?

Elle retapa ses notes à l'ordinateur, enregistra le fichier et déchira la feuille incriminée en minuscules morceaux. Elle devrait contrôler un peu mieux son inconscient, à l'avenir, ou elle allait avoir des ennuis...

Une fois ce travail accompli, elle appela Maribelle pour lui transmettre l'invitation de Harrison à Richmond.

— Beau va être ravi ! s'exclama Maribelle. Tu crois qu'il pourrait nous faire entrer sur le stand de ravitaillement ?

— Peut-être, je vais lui demander. On dîne ensemble ce soir.

Maribelle poussa un cri perçant et elle écarta vivement le téléphone de son oreille.

— Tu vois, je t'avais bien dit que tu lui plaisais ! Où est-ce qu'il t'emmène ? Un endroit romantique, j'espère. Et est-ce que tu vas l'inviter chez toi après ? Moi, à ta place, je n'hésiterais pas une seconde. Il a l'air tellement sexy ! Je donnerais n'importe quoi pour le vérifier par moi-même.

Sous cette avalanche de remarques, elle ne pouvait pas en placer une ; et, l'eût-elle fait, ses arguments contre une aventure avec Harrison seraient tombés dans l'oreille d'une sourde.

Lorsqu'elle réussit enfin à parler, ce fut pour réprimander son amie :

— Ai-je besoin de te rappeler que tu es fiancée, et que tu ferais mieux de réprimer tes pulsions ? Je doute que Beau apprécierait ces éloges.

— Ne t'en fais pas. Beau sait très bien que, si mes yeux vagabondent de temps en temps, mon cœur, lui, ne changera jamais.

Cette déclaration à la fois tendre et solennelle éveilla chez elle une pointe de jalousie. Avait-elle jamais ressenti ce dévouement pour Linc ? Non qu'elle en ait eu besoin, d'ailleurs : depuis le moment où elle avait choisi de partager sa vie avec lui, elle n'avait plus jamais regardé un autre homme. Jusqu'à leur rupture, elle avait cru que Linc pensait de même, lui faisant confiance malgré toutes les femmes qui se jetaient sur lui après les matches, lorsqu'il était en déplacement. Elle n'aurait jamais imaginé que sa rivale fût si proche.

— Vous avez de la chance de vous être trouvés, dit-elle en le pensant sincèrement.

— Toi aussi, tu trouveras quelqu'un, répondit Maribelle d'un ton grave. Quelqu'un qui t'aimera et qui te rassurera.

De nouveau ce mot « rassurer » qui l'insupportait tant ! Elle était une femme forte et indépendante qui n'avait aucunement besoin d'un homme pour se sentir en sécurité. Pourtant, elle se demandait comment ce serait si, pour une fois, quelqu'un s'occupait d'elle. Pas physiquement ou financièrement, mais émotionnellement, comme Beau et Maribelle, qui s'occupaient sans cesse l'un de l'autre.

Elle n'avait jamais connu cela, même dans son enfance. Ses parents avaient toujours beaucoup attendu d'elle. Son père, en businessman rigoureux, lui avait appris que le succès absolu était la seule option possible. Toute sa scolarité, elle avait vécu dans la terreur de ne pas obtenir des notes assez élevées. Elle avait un emploi du temps bien rempli, était déléguée de classe, membre de l'équipe de football féminin et du club d'éloquence. En fait, elle ne se souvenait pas d'un seul moment durant toutes ces années où elle n'avait pas été épuisée ou rongée par l'angoisse.

Du côté de sa mère, ce n'était pas mieux : si son père était exigeant à propos de ses études, Edie était obsédée par le rang social que London devait tenir. À cette fin, elle avait passé d'innombrables heures à travailler bénévolement et à assister à toutes les fêtes où sa mère la traînait. Edie avait triomphé lorsqu'elle s'était fiancée à Linc, mais malgré cela, quoi qu'elle fasse, ce n'était jamais assez.

— J'ai envoyé un message à Beau, reprit Maribelle. Il suggère que nous partions dans son avion samedi et que nous rentrions dimanche. Cela nous permettrait de voir les entraînements, mais est-ce que c'est possible pour toi ? Je sais que tu as souvent des fêtes le samedi soir.

En effet, ce serait une excuse facile, mais l'enthousiasme dans la voix de Maribelle était si manifeste qu'elle se rendit.

— Ce samedi, c'est calme, il y a juste une petite fête d'anniversaire. Annette peut s'en occuper.

À sa grande surprise, elle avait envie de bouger. Elle avait travaillé comme une folle depuis la séparation, ce qui lui évitait de ressasser des idées noires.

— Puisque Beau s'occupe de nous emmener, reprit-elle, je vais réserver les chambres d'hôtel.

— Il va falloir qu'on aille faire du shopping. En fait, il va falloir qu'on y aille maintenant.

— Pourquoi maintenant ? Rien ne presse.

— Je veux m'assurer que tu n'ailles pas dîner ce soir avec une tenue qui proclame « Je ne coucherai pas avec vous ».

— Mais, justement, je ne vais pas coucher avec lui !

— Est-ce que tu es déjà sortie avec quelqu'un, depuis Linc ?

— Tu sais bien que non.

— Tu as besoin d'un flirt pour te remettre sur les rails, et encore une fois Harrison serait parfait pour ça. C'est tout l'opposé du genre d'homme avec lequel tu te poserais, donc l'idéal pour une aventure.

— Tu as peut-être raison.

L'idée d'un instant torride avec Harrison faisait battre son cœur plus vite, mais elle n'avait jamais partagé le lit d'un homme sans avoir de sentiments pour lui. Cependant, étant donné ce que Zoe, Everly et elle s'apprêtaient à faire, il valait mieux qu'elle ne tombe pas amoureuse.

Finalement, peut-être pourrait-elle laisser libre cours au désir qu'il lui inspirait. Après tout, ils étaient tous les deux des adultes, quel mal y avait-il à cela ?

3

Harrison arriva dix minutes en avance à La Terrasse et s'installa au bar, près de l'entrée, pour ne pas rater l'arrivée de London. Il avait d'abord cru qu'elle annulerait, mais chaque heure qui passait sans le coup de téléphone redouté lui apportait la conviction qu'elle allait céder à leur attirance mutuelle. Pourtant, en comptant les minutes qui le séparaient du rendez-vous, il ne pouvait s'empêcher d'avoir la gorge nouée.

L'effet qu'elle produisait sur lui aurait dû le faire fuir à toutes jambes. Il avait déjà compris qu'ils étaient très différents sur plusieurs points essentiels. D'abord, elle n'était pas son genre, et il n'était visiblement pas le sien non plus. Élégante et réservée, elle se trouvait complètement à l'opposé des filles qu'il rencontrait d'habitude sur les circuits, qui aimaient boire de la bière et faire la fête.

D'après ce qu'il avait pu voir, il s'imaginait London comme un véritable tyran dans une relation. Rien que ce soir, elle avait choisi le lieu et l'heure, contrôlant tout, imposant ses propres règles. Il eut un petit sourire en coin. Elle pouvait imposer toutes les règles qu'elle voulait, il saurait bien les contourner.

La porte d'entrée s'ouvrit, et, tout habitué qu'il était à l'adrénaline et aux collisions à toute vitesse, il sentit son cœur s'arrêter de battre.

Elle s'était changée depuis le matin, et il la trouva incroyablement belle. Le décolleté profond de sa robe bleu marine soulignait ses épaules délicates et le creux de ses clavicules. Le tissu épousait son buste, mettant en valeur les courbes douces de sa poitrine, puis s'évasait largement pour s'arrêter juste au-dessus du genou. Cette couleur sombre contrastait avec sa peau laiteuse et faisait ressortir le bleu de ses yeux. Elle avait ramassé ses cheveux en un chignon flou qui laissait quelques mèches dorées encadrer son visage, et portait pour tout bijou une perle à chaque oreille.

Lorsqu'elle le repéra, elle eut un sourire hésitant qui le frappa comme la foudre. Encore sous le choc, il se fraya un chemin à travers les clients du bar pour la rejoindre.

— Vous êtes splendide, murmura-t-il en lui prenant le bras, se penchant pour déposer un baiser sur sa joue.

Elle se tendit légèrement, mais continua de sourire alors qu'il reculait pour mieux la regarder.

— Merci.

Elle considéra son jean, sa chemise bleu ciel et son blazer couleur crème.

— Vous êtes plutôt élégant vous-même, répondit-elle en tirant légèrement sur la pochette bleu marine qui dépassait de sa poche poitrine.

— Je suis content que vous approuviez. Et que vous ayez pu vous joindre à moi ce soir.

— C'était très aimable à vous de m'inviter.

Les formalités accomplies, il plaça sa main dans son dos pour la guider vers une hôtesse. Ils s'installèrent à une table près de la fenêtre qui donnait sur King Street.

— Vous venez ici souvent ? demanda-t-il en étudiant le menu, qui proposait des plats élaborés à partir de produits locaux. Il fixa son choix sur les coquilles Saint-Jacques au yaourt, aux betteraves et aux pistaches.

— En fait, je ne suis jamais venue, mais c'est le restaurant préféré de Beau et Maribelle. Ils y ont eu leur premier rendez-vous, et c'est aussi là qu'il l'a demandée en mariage.

Elle se rendit compte, effarée, du sous-entendu que contenait sa phrase, et se hâta de rectifier le tir :

— Enfin, ils sont toujours en train de radoter à propos de la cuisine qui est si délicieuse, alors c'est pour cela que j'ai choisi cet endroit.

— J'ai hâte de savoir s'ils ont raison.

— Alors vous n'êtes jamais venu non plus ?

— Je ne sors pas beaucoup, vous savez.

— J'ai du mal à le croire.

— Pourtant, c'est vrai. Je passe tellement de temps sur les circuits que, lorsque j'arrive enfin à rentrer, je préfère me terrer chez moi et recharger mes batteries.

— Vraiment ? Je suis surprise.

— La course monopolise presque tout mon temps et toute mon attention. Je suis toujours en train de penser à ma dernière compétition, aux différents circuits, à ce que je pourrais améliorer.

— J'ai fait un peu de recherches sur vous, et il paraît que vous êtes quelqu'un qui compte dans le monde de la F1, avoua-t-elle, les joues rougissantes. Vous faites beaucoup d'apparitions publiques.

— Je fais tout cela pour Crosby Motorsports. En réalité, je suis plutôt réservé.

— Impossible ! Un favori du public comme vous ?

— Ne vous méprenez pas, je fais beaucoup de conférences de presse et de rencontres avec les fans, mais je n'apprécie pas cela du tout. Dans ces moments-là, je préférerais largement être en train de bricoler une voiture, ou passer du temps avec mes amis.

Elle fit la grimace et insista sur un ton quelque peu agressif qui le fit tiquer :

— Je pensais que vous aimiez ça : la célébrité, le public en liesse, les serrements de mains...

— Vous semblez me voir d'une manière très désabusée. Peut-on savoir pourquoi ?

— Ce n'est pas vous, répondit-elle en jouant avec son verre de vin. C'est votre métier. J'ai côtoyé pendant assez longtemps des sportifs célèbres, et la plupart adoraient ça. Les fans béats d'admiration, l'attention qu'ils recevaient partout où ils allaient... Ils finissaient par croire que tout leur était dû.

— Pas tous.

De toute évidence, sa relation avec Linc Thurston lui avait donné une piètre opinion des sportifs. Il allait devoir la convaincre que le célèbre joueur de base-ball et lui n'étaient pas faits du même bois.

— La plupart d'entre eux.

— Est-ce que Linc était comme ça ? risqua-t-il.

— Je ne veux pas parler de lui.

Et pourtant il avait besoin de savoir où elle en était.

— Parce que vous n'avez pas encore surmonté la rupture ?

Comment l'aurait-elle pu ? D'après ses informations, cela ne faisait que quelques mois.

— Je l'*ai* surmontée, rétorqua-t-elle, les paillettes d'or dans ses yeux bleus commençant à lancer des éclairs.

— Mais en avez-vous fini avec lui ?

Elle soupira, exaspérée.

— Nous avons été ensemble pendant trois ans.

— Alors la réponse est non ?

Son expression se durcit et elle le regarda d'une manière qui voulait dire « stop », mais il ne céda pas pour autant. Cette femme valait la peine qu'on se batte pour elle.

— Je ne peux pas imaginer à quel point tout cela a été dur pour vous, mais je serai heureux de vous écouter si vous voulez dire des horreurs sur lui... ou sur la gent masculine dans son ensemble, dit-il en souriant.

— Pourquoi cela ? demanda-t-elle, confuse.

— Parce que je trouve que trop d'hommes se comportent mal avec les femmes.

— Et pas vous ?

Sa colère avait laissé place à un scepticisme affiché.

— Oh ! je suis sûr que vous trouveriez une bonne douzaine de femmes pour se plaindre de moi.

— Alors pourquoi dites-vous que vous êtes différent des autres ?

— Je ne sais pas. Peut-être cela tient-il au fait que je ne profite pas des gens juste parce que je le peux. Je ne suis pas un goujat fini comme mon frère.

Il avait profité de la tournure que prenait leur conversation pour amener Tristan sur le tapis. Il avait besoin de comprendre pourquoi elle n'avait pas cessé de le regarder pendant la fête.

— Tristan traite les femmes comme si elles étaient son terrain de jeux personnel, reprit-il.

— Mais n'était-il pas marié jusqu'à une date récente ? Vous voulez dire qu'il a été infidèle ?

Il confirma d'un hochement de tête.

— Je n'ai jamais compris pourquoi certains hommes s'enferment dans un couple, si c'est pour être infidèles ensuite.

Il se remémora les paroles de son oncle Bennett à propos de l'infidélité de Linc Thurston. Pas étonnant que London ait du mal à lui faire confiance, lui qu'elle percevait comme le même genre de sportif célèbre que son ex-fiancé.

— Le couple n'est qu'une norme sociale, ajouta-t-il.

Elle parut positivement sidérée.

— C'est ce que vous pensez ?

— C'est la vérité, non ?

— Que faites-vous de l'amour ?

— Tout le monde ne croit pas à l'amour, et je ne pense pas que mon frère y croie. Tristan a choisi d'épouser une femme très jeune et très jolie, réservée et malléable à son gré. Pendant huit ans, elle a rempli sa mission de compagne docile et charmante.

Pauvre Zoe... Il se souvenait de quelle manière son esprit si brillant s'effaçait un peu plus à chaque anniversaire de mariage.

— Son seul tort a été de ne pas réussir à rendre mon frère heureux.

— Et pourquoi était-ce sa faute ? demanda-t-elle d'un air choqué. Le mariage n'est-il pas censé être un partenariat, dans lequel on se soutient l'un l'autre ?

— Le mien sera comme ça, en tout cas, répondit-il, faisant une pause pour étudier sa réaction. Je crois que l'insatisfaction de Zoe est devenue impossible à masquer avec le temps, et mon frère, qui ne supporte pas que les choses aillent contre son gré, a perçu ce mécontentement comme un échec dû à Zoe, sans imaginer un instant qu'il avait sa part de responsabilité.

Elle resta pensive quelques instants, puis reprit :

— Est-ce que vous êtes proche de son ex-femme ?

— J'aime beaucoup Zoe. Elle est calme et réservée, mais,

lorsqu'on la connaît un peu mieux, on s'aperçoit qu'elle a un grand cœur et un sens de l'humour décapant. Elle méritait mieux que mon frère.

— Elle devait être réconfortée de vous avoir à ses côtés.

— Je ne sais pas. Si j'avais été un bon ami pour elle, je l'aurais dissuadée d'épouser Tristan.

— Vous n'auriez peut-être pas réussi. Parfois, nous avons besoin d'apprendre de nos erreurs pour avancer.

— C'est vrai, mais certaines erreurs ont des conséquences plus lourdes que d'autres.

Elle se laissa aller contre le dossier de sa chaise et posa les mains sur ses genoux. Elle le fixa de ses yeux clairs, brillants d'intelligence.

— Vous n'êtes décidément pas l'homme que je croyais.

— J'espère que c'est une bonne chose.

— Le jury délibère encore, répliqua-t-elle avec un sourire énigmatique. Alors, M. Réservé, qu'est-ce que vous faites lorsque vous n'êtes pas sur les circuits ?

— Oh ! rien d'inhabituel : les sports en extérieur, voir mes amis… Et vous, quand vous n'êtes pas au travail ?

— Manger et dormir, fit-elle avec un petit rire. De temps en temps, je m'autorise un massage ou un soin en institut. J'avoue que j'ai du mal à décrocher.

— On dirait que nous travaillons beaucoup, tous les deux.

— Comme les requins, nager ou mourir !

Soudain, le téléphone rangé dans son sac à main se mit à sonner. Elle avait posé sa minaudière sur la table, à côté de son assiette, et la fixait maintenant avec une moue dédaigneuse.

— Désolée, soupira-t-elle alors que la sonnerie se répétait.

— Vous ne décrochez pas ?

— Non, je sais déjà de quoi il s'agit.

— Impressionnant, la provoqua-t-il, recevant une grimace pour toute récompense.

— À propos de ce week-end…

Il comprit tout de suite, à sa voix, qu'elle allait accepter son invitation et se mit à sourire.

— J'ai parlé avec Maribelle. Votre proposition lui fait très plaisir, et à Beau aussi.

— Et à vous ?

— Je ne sais pas bien dans quoi je suis en train de m'embarquer, alors je réserve mon jugement pour l'instant.

— J'imagine que nous sommes en progrès, murmura-t-il.

— Nous décollons samedi matin, poursuivit-elle, ignorant son persiflage. Beau voudrait savoir si vous pourriez leur obtenir un accès au stand de ravitaillement – du moins, je crois que c'est ce qu'il a demandé.

— Bien sûr, avec plaisir.

Elle se trouvait assise face à l'entrée du restaurant, et soudain ses yeux s'agrandirent de surprise. Il s'apprêtait à lui demander ce qui n'allait pas lorsqu'elle attrapa vivement son sac, lui adressant un grand sourire.

— En fait, je devrais peut-être jeter un œil à ce message, histoire d'être sûre que ce n'est pas urgent.

Elle eut un petit rire nerveux.

— C'est le problème quand on est le patron : on passe sa vie au téléphone ! Si vous voulez bien m'excuser…

Avant qu'il ait eu le temps de dire quoi que ce soit, elle avait filé.

Everly Briggs marchait dans King Street, ne prêtant pas attention aux bars, restaurants et autres boutiques qui jalonnaient cette artère fréquentée de Charleston. Elle était tout entière concentrée sur la haute silhouette masculine qu'elle avait prise en filature.

Linc Thurston paraissait indifférent au remue-ménage causé par son passage. D'habitude, le champion de base-ball s'arrêtait volontiers pour discuter avec ses fans, mais ce soir il semblait déterminé à atteindre sa destination le plus vite possible.

Depuis qu'elle avait rallié London et Zoe à sa cause lors du gala du Club des femmes influentes, elle avait œuvré sans relâche pour tenter de compromettre Linc. Elle avait maintenant la certitude que sa liaison avec sa gouvernante avait été à l'origine de la rupture de ses fiançailles. Il ne s'agissait pas d'une simple aventure d'un soir mais bien d'une relation secrète à part entière, ce qui changeait tout. Partant de là, et des informations qu'elle avait sur la dame en question, elle avait échafaudé son plan de vengeance : prouver à Linc que cette femme lui mentait et la discréditer à ses yeux. Il allait apprendre ce qu'on ressent lorsqu'on est trahi par quelqu'un qu'on aime. Bien sûr, ce plan ne pouvait fonctionner que si Linc avait réellement des sentiments pour Claire Robbins. Elle avait donc commencé à l'espionner pour savoir si son infidélité avait été un cas exceptionnel, ou s'il était un digne représentant de la gent masculine.

Perdue dans ses pensées, elle ne s'aperçut pas que Linc s'était arrêté et se retrouva bien trop près de lui. S'arrêter aussi éveillerait forcément ses soupçons, elle n'avait donc pas d'autre choix que de rebrousser chemin. En bonne détective, elle nota cependant ce qui avait attiré l'attention de sa proie : London, assise à une table près de la fenêtre de La Terrasse, en train de dîner avec Harrison Crosby, et visiblement de flirter avec lui.

Mais à quoi jouait London ? Elle était censée s'occuper de Tristan Crosby, pas de son frère !

Agacée au plus haut point, elle tourna au coin du pâté de maisons et dégaina son portable. Elles avaient convenu de ne pas communiquer entre elles pour ne pas être démasquées, mais cette fois elle devait la rappeler à l'ordre. Elle s'arrêta de marcher et tapa rapidement :

Il faut qu'on se voie. E.

Impatiente, elle tapa du pied, attendant la réponse, qui ne venait pas. Pendant ce temps, Linc s'éloignait…

Je t'ai vue à La Terrasse. Qu'est-ce que tu fabriques ?

Voyant que London ne répondait toujours pas, elle décida d'employer les grands moyens. Elle retourna devant le restaurant, s'assura que London l'avait vue, puis entra et se dirigea vers les toilettes.

Heureusement, il n'y avait personne. Les mains tremblantes de colère, elle sortit son rouge à lèvres de son sac. Au moment où London entra à son tour, elle était plus que prête à la recevoir.

— Pourquoi est-ce que tu sors avec Harrison Crosby ?

Elle se retenait difficilement de hurler.

— Et toi, qu'est-ce que tu fais ici ? contra London à voix basse. Nous avions convenu que personne ne devait nous voir ensemble.

— Je suis venue voir pour quelle obscure raison tu t'occupes du mauvais Crosby.

London croisa les bras sur sa poitrine et la toisa.

— Il ne t'est pas venu à l'idée que cela pourrait être le meilleur moyen de me rapprocher de Tristan ?

— Mais bien sûr. Je crois plutôt que tu trouves Harrison à ton goût et que tu projettes de le mettre dans ton lit.

Au regard fuyant de London, elle comprit qu'elle avait visé juste.

— Tu te rends compte que ça pourrait avoir des conséquences dévastatrices ?

— Écoute-moi bien. Tant que je remplis ma part du contrat, la façon dont je m'y prends ne te regarde absolument pas. Nous sommes tombées d'accord sur le fait que cela ne pouvait fonctionner que si nous n'avions pas de contacts les unes avec les autres, alors maintenant laisse-moi tranquille.

Elle n'eut pas le temps de répondre : London était déjà dehors. Pétrifiée, elle resta quelques minutes, furieuse. Cette histoire entre London et Harrison allait poser des problèmes. À l'avenir, elle devrait non seulement s'occuper de sa partie du plan, mais aussi vérifier que London restait concentrée sur la sienne. Et, si ce n'était pas le cas, elle devrait vite lui faire comprendre ce qui arrivait lorsqu'on tournait le dos à ses amis.

4

Le cœur battant à cent à l'heure, London tenta de se composer une expression sereine et parcourut lentement les quelques mètres qui la séparaient de la table où Harrison l'attendait. L'irruption d'Everly l'avait remuée. Ce qu'elles faisaient était assez dangereux sans qu'elles aient besoin de prendre des risques supplémentaires.

De plus, elle ne pouvait chasser cette question de son esprit : est-ce qu'Everly la suivait ? Cette éventualité la rendait folle, mais comment aurait-elle su qu'elle dînait avec Harrison, sinon ? Et quelle mouche l'avait piquée de venir lui parler au beau milieu d'un restaurant, où n'importe qui aurait pu les voir ? Avait-elle aussi contacté Zoe ? Elle était presque tentée d'appeler cette dernière pour vérifier, mais elle n'allait tout de même pas faire ce qu'elle venait de reprocher à Everly.

En se rasseyant en face de Harrison, elle comprit à son expression inquiète qu'elle n'avait pas réussi à masquer complètement son anxiété.

— Est-ce que tout va bien ?

— Oui, ça va, répondit-elle en se forçant à sourire. J'ai simplement reçu de mauvaises nouvelles à propos d'une soirée que je devais organiser. Le client hésitait beaucoup sur ce qu'il voulait faire, et il a fini par annuler.

Le mensonge lui était venu beaucoup trop facilement. Mais quel genre de personne était-elle en train de devenir ?

— Ils vont peut-être changer d'avis. Je suis sûr que vous pouvez être très persuasive.

Il arborait un sourire encourageant qui la toucha en plein cœur. Son angoisse fondit comme neige au soleil et, reconnaissante, elle lui adressa un grand sourire.

— Si par « persuasive » vous entendez « autoritaire », c'est probablement vrai. J'ai parfois tendance à être un peu trop directe et à manquer de diplomatie.

— Vous aimez que les choses soient faites à votre idée, je peux comprendre ça. L'important, c'est de gagner, comme on dit.

Elle commençait à se rendre compte qu'ils avaient bien plus en commun qu'elle ne l'avait imaginé.

— Je ne vois pas vraiment ça comme une victoire, mais plutôt comme du travail bien fait.

— Aucun mal à cela.

— Alors, est-ce que vous remportez beaucoup de victoires ? demanda-t-elle en jouant avec sa boucle d'oreille.

— J'ai eu quelques succès ces dernières années. En général, je termine dans le top 10 les trois quarts du temps, si on excepte les deux premières années, où je débutais, et deux saisons durant lesquelles une blessure m'a empêché de piloter.

— Ce sont de bons résultats ?

— C'est plutôt respectable, répondit-il, visiblement amusé devant son ignorance totale du sujet qui les occupait.

— Alors, gagner la course n'est pas important ?

— Si, bien sûr, mais avec trente-six courses par an, c'est impossible d'être le meilleur à chaque fois. Si je termine premier quatre à six fois dans une saison, c'est suffisant pour me maintenir à la troisième place du classement de l'année, tant que mes statistiques sont bonnes.

Elle qui manipulait des chiffres tous les jours, elle était curieuse de savoir comment ces classements étaient établis.

— Combien êtes-vous de pilotes en tout ?

— Une soixantaine.

— Et quelle a été votre pire année ?

— 2004, l'année où j'ai commencé. J'ai terminé cinquante-huitième du classement. J'avais dix-neuf ans et je croyais tout savoir sur tout.

Elle se souvint de ses dix-neuf ans, si différents : elle venait d'entrer à l'université, vivait loin de ses parents pour la première fois, et cherchait encore à définir qui elle était.

— Et maintenant ? reprit-elle.

— J'apprends encore. Et j'essaie toujours de faire mieux.

— Ça m'a l'air d'être une bonne devise.

Ce mélange de confiance en lui et d'humilité était attendrissant, et elle sentait ses défenses faiblir de minute en minute.

La serveuse s'approcha, et l'attitude chaleureuse de Harrison à son égard lui prouva une fois de plus à quel point il était différent de son frère. Lorsqu'elle avait rencontré Tristan, son regard sur elle lui avait donné envie de rentrer à la maison et de prendre une douche le plus vite possible.

— Avez-vous gardé de la place pour le dessert ? demanda la serveuse.

Il l'interrogea du regard, et elle secoua la tête négativement.

— Mais que cela ne vous empêche pas d'en prendre un si vous voulez.

— Je n'aime pas manger seul, répondit-il alors que la serveuse emportait leurs assiettes. Et puis je préférerais largement une glace de chez Swenson.

— Je n'y ai pas mis les pieds depuis des années.

— Alors c'est le moment d'y remédier, non ? Quel est votre parfum préféré ? Et, s'il vous plaît, ne dites pas la vanille.

— Je ne sais pas vraiment. Peut-être la fraise.

— Depuis quelques mois, ils servent une glace à la fraise avec du miel au vinaigre balsamique et du poivre noir. Elle est délicieuse.

L'idée de toutes ces saveurs lui mit l'eau à la bouche.

— Vous avez l'air de bien connaître l'endroit. Est-ce là que vous emmenez toutes vos conquêtes ?

Elle n'avait pas voulu se montrer aussi cavalière, et rougit sous son regard perçant.

— Vous seriez la première.

— Je vous demande pardon, c'était incorrect de ma part.

— Est-ce que vous vous montrez aussi méfiante avec tous les hommes, ou juste avec moi ?

— Ni avec tous les hommes ni avec vous. Seulement, depuis que Linc et moi…

Elle aurait préféré éviter de ramener le nom de son ex-fiancé dans la conversation.

— La rupture m'a rendue vulnérable, et cela ressort parfois aux moments où je m'y attends le moins. Je suis désolée.

— Il vous a vraiment fait du mal.

— Oui et non.

Elle n'avait pas la moindre envie de parler autant de Linc à son premier rendez-vous avec Harrison, mais peut-être était-ce une bonne idée de clarifier les choses une fois pour toutes.

— Pendant toute ma vie, j'ai réussi tout ce que je voulais réussir. Tout sauf une chose : être acceptée dans les cercles les plus exclusifs de Charleston. Ici, c'est impossible de s'intégrer à la bonne société lorsqu'on n'y est pas né. Mes fiançailles avec Linc m'ont ouvert des portes qui seraient restées à jamais fermées pour moi.

Elle soupira, se demandant s'il comprendrait. Sa famille à lui s'était construite toute seule, se faisant un nom dans le monde de l'automobile à la force du poignet. Allait-il la trouver mesquine et superficielle de vouloir faire partie de ce monde ?

— En grandissant, je suis allée dans les meilleures écoles possibles, poursuivit-elle, se souvenant des amies qu'elle s'y était faites.

Des amies qui allaient au bal des débutantes, prenaient le thé en bonne compagnie, et s'adonnaient à d'autres activités pour jeunes filles de bonne famille du Sud.

— Mais j'étais toujours en dehors, regardant de l'extérieur.

— Et cela vous ennuyait beaucoup.

— C'est normal, non ?

— Pourquoi pensiez-vous avoir besoin de ça ? À mes yeux, vous avez déjà tout ce qu'il faut.

Elle s'illumina sous le compliment, et soudain c'était toute une vie d'exclusion qui lui paraissait moins douloureuse.

— C'est gentil à vous. Mais ça n'a jamais été suffisant.

Devant son air interrogatif, elle expliqua :

— Pour ma mère. Elle passe sa vie à rabâcher à quel point

c'est frustrant de ne jamais pouvoir faire partie de la meilleure société, malgré ses dons aux organismes de charité et ses dîners somptueux.

— Mais c'est le problème de votre mère, pas le vôtre.

Si seulement c'était aussi simple.

— Elle est plutôt… décidée.

Elle aurait pu en dire bien plus encore, mais cela n'aurait fait que souligner les défauts de sa famille.

— Cela doit vous mettre beaucoup de pression.

— J'ai l'habitude, fit-elle en haussant une épaule. Après tout, la chaleur et une pression extrême transforment le charbon en diamant.

Elle venait de citer mot pour mot la phrase favorite de sa mère.

— Ce n'est pas très exact d'un point de vue scientifique.

— Bon, mais les diamants ont quand même besoin de chaleur et de pression pour se former, grommela-t-elle.

Il eut un demi-sourire qui la désarma en un instant, et lui accorda le point :

— Très juste.

Un quart d'heure plus tard, il ouvrit la porte du restaurant, et dès qu'ils furent dehors il lui prit la main pour la poser sur son bras. Une douce chaleur se répandit dans ses veines, résultat des quelques verres de vin qu'elle avait bus, mais surtout de la proximité troublante de son corps. Elle aspira une grande goulée d'air frais, espérant que cela lui remettrait les idées en place.

— Toujours envie d'une glace ? demanda-t-il.

Ils avaient atteint un croisement, et, au lieu de continuer vers chez Swenson, il la fit tourner au coin de la rue et l'entraîna dans l'allée perpendiculaire, moins fréquentée.

— En tout cas, pas moi.

— Ah non ?

Elle se mit à trembler alors qu'il la repoussait contre le mur et posait son avant-bras près de son visage.

Du regard, il caressa celui-ci avant de s'arrêter sur sa bouche.

— La seule douceur dont j'ai envie, c'est celle de tes lèvres.

À n'importe quel autre homme, elle aurait décoché une réplique mordante, mais elle sentait qu'il pensait sincèrement chaque mot qu'il venait de lui dire. Ses jambes ne la soutenaient plus, et elle fut reconnaissante au mur de se trouver là. Elle aurait souhaité poser ses mains sur son torse musclé, mais elle se réfréna – ce n'était que leur premier rendez-vous...

— D'accord.

— D'accord ? répéta-t-il, ses lèvres douces effleurant à peine les siennes.

— Oui, supplia-t-elle dans un souffle.

— Tu es sûre que je ne suis pas trop pressant ?

Il semblait décidé à la torturer par tous les moyens possibles. Ses mots avaient eu exactement l'effet escompté : elle n'attendait plus que ce baiser, maintenant. Elle se dressa sur la pointe des pieds et enfouit les mains dans ses cheveux.

— Embrasse-moi comme tu en as envie, réclama-t-elle.

Il pouffa contre sa joue avant d'y déposer une pluie de baisers légers.

— Si je fais ça, on va avoir des ennuis avec la police.

Troublée par cette attente interminable, elle finit par poser une main sur ses pectoraux, comme elle le désirait. La pulsation rapide de son cœur lui redonna confiance. L'attraction qu'elle ressentait n'était pas à sens unique, mais bien vive pour tous les deux et pleine de promesses.

— Je ne sais pas quoi faire avec toi, murmura-t-elle, vacillante.

Il enroula un bras autour de sa taille et la pressa contre lui.

— C'est drôle, parce que, moi, je sais exactement quoi faire avec toi.

Sa main glissa le long de son dos, descendant toujours un peu plus jusqu'à caresser légèrement ses fesses, puis il la lâcha.

— Tu es la tentation même. Avec des talons hauts en prime.

L'esprit embrouillé par le désir, elle articula avec peine :

— Je crois que je ferais mieux de rentrer.

— Je vais te raccompagner à ta voiture.

À son grand désarroi, elle ressentit une pointe de déception. Une myriade de questions tourbillonnaient dans sa tête alors qu'ils marchaient jusqu'au parking. Qu'avait-elle espéré ? Qu'il l'aurait pressée de rester un peu plus longtemps avec lui ? Qu'il l'aurait invitée chez lui ?

Il lui avait fait comprendre qu'il en avait envie, non ? Ses mots étaient explicites, mais dans ses actes il n'avait franchi aucune des limites qu'elle imposait tacitement pour un premier rendez-vous. Pourtant, il ne lui en aurait pas fallu beaucoup plus pour jeter ces limites aux oubliettes. Le bref instant où il l'avait tenue contre lui l'avait laissée avide de ses lèvres, de son corps tout entier.

— Est-ce que ça va ? demanda-t-il, faisant irruption dans ses pensées.

— Très bien.

En réalité, c'était tout le contraire : elle se demandait ce qui n'allait pas chez elle. Est-ce qu'elle était ce genre de femme qui refroidit les hommes dès le premier baiser ? Il l'avait à peine embrassée. Peut-être n'avait-il aucune envie que les choses aillent plus loin.

Elle frissonna, pensant à sa relation avec Linc. Depuis des mois, elle en était encore à se demander s'il l'avait quittée parce qu'elle n'était pas assez désirable. Pourtant, leur relation fonctionnait bien d'un point de vue sexuel ; Linc était un très bon amant, et il l'avait toujours satisfaite, mais elle n'avait jamais connu avec lui cette passion dévorante que Maribelle lui décrivait. D'ailleurs, lorsque son amie lui racontait par le menu ses nuits avec son fiancé, elle était souvent maussade en raccrochant le téléphone.

— Tu te souviens que je t'ai dit être quelqu'un de réservé ? reprit-il.

— Oui.

— Si on met de côté l'impression négative que cela peut donner aux gens, qui pensent avoir affaire à quelqu'un de timide, froid, voire prétentieux, être introverti présente aussi certains avantages. Par exemple, être capable d'intégrer beaucoup d'informations en même temps et de les analyser.

— Quel genre d'informations ? demanda-t-elle, ne voyant pas bien où il voulait en venir.

— Lorsque je suis en plein milieu d'une course, je peux dire, en fonction des légers écarts d'une voiture, ce que le pilote a en tête. Je suis aussi plutôt doué pour lire les expressions du visage. Selon d'infimes changements d'expression, je peux déchiffrer ce qu'une personne ressent.

— Tu crois savoir ce que je ressens maintenant ?

— Tu n'es pas heureuse.

Sans répondre, elle le fixa en haussant un sourcil.

— Tu peux me faire cette tête-là toute la soirée, je sais bien que ce n'est pas moi qui t'énerve.

— Ah oui ? Et qui est-ce donc ?

— Toi-même.

— Je suppose que tu sais aussi pourquoi ?

— Je pourrais le deviner, mais je préfère attendre que tu me le dises.

C'était exactement ce qu'elle avait besoin d'entendre, et elle retint difficilement ses larmes. En une soirée, il avait réveillé son désir, ravivé ses faiblesses, fait surgir ses émotions les plus profondes. Une preuve de plus, s'il en était besoin, qu'il était dangereux pour elle.

— Et si je ne te le dis jamais ?

Elle avait à peine fini sa phrase qu'il la serrait dans ses bras avec tendresse, presque amicalement, avant de la relâcher bien trop tôt à son goût.

— On a tous besoin de quelqu'un à qui parler, London.

Avant qu'elle ait eu le temps d'ajouter quoi que ce soit, il reprit :

— Je t'appelle dans la semaine pour fixer les détails à propos de samedi. J'ai hâte de vous voir, tes amis et toi.

— Est-ce qu'il y a des choses particulières que je dois savoir d'ici là ?

— On s'attend à un beau soleil, si cela peut t'aider à faire ta valise.

— D'accord.

Elle n'avait aucune idée de ce qu'on pouvait bien porter pour une course automobile, mais Maribelle aurait sûrement des idées pour deux.

— À samedi, alors.

— À samedi, répliqua-t-il avec un clin d'œil avant de refermer la portière.

— Harrison !

Il tressaillit. Le ton exaspéré de son oncle Jack le ramena immédiatement à l'instant présent.

— On peut savoir ce qui t'arrive ? Toute cette semaine, tu as été distrait.

Son oncle n'avait pas tort. On était samedi après-midi, les courses éliminatoires avaient eu lieu le matin même, et une certaine jolie blonde monopolisait ses pensées, l'empêchant de passer en revue ses résultats sur la piste de Richmond.

D'habitude, quelques jours avant une course, il était concentré à cent pour-cent sur ses objectifs ; mais, depuis son rendez-vous avec London, il ne cessait de regretter d'en être resté là, au lieu d'aller plus loin, comme elle semblait le vouloir, elle aussi. Cependant il avait bien vu le conflit intérieur qui se jouait en elle : de toute évidence, il n'était pas son genre d'homme, et pourtant, vu la manière dont elle l'avait supplié de l'embrasser, elle avait été sur le point de succomber à l'indéniable alchimie qui existait entre eux. C'était exactement pour cette raison qu'il avait fait marche arrière, au lieu d'achever ce qu'il avait commencé. Cette femme avait une fâcheuse tendance à fixer toutes les règles. Elle avait des idées bien arrêtées sur la façon dont les relations amoureuses devaient se passer ; maintenant, à lui de poser les fondations pour de nouveaux principes.

— J'avoue que j'ai été un peu déconcentré, admit-il.

— Un peu ? Je ne t'ai jamais vu comme ça.

— Je suis sûr que tu exagères.

— Depuis la minute où tu es entré à Crosby Motorsports en déclarant que tu serais notre meilleur pilote, tu as toujours été le membre le plus impliqué de l'équipe. Mais pas cette semaine.

Il aperçut soudain trois personnes qui se dirigeaient vers eux, marchant le long de l'allée entre les garages, et un immense sourire lui vint aux lèvres. Il avait reconnu Maribelle au premier coup d'œil ; l'homme élégant qui suivait son allure rapide devait être son fiancé. Quant à la blonde élancée qui les accompagnait, elle avait l'air d'un poisson hors de l'eau et contemplait, perplexe, les machines diverses et les mécaniciens qui se pressaient autour des voitures de course.

Son cœur avait fait un bond dans sa poitrine. Il s'excusa auprès de son oncle et alla accueillir ses invités. Il salua Maribelle et Beau, masquant son impatience avec peine. La jeune femme sembla le remarquer, et s'écarta avec un clin d'œil peu discret pour le laisser retrouver celle qui attendait derrière eux. Il appréciait son attitude effrontée, son caractère aux antipodes de celui de London : le fait qu'elles soient si différentes et si proches l'une de l'autre n'était-il pas encourageant pour lui ? Visiblement, cela faisait du bien à London d'avoir quelqu'un dans son entourage qui la poussait à s'amuser de temps en temps.

— Salut, toi, murmura-t-il à London en se penchant pour l'embrasser sur la joue, résistant à la tentation de ses lèvres. Je suis vraiment content que tu sois venue.

— Merci encore pour l'invitation.

— Tu es superbe.

Elle portait un jean moulant bleu foncé, orné de quelques déchirures pour le côté branché, avec un sweat-shirt blanc *oversize* et une veste de moto en daim camel, assortie à ses escarpins. On aurait dit qu'elle s'était donné du mal pour paraître un peu moins habillée, sans vraiment parvenir au style décontracté de son amie. Il brûlait d'enfouir ses doigts dans ses cheveux pour défaire les épingles de son chignon et chambouler son apparence parfaite.

— J'aime bien ta tenue, répliqua-t-elle en le toisant de haut en bas. Très colorée.

Combattant son envie de l'attirer dans un coin pour effacer d'un baiser son petit sourire sardonique, il décida de s'en tenir à une conversation polie.

— Comment s'est passé le vol ?

— C'était un peu plus mouvementé que d'habitude. Beau apprend le pilotage à Maribelle, et aujourd'hui elle a fait le décollage et l'atterrissage.

— Ça s'est très bien passé, protesta Maribelle. Malgré beaucoup de vent à l'atterrissage, je m'en suis bien sortie, non ?

Cette dernière question était adressée à son fiancé, qui s'empressa d'acquiescer. Son regard débordait de tendresse lorsqu'il confirma :

— Tu as fait du très bon travail.

Il observa la scène avec une pointe d'envie, et une certaine émotion qui le prit par surprise. Pendant ces dix dernières années, beaucoup de ses collègues étaient tombés amoureux, s'étaient mariés, avaient même fondé une famille, pour certains. Pas une fois il n'avait voulu échanger leur place contre la sienne ; mais, depuis sa rencontre avec London, cette vie de célibataire le satisfaisait de moins en moins.

— Ma voiture est dans le troisième garage à gauche, si vous voulez y jeter un œil.

— Je n'ai encore jamais vu une voiture de course d'aussi près, s'exclama Maribelle en tirant son fiancé par la main. J'ai un milliard de questions à vous poser !

Il laissa les amis de London prendre les devants. Ne pouvant plus résister à l'envie de la toucher, il effleura sa main pour voir comment elle réagirait. Elle le questionna du regard, mais fit un léger mouvement pour amener sa paume contre la sienne. Ses lèvres s'étirèrent lentement alors qu'il refermait ses doigts autour des siens.

— C'est vraiment quelque chose, ici. Tout le monde court dans tous les sens.

— Si tu trouves que c'est mouvementé, attends de voir demain ! L'agitation des jours de course est assez impressionnante.

Elle posa un doigt sur sa poitrine, juste au-dessus de son cœur qui battait à tout rompre.

— D'après ta tenue, on dirait que tu t'apprêtes à te glisser derrière le volant. Quel est ton programme, aujourd'hui ?

— Ce matin, c'était la course de qualification. Cet après-midi on s'entraîne.

— Il faut se qualifier avant de pouvoir concourir ?

— Les qualifications déterminent la place à laquelle on commence la course.

— Alors, à quelle place commences-tu demain ?

— Dixième.

Il aurait dû faire mieux, mais son excitation à l'idée de la revoir l'avait perturbé. C'était inattendu pour lui. Aucune femme ne lui avait fait perdre ses moyens auparavant.

— C'est une bonne place ?

D'après la tirade de son oncle, pas tant que ça.

— Sur quarante participants, ça va, dit-il en haussant une épaule.

Après tout, ce n'était pas son pire départ de l'année. Un mois auparavant, sa voiture avait été refusée à l'inspection à cause d'un morceau d'adhésif resté sur le déflecteur, et il avait fini à la trente-sixième place.

— Si je comprends bien, je te verrai piloter cet après-midi ?

— Oui, à 15 heures. Nous avons cinquante minutes d'entraînement.

Il lui prit la main pour la guider vers les garages, la présenta ainsi que ses amis à son oncle et à son équipe, et leur fit visiter les lieux. Ensuite, il indiqua à Beau et Maribelle un endroit d'où ils pourraient bien voir l'entraînement. Avant que London ne les suive, il l'arrêta, refermant les doigts sur son poignet.

— J'ai pensé à toi toute la semaine, avoua-t-il, fasciné par les paillettes d'or qui dansaient dans ses yeux.

— J'ai pensé à toi aussi.

Elle se reprit très vite, comme si elle en avait trop dit :

— Nous aurons plusieurs endroits à visiter lundi, et j'ai plein d'idées à te soumettre concernant la décoration.

Il ignora sa tentative de ramener la conversation sur un terrain professionnel et se rapprocha d'elle :

— J'ai regretté de ne pas avoir accepté ton offre, l'autre soir.

— Quelle offre ? demanda-t-elle dans un souffle.

Il saisit un pan de sa veste et l'attira plus près de lui, jusqu'à ce que sa poitrine effleure son torse. À ce seul contact, elle se mordit la lèvre.

— Lorsque tu m'as demandé de t'embrasser comme je le voulais.

— C'était sur le moment, murmura-t-elle, légèrement haletante. Je ne sais pas à quoi je pensais.

— J'espérais que tu ne pensais pas du tout.

— J'imagine que non, en effet.

Un petit sourire aux lèvres, elle poursuivit d'un ton léger qui atténua ses paroles :

— Parce que, si j'avais pensé à quoi que ce soit, je ne serais probablement pas sortie avec toi du tout.

— Je crois que tu penses trop.

— Je crois que toi aussi.

— La plupart du temps, oui, mais quand je suis avec toi il n'y a plus que des sensations.

Il encadra son visage de ses mains et caressa sa lèvre inférieure du pouce. Il vit ses yeux s'agrandir de surprise.

— En fait, reprit-il, mon oncle n'est pas très content de moi parce que j'ai eu du mal à me concentrer, ces derniers temps.

Il allait céder à la tentation de l'embrasser, là, devant ses amis, son oncle et son équipe au complet, lorsqu'elle écarta doucement sa main.

— Tu n'es qu'un incorrigible dragueur.

— Je ne te drague pas. Je te dis ce que je pense, sincèrement et sans filtre.

Il entrelaça ses doigts aux siens, et demanda :

— Tu dînes avec moi ce soir ?

— Avec les autres aussi ?

— Bien sûr, vous êtes tous les trois mes invités.

L'espace d'une seconde, elle parut déçue, ce qui lui sembla de bon augure. Avait-elle espéré un dîner en tête à tête ?

— J'ai une conférence de presse à 18 heures, reprit-il. Je passe vous prendre à 20 heures ?

— Ça me paraît très bien.

— Parfait.

Son regard descendit sur ses lèvres, et il ne put s'empêcher de demander :

— Un baiser pour me porter chance ?

— Je croyais que c'était juste un entraînement, rétorqua-t-elle, haussant un sourcil. Pourquoi aurais-tu besoin de chance ?

— Entrer sur la piste est toujours dangereux, fit-il de sa voix la plus suave en l'attirant contre lui. Un millier de choses pourraient mal tourner.

— Oh ! dans ce cas, je ne voudrais pour rien au monde en être responsable.

Elle se haussa sur la pointe des pieds et déposa un léger baiser sur sa joue.

Ce n'était pas exactement ce qu'il avait en tête, mais il sentit déjà une chaleur traîtresse monter en lui, réaction à la douce pression de sa poitrine contre son torse. Il arrondit ses mains autour de sa taille, la gardant serrée contre lui l'espace d'une seconde. Bien trop vite, elle recula, les joues roses. Il supposa que les siennes l'étaient aussi, car il apprécia la petite brise fraîche qui se mit à souffler à cet instant.

— Bonne chance, Harrison. Ne gâche pas ce baiser.

Il la regarda s'éloigner vers ses amis en secouant la tête, puis retourna au garage. Comme il s'y attendait, les remarques de ses collègues à propos de son attachement évident pour London fusèrent aussitôt.

— Elle a l'air géniale, fit posément son oncle. Maintenant, peux-tu arrêter de rêvasser et te concentrer sur les cinquante prochaines minutes ?

Il lui décocha son habituel sourire en coin, et rétorqua :

— Jack, si tu n'étais pas follement amoureux de ta femme depuis quarante ans, je penserais que tu es jaloux.

5

L'anxiété s'empara de London alors que l'horloge de sa chambre d'hôtel marquait déjà 19 h 50. Elle scruta encore une fois son reflet, détaillant sous toutes les coutures la troisième tenue qu'elle avait enfilée.

Elle s'était bien rendu compte qu'elle était trop habillée, cet après-midi. Sa tenue aurait été parfaite pour une virée shopping dans les quartiers branchés de Charleston, mais elle faisait tache au milieu des garages du circuit de Richmond. Est-ce que le fourreau bleu marine et le blazer beige qu'elle portait actuellement étaient un autre faux pas ? Elle avait l'air prête à accueillir un client dans son bureau, pas à aller dîner avec un beau pilote de course. Allait-il arriver en jean et T-shirt, en pull et pantalon ? Devait-elle enfiler le jean moulant noir et le chemisier blanc qu'elle avait emportés au cas où ? Elle se dirigeait vers son placard lorsque quelqu'un frappa à la porte.

L'espace d'une seconde, elle crut que son cœur allait exploser, mais elle se rappela qu'elle avait donné rendez-vous à Harrison dans le hall de l'hôtel. Il ne savait pas dans quelle chambre elle se trouvait, cela ne pouvait donc pas être lui. Soulagée, elle alla ouvrir et se trouva face à Beau, dont les yeux s'écarquillèrent lorsqu'il la vit.

— Tu comptes porter ça pour aller dîner ?

Elle adorait le fiancé de sa meilleure amie, mais l'entendre critiquer ses choix vestimentaires aussi ouvertement ? C'en était trop. Elle croisa les bras sur sa poitrine et lui lança un regard furibond.

— Oui. Quel est le problème ?

Elle voulait paraître sûre d'elle, mais elle se rendit compte qu'elle avait parlé d'un petit ton inquiet.

— C'est un rencard au restaurant, pas une réunion de boulot.

— Ce n'est pas un rencard, se défendit-elle, le déplorant en son for intérieur.

Mais elle ne devait pas le déplorer. Elle ne pouvait pas s'attacher à Harrison Crosby, alors qu'elle se servait de lui pour atteindre son frère.

— C'est un dîner à quatre, je te rappelle.

— Justement, à propos de ça…, commença Beau avec un coup d'œil vers la chambre qu'il partageait avec sa fiancée. Maribelle ne se sent pas bien, alors on va rester dans la chambre ce soir et commander un repas au *room service*.

Elle eut immédiatement la certitude que son amie se sentait le mieux du monde, et que ces deux-là complotaient pour qu'elle se retrouve seule avec Harrison. Une vague de panique déferla sur elle.

— Mais c'est trop tard pour annuler maintenant, protesta-t-elle. Il doit déjà être en bas.

— Je suis sûr que ce n'est pas grave si tu y vas sans nous.

Il eut un petit sourire malicieux et lui lança, avec un clin d'œil :

— Enfin, si tu portes autre chose que ça ! Et essaie de t'amuser. C'est un mec super, si tu lui donnes une chance de te le montrer.

— Super, grommela-t-elle en refermant sa porte.

Les paroles de Beau tournaient en boucle dans sa tête. Il avait raison, Harrison semblait être quelqu'un de bien – quelqu'un qui méritait mieux, d'ailleurs, que d'être impliqué dans un complot dont elle était partie prenante. Elle eut un petit pincement de culpabilité pendant qu'elle se dirigeait vers la commode pour y attraper son sac à main. Alors qu'elle passait devant la penderie, un éclair turquoise attira son attention. Elle avait glissé cette robe patineuse dans sa valise à la dernière minute. Sa couleur lui rappela celle des yeux de Harrison, un bleu-vert des mers du Sud dans lequel elle se serait noyée volontiers.

Maudissant le cours que prenaient ses pensées, elle se débarrassa rapidement de sa veste et de sa robe trop sages, et fit glisser l'étoffe soyeuse de la robe bleue par-dessus sa tête. Presque aussitôt, sa perception de la soirée à venir changea complètement. Au moment où elle se tournait vers la commode pour y prendre ses bijoux, la jupe évasée caressa ses jambes, la faisant frissonner de délice. En face d'elle, le miroir lui renvoya son regard brillant d'impatience.

Elle détacha ses cheveux et les laissa encadrer librement son visage, puis sélectionna une paire de longues boucles d'oreilles en cristal, qui chatouillaient son cou lorsqu'elle bougeait. Un rapide coup d'œil à l'horloge lui apprit qu'elle était en retard. Elle ramassa d'un geste les vêtements restés au sol et les posa sur son lit avant d'enfiler des escarpins, d'attraper son sac et de se précipiter vers l'ascenseur. Elle devait bien se l'avouer, sa respiration désordonnée n'avait rien à voir avec l'agitation du départ.

Sa chambre se trouvant au deuxième étage, elle n'avait que quelques secondes d'ascenseur pour se calmer avant de retrouver Harrison. Lorsqu'elle posa le pied sur le sol marbré de la réception, elle réalisa que le hall, d'ailleurs bondé de monde à cette heure-ci, était immense et qu'elle ne lui avait pas donné de point de rendez-vous précis. Mais, une seconde plus tard, ses inquiétudes s'envolèrent : il était là, beau, comme toujours, infiniment désirable, vêtu de noir de la tête aux pieds, ce qui lui donnait un petit côté dangereux. Elle se rappela soudain qu'il fallait respirer, et chassa tout l'air de ses poumons tandis qu'il se rapprochait d'elle.

— Salut, souffla-t-elle d'une toute petite voix.

— Tu es très belle.

Il se pencha pour effleurer sa joue de ses lèvres.

— Merci, réussit-elle à articuler.

— Où sont Beau et Maribelle ?

— Elle ne se sentait pas bien, alors ils ont préféré rester dans leur chambre.

— J'espère qu'ils pourront tout de même assister à la course demain, s'inquiéta-t-il.

— Je m'attends à une guérison miracle.

— Ah bon ?

— Oui.

Elle se racla la gorge, gênée.

— Maribelle adore jouer les marieuses.

— Je vois.

Que voyait-il, au juste ? Elle l'observa de derrière ses cils, et vit qu'il l'observait aussi. Son regard à lui, en revanche, était franc et curieux.

— Elle trouve que tu es une bonne prise, dit-elle.

Il saisit sa main pour la guider vers la porte d'entrée.

— Sans vouloir l'offenser, je me préoccupe fort peu de ce qu'elle pense. C'est ton opinion que je voudrais entendre. Penses-tu que je le suis ?

— Bien sûr, que tu l'es.

Il étudia son expression alors qu'elle passait devant lui pour sortir de l'hôtel.

— Je te trouve un peu trop terre à terre quand tu dis ça.

— Et comment voudrais-tu que je sois ? badina-t-elle. Tu espères peut-être que je vais cracher le morceau, et t'avouer que je suis folle de toi ?

— J'aimerais bien.

Il arborait un petit sourire qui lui fit comprendre qu'il n'était pas sérieux.

— Surtout que tu occupes constamment mes pensées depuis quelques jours, continua-t-il. Cela m'a causé des problèmes avec mon équipe.

Il reprit possession de sa main dès qu'ils eurent atteint le trottoir. Ses derniers mots semblaient indiquer qu'il pensait sincèrement ce qu'il disait, mais était-ce possible ? Ils ne s'étaient vus que trois fois, n'étaient sortis ensemble qu'un soir. Non, il devait être en train de la faire marcher. Pourtant, comme c'était tentant de le croire ! Son histoire avec Linc avait porté un coup sévère à son ego, et cette flatterie lui faisait du bien.

— Tu es bien silencieuse. Tu me crois, au moins ?

— Nous nous connaissons à peine.

— C'est vrai, mais tu m'as captivé dès l'instant où je t'ai vue. Et je crois pouvoir dire que c'est réciproque. Pourquoi, sinon, aurais-tu accepté de sortir de ta zone de confort pour venir voir la course ce week-end ?

— Maribelle ne me l'aurait jamais pardonné si j'avais refusé.

C'était une dérobade facile, et ils le savaient tous les deux. Honteuse, elle songea à ce week-end qu'il avait généreusement organisé pour elle et ses amis. Oui, il méritait vraiment mieux que ça.

— Et puis je voulais comprendre un peu mieux ce que tu fais tous les jours. C'était passionnant de te voir à l'entraînement.

— Attends un peu de voir la vraie course, répondit-il avec un grand sourire. C'est encore plus passionnant quand tu as quarante pilotes qui se donnent à fond.

Elle lui rendit son sourire, gagnée par son enthousiasme contagieux.

— Alors, où est-ce que tu m'emmènes ?

Toute à leur conversation, elle s'était à peine rendu compte qu'il l'avait entraînée le long de la rue principale et qu'ils se trouvaient maintenant à un croisement. Il indiqua du doigt un auvent peint en rouge signalant l'entrée d'un restaurant.

— La cuisine est délicieuse, ici, j'ai pensé que ça te plairait.

— Je te suis !

Il avait choisi un petit bistrot français au décor chaleureux, avec son parquet ancien et ses épaisses nappes blanches sur les tables. Sur tout un côté de la salle, des boxes s'adossaient au mur de briques, offrant toute l'intimité nécessaire aux dîneurs, tandis que le mur opposé était recouvert de bouteilles de vin. La lumière tamisée créait une ambiance agréable, presque romantique, et elle se détendait déjà au milieu des délicieuses odeurs qui flottaient dans l'air.

La serveuse les installa dans un box à l'arrière de la salle, dans un coin tranquille, et ils se concentrèrent sur le menu.

— Tout a l'air tellement bon, s'exclama-t-elle. Je ne sais pas quoi prendre.

— On pourrait commander deux plats et partager, suggéra-t-il.

— D'accord. Tu connais l'endroit, alors je te laisse faire.

— Tu me fais confiance ?

Quelque chose lui fit comprendre qu'il ne s'agissait plus du menu.

— Disons que je me sens une âme d'aventurière, ce soir.

— Ça me plaît.

Une fois la serveuse repartie avec leur commande, elle reprit les rênes de la conversation.

— Où est-ce que tu loges, ici ?

— Dans un camping-car, près du circuit. Tu peux venir jeter un œil ce soir, si ça te dit. C'est plutôt confortable, et il y a un grand lit à l'arrière.

— J'imagine que c'est plus pratique de dormir sur place, répondit-elle, glissant sur son invitation. J'ai regardé l'emploi du temps de ce week-end, et je me demande bien comment tu as trouvé le temps de sortir dîner avec moi.

— Je me suis échappé, rétorqua-t-il avec un sourire machiavélique. Mon oncle croit que je suis en train de revoir les statistiques de l'entraînement pour me préparer.

Elle resta un instant interloquée avant de se rendre compte qu'il plaisantait.

— En tout cas, je vois qu'il ne suffit pas de se glisser dans une voiture et de conduire vite pour être pilote.

— Exactement. Parfois, un changement minuscule peut faire toute la différence.

— De toute évidence, être bien hydraté fait partie de ta préparation.

En effet, il buvait régulièrement de l'eau, et n'avait pas touché à la bouteille de vin qu'il avait commandée pour elle. Contrairement à ce qu'elle avait cru auparavant, elle trouvait l'univers de Harrison de plus en plus intéressant.

— Qu'est-ce que tu fais d'autre pour être prêt le jour de la course ?

— Je mange beaucoup de sucres le soir qui précède. D'ailleurs, j'espère que tu aimes la mousse au chocolat.

— Pour le chocolat, sous n'importe quelle forme, j'ai toujours une petite place.

— Demain matin, je prendrai un petit déjeuner copieux, suivi d'un déjeuner plus léger. Entre les deux, je vais faire des apparitions promotionnelles pour mes sponsors, puis revoir la stratégie de course avec mon chef d'équipe. Si j'ai de la chance, j'aurai quelques minutes pour me reposer dans le camping-car et mettre mes idées au clair, mais il est plus probable que je les passe à serrer des mains à droite et à gauche. Enfin, après le déjeuner, j'enfilerai ma tenue et je rejoindrai les autres pilotes.

— Voilà un emploi du temps bien rempli. Tu n'as pas une minute à toi.

— Eh non, cela fait partie du métier. Et je n'en changerais pour rien au monde.

— Tu m'as dit être quelqu'un de réservé. Toutes ces apparitions en public, pendant des heures, ça ne finit pas par te pousser à bout ?

— Ce n'est pas que je déteste rencontrer mes admirateurs, loin de là, répondit-il en savourant un morceau de pain beurré. Seulement, quand j'ai du temps libre, je fais ce qu'il faut pour me ressourcer.

— Je suis surprise que tu sois avec moi ce soir, dans ce cas.

— Tu plaisantes ? C'est plutôt stimulant, de passer une soirée avec toi.

— C'est gentil...

— Je le pense vraiment. Et c'est pourquoi je devrais probablement t'avouer quelque chose.

Elle retint difficilement une grimace, pensant à son idée de départ – se servir de lui comme moyen d'atteindre Tristan.

— Quoi donc ?

Pour apaiser un peu sa propre conscience, elle espérait qu'il s'agissait de quelque chose dont il avait honte lui-même.

— J'ai utilisé l'anniversaire de Tristan comme prétexte pour te revoir.

— Ah bon. Est-ce que cela signifie que tu n'as plus besoin de mes services comme organisatrice ?

Elle songea au temps qu'elle avait passé à travailler sur cette fête et soupira. Il ne serait pas son premier client à changer d'avis.

— Pas du tout. Ma mère est ravie que quelqu'un d'autre s'en charge. Mon frère peut être très difficile sur certaines choses, et c'est mieux que ce soit moi qui fasse les frais de son mécontentement.

— Tu supposes donc qu'il sera mécontent avant même d'avoir entendu ce que j'ai en tête ? Ça n'augure pas très bien de ta confiance dans mes capacités professionnelles.

Il écarquilla les yeux.

— Ce n'est pas du tout ce que j'ai voulu dire. Je suis sûr que tu vas te surpasser. Seulement, Tristan a toujours été difficile à impressionner.

— Je suis prête à relever le défi, dit-elle, plongeant la tête la première là où d'autres auraient immédiatement jeté l'éponge.

— Tu ne t'épanouis que lorsque tu es sous pression, remarqua-t-il, une lueur d'admiration dans son regard fixé sur elle. Comme moi. C'est ce qui fait que nous allons bien ensemble.

À nouveau, la culpabilité jeta une ombre sur le plaisir que ses mots lui procuraient. Elle devait se rappeler qu'elle était là pour Zoe, et qu'elle ne pouvait pas se laisser envahir par ses émotions.

— Tu ne penses pas que deux esprits de compétition, ensemble, finiraient par se faire du mal l'un à l'autre, à toujours vouloir gagner ?

— Pas si nous formions une équipe. Plus rien ne nous résisterait.

Elle s'apprêtait à acquiescer, mais se souvint de ses réflexions quelques minutes plus tôt. Se rapprocher de lui n'était qu'un moyen pour parvenir à ses fins. Si cela faisait d'elle une personne horrible, tant pis ! Elle devrait apprendre à vivre avec.

Harrison suivit du regard sa voiture – n° 25 – qui remontait sur le camion pour rentrer en Caroline du Sud. Il était satisfait de sa deuxième place. À moins de rater complètement sa dernière course, le week-end prochain, il terminerait à la troisième place du classement général cette saison.

Alors que le camion s'éloignait, un épuisement familier

s'empara de lui. Une fois la course et les interviews terminées, son corps pouvait enfin relâcher la pression.

— Belle course, le félicita son oncle, debout à côté de lui. J'étais un peu inquiet au début.

La course avait été deux fois plus difficile pour lui aujourd'hui : il ne parvenait pas à sortir London de ses pensées pour se concentrer sur les autres voitures autour de lui. Les choses s'étaient améliorées au bout d'une centaine de tours. Il avait pris sa place sur la piste, sachant qu'il devait faire de son mieux pour impressionner la jolie blonde qui le regardait.

— Je voulais juste rendre ça plus intéressant, répliqua-t-il avec un petit sourire espiègle.

— C'est réussi, marmonna Jack. Dis-moi quand tu seras prêt à rentrer ce soir. J'aimerais partir avant minuit.

— En fait, j'ai déjà arrangé mon retour.

— Ta nouvelle petite amie ?

— Ce n'est pas ma petite amie… Pas encore.

Les derniers mots étaient sortis tous seuls, lui révélant quelque chose qu'il ne s'était pas encore avoué à lui-même. Il ressentait plus qu'une simple attirance pour London.

Mais qu'est-ce qui n'allait pas chez lui ? Ils étaient sortis ensemble deux fois, et voilà qu'il pensait déjà à une relation sérieuse ? Pourtant, lorsqu'il était avec elle, il se sentait à sa place, et son instinct ne l'avait jamais trompé auparavant.

— Tu es sûr que c'est une femme pour toi ? demanda son oncle tout à trac.

— Tu m'expliques pourquoi ce ne serait pas le cas ?

D'habitude, son oncle ne se mêlait jamais de la vie privée de ses pilotes, mais il gérait une entreprise dans laquelle chacun d'eux rapportait des centaines de milliers, voire des millions de dollars par an. Il ne pouvait pas permettre à son équipe de travailler à moins de cent pour-cent de ses capacités. Par conséquent, tout ce qui pouvait interférer avec leur implication était une menace.

— J'ai parlé d'elle avec Dixie.

— Et alors ?

Les traits de Jack se durcirent.

— Apparemment, c'est une opportuniste. Sa mère et elle ont tout essayé pour s'infiltrer dans la bonne société de Charleston, sans succès.

— Qu'est-ce que ça a à voir avec le fait que nous sortions ensemble ?

— J'ai simplement peur qu'elle te fasse perdre la tête si tu n'y prends pas garde.

— Où veux-tu en venir ?

— Avant Linc Thurston, elle n'est sortie qu'avec des cadres, des chefs d'entreprise... Je pense que, s'il n'avait pas appartenu à l'une des plus anciennes familles de Charleston, elle ne serait jamais sortie avec lui. Linc a dû s'en rendre compte et rompre les fiançailles avant qu'il ne soit trop tard.

— Je ne crois pas qu'elle soit aussi superficielle, répondit-il, espérant avoir raison. Et puis on commence juste à se fréquenter. Va savoir comment les choses tourneront.

— Débrouille-toi pour le savoir avant la reprise en février, rétorqua son oncle avec une grimace. Je ne veux pas que tu sois distrait à ce moment-là.

— Avec un peu de chance, je le saurai avant.

Son oncle hocha la tête, et ils se dirent au revoir.

Il retourna au camping-car, prit une douche rapide et s'habilla. Ensuite, après avoir jeté son blouson par-dessus son épaule, il sortit pour se diriger vers l'endroit où il avait donné rendez-vous à London et à ses amis. Alors que les paroles de son oncle lui trottaient dans la tête, il chercha à analyser ses propres sentiments. S'il ne cherchait qu'à la mettre dans son lit, il l'aurait déjà fait. Encore hier soir, lorsqu'il l'avait raccompagnée à l'hôtel, tout dans son attitude montrait qu'elle avait envie d'aller plus loin ; pourtant, au lieu de la suivre dans sa chambre et de lui faire tout ce dont il rêvait depuis des jours, il l'avait simplement embrassée sur le front avant de faire demi-tour, alors que tout son être lui criait de rester. Était-elle en train de se frayer un chemin vers son cœur ?

Savourant l'air frais du soir contre sa peau, il allongea le pas, pressé de la voir et d'entendre ce qu'elle avait pensé de la course. À l'entrée du parking, un SUV gris argent l'attendait. Il aperçut

Beau à la place du conducteur, qui lui faisait de grands signes par la vitre ouverte.

— Salut, Beau, dit-il en arrivant près de la voiture. Merci de me ramener avec vous.

— Tu plaisantes ? C'est le moins qu'on puisse faire après le week-end qu'on vient de passer. C'était génial de pouvoir accéder aux coulisses du circuit.

Il ouvrit la portière arrière et s'installa derrière le siège conducteur. Aussitôt qu'il eut tourné la tête, la beauté de London, assise de l'autre côté, le frappa en plein cœur. Aujourd'hui, sa tenue était plus décontractée et elle avait attaché ses cheveux en une tresse lâche qui laissait quelques mèches caresser ses joues pâles. Ses lèvres pleines s'étirèrent en un sourire chaleureux qui n'avait plus rien d'hésitant.

— Alors, qu'as-tu pensé de ta première course ? lui demanda-t-il. Est-ce que ça correspond à ce que tu t'imaginais ?

— Pour être honnête, je pensais que j'allais m'ennuyer. Cinq cents tours, ça me semblait très long, mais finalement j'ai adoré. Ça m'a bien aidée d'avoir ces deux-là avec moi, poursuivit-elle en désignant Beau et Maribelle. Ils m'ont expliqué plein de choses sur la stratégie des pilotes. Et, au fait, bravo pour ta deuxième place !

— Toute l'équipe a fait du bon boulot. Si tout se passe bien la semaine prochaine, Crosby Motorsports terminera à la deuxième place du classement général.

— Alors, dans une semaine, tu seras en vacances jusqu'en février ?

— Oui et non. Je vais pouvoir me reposer un peu et passer les fêtes en famille ; mais, même pendant les vacances, je continue de faire du sport et des simulations de pilotage pour garder mes réflexes.

Il prit délicatement sa main et fit courir le bout de ses doigts sur sa paume.

— J'ai passé une soirée merveilleuse hier, murmura-t-il de sorte qu'elle seule puisse entendre.

— Moi aussi. Merci encore pour le dîner, d'ailleurs.

— Je suis désolé d'être rentré aussi tôt.

— Tu avais une journée importante devant toi. Je m'en serais voulu de te retenir trop longtemps.

Elle lui décocha un regard brûlant où se lisait aussi une certaine contrariété. Était-elle ennuyée parce qu'ils n'étaient pas seuls ? Il continua de jouer avec ses doigts, imaginant leur contact sur sa peau nue. Pourtant, à sa grande surprise, ces pensées agréables l'occupaient moins que le besoin de savoir ce qui la tracassait.

Il porta sa main à ses lèvres et y déposa un léger baiser qui la fit sursauter. Il commençait à soupçonner que le meilleur moyen de faire tomber ses défenses pourrait être de jouer avec sa sensualité, de lui faire perdre le contrôle. Par bonheur, il aurait tout l'après-midi du lendemain pour tester sa théorie.

— Je crois qu'une nuit blanche avec toi aurait valu la peine de rater ma course aujourd'hui.

— Et moi je crois que ton oncle ne serait pas de cet avis.

— Il a été jeune, lui aussi.

— Il dirige une entreprise multimillionnaire, objecta-t-elle. Et, même en admettant qu'il t'ait pardonné, que fais-tu des sponsors ?

Il poussa un soupir exagéré.

— Un de ces jours, tu me surprendras agréablement en cessant d'être aussi pragmatique.

— Tu crois ?

— J'en suis certain.

Elle médita sur ses mots pendant quelques minutes, et il respecta son silence. Enfin, elle reprit la parole pour déclarer :

— Ce n'est pas dans ma nature d'être spontanée. Ma mère m'a répété toute ma vie que je devais penser d'abord et agir ensuite. Elle accorde beaucoup d'importance aux apparences, et, même en grandissant, je n'ai jamais eu la possibilité de déployer mes ailes, si je puis dire.

— Qu'est-ce que tu aurais fait si tu avais eu plus de liberté ?

— M'enfuir de la maison et rejoindre un cirque ?

Sa faible tentative d'humour était de toute évidence un moyen d'éviter la question, mais elle poursuivit en haussant une épaule :

— Plus sérieusement, je ne sais pas. Parfois, j'en veux à ma mère d'avoir été si obsédée par ces histoires de bonne société.

— Seulement parfois ?

Il sentit ses doigts se resserrer un instant sur les siens.

— Quand je m'autorise à y penser.

Après une longue pause, elle reprit :

— C'est difficile d'avoir une mère qui considère que votre valeur est définie uniquement par le mariage que vous allez faire. C'est un critère d'après lequel d'autres personnes vous jugent, peut-être, mais pas votre propre mère.

— Pourquoi est-ce que cela te préoccupe autant ?

Elle se tendit brusquement, comme s'il avait touché une corde très sensible.

— Je veux qu'elle soit fière d'être ma mère.

Il comprenait, et comment. Tristan avait toujours cherché l'approbation de leur père, surtout depuis qu'il avait repris les rênes de l'entreprise, obsédé par l'idée de reproduire les succès de ce dernier. Les premières années sous sa houlette n'avaient pas été très fructueuses. Pour autant, Tristan n'avait jamais diminué ses dépenses personnelles – ce que leur oncle avait critiqué plus d'une fois.

— Tu ne crois pas qu'elle admire tout ce que tu as accompli ? demanda-t-il, revenant au présent.

— Je pense que c'est le cas de mon père. Mon entreprise fonctionne bien et il en est fier.

— Mais pas ta mère ?

— Elle l'aurait peut-être été si j'avais épousé Linc et si j'avais eu plusieurs garçons et une fille.

— Pourquoi seulement une ? s'enquit-il en se doutant à moitié de la réponse.

— Bien sûr, ma mère pense que les femmes valent moins que les hommes en général. Mais elle aurait tout de même aimé avoir une petite-fille, pour qu'elle fasse ce que je n'ai pas pu faire : devenir une débutante.

Il savait que sa mère avait été présentée à dix-neuf ans, après avoir suivi les cours nécessaires. Mais franchement, à cet âge-là, est-ce qu'on s'intéressait à ce genre de choses ?

— Pourquoi était-ce si important pour elle ?

— Lorsqu'elle vivait encore à New York, malgré la fortune et les relations de sa famille, ma mère n'a jamais été sélectionnée pour le Bal international des débutantes. Elle l'a très mal pris, et comme je te l'ai raconté, les événements ne se sont pas mieux déroulés à Charleston.

— Tu devrais discuter avec ma mère. Elle a refusé de tenir son rang dans la bonne société pour épouser mon père, qui n'avait ni argent ni nom de famille célèbre.

— J'imagine qu'elle me dirait d'écouter mon cœur.

— C'est ce qu'elle m'a dit lorsque mon père me pressait d'abandonner la course automobile pour prendre sa place chez Crosby Auto. Si je l'avais fait, je serais le chef d'entreprise le plus malheureux du monde.

— Tu ne te verrais pas en businessman ?

— Honnêtement, non. En tout cas, je ne pourrais pas rester derrière un bureau à étudier des dossiers toute la journée. Mon idée serait plutôt de remplacer mon oncle à la tête de Crosby Motorsports lorsqu'il prendra sa retraite.

— Et, en attendant, piloter et t'amuser.

— Il n'y a rien de mal à s'amuser, et je compte bien te le prouver un de ces jours.

D'un ton sérieux qui contrastait avec ses paroles, elle demanda :

— D'après toi, quel genre d'amusement me plairait ?

Même s'il avait sa petite idée sur la question, il se limita à répondre :

— C'est difficile à dire tant que je ne te connais pas un peu mieux. Mais, par exemple, tu ne pensais pas que tu apprécierais autant la course d'aujourd'hui.

— Non, c'est vrai. Peut-être que ça me ferait du bien de sortir un peu de mes activités habituelles.

— Alors, c'est un oui pour les nouvelles expériences ?

— Du moment que tu es d'accord pour compenser les aventures par des distractions plus… Disons plus tranquilles, j'en suis !

Jamais une femme n'avait prononcé des mots plus agréables.

6

Le lundi suivant leur week-end à Richmond, peu après le déjeuner, London se trouvait assise à son bureau, dessinant sur son éternel bloc-notes, son portable sur haut-parleur posé devant elle. À l'autre bout du fil, Maribelle lui répétait pour la énième fois à quel point Beau et elle avaient apprécié leur week-end. Elle, de son côté, ne pensait pas vraiment au week-end, mais plutôt à celui qui les avait invités.

— Je crois qu'il t'adore, tu sais, dit Maribelle comme en lisant dans son esprit.

— Je ne sais pas trop quoi en penser.

En réalité, elle ne le savait que trop bien. Elle avait prévu d'utiliser Harrison pour arriver à Tristan, mais plus elle passait de temps avec lui, plus l'attirance qu'elle ressentait devenait problématique.

Maribelle était son amie la plus proche ; pourtant, elle ne lui avait pas soufflé mot au sujet du complot entre Everly, Zoe et elle. En y réfléchissant ne serait-ce qu'un instant, elle savait bien que, si elle n'avait pas parlé de leur plan à sa meilleure amie d'enfance, c'était parce qu'elle n'était pas très fière d'elle. La honte la submergea lorsqu'elle se rendit compte à quel point elle s'éloignait de la personne qu'elle voulait être. Mais tout arrêter maintenant, alors que les autres comptaient sur elle…

— Est-ce que c'est l'opinion de ta mère qui t'inquiète ? demanda Maribelle, interrompant le cours de ses pensées.

Maribelle avait toujours été là pour elle, au lycée, lorsque les exigences de sa mère faisaient de sa vie un enfer. Elle venait de lui offrir une échappatoire facile.

— Elle n'était pas enchantée que je sorte avec un joueur de base-ball, mais au moins Linc venait d'une bonne famille et il avait de l'argent. Tu imagines ce qu'elle dirait de Harrison ? Non seulement c'est un sportif, mais en plus sa famille paternelle ne compte pas dans la bonne société.

— Pourquoi est-ce que cela te préoccupe autant ?

Maribelle lui avait souvent posé cette question. C'était facile pour elle, qui avait tout obtenu dès sa naissance, de minimiser l'importance de son statut social. Elle se sentait souvent agacée par ce genre de conversation, mais aujourd'hui elle l'était beaucoup moins que d'habitude.

— Parce que c'est tellement dur de se battre avec elle. C'est beaucoup plus facile de s'avouer vaincu dès le départ.

L'aveu franchit ses lèvres avant qu'elle ait eu le temps de comprendre ce qui se passait. Visiblement, Maribelle était aussi choquée, car aucune des deux ne parla pendant un bon moment.

— Oh ! London...

Les larmes lui montèrent soudain aux yeux. Décidée à ne pas céder à cette vague d'émotion inattendue, elle les refoula. Toute sa vie, elle avait pris sur elle pour tenir bon face à la pression que sa mère lui imposait. Elle n'allait pas craquer maintenant.

— Je sais qu'elle est horrible, reprit Maribelle. Mais c'est ta mère, et tu veux la satisfaire. C'est normal.

— J'ai peut-être besoin d'une nouvelle norme, dans ce cas.

— Peut-être bien, oui, rétorqua son amie d'un ton mortellement sérieux. Comment es-tu habillée en ce moment ?

La question sortait de nulle part et elle éclata de rire. Elle essuya les dernières traces de larmes au coin de ses yeux et se sentit déjà mieux.

— Es-tu en train d'essayer de m'embarquer dans un strip-tease au téléphone ? s'indigna-t-elle pour plaisanter.

— Très drôle. Je te pose la question parce que j'ai cru comprendre que tu voyais Harrison aujourd'hui. J'espère juste que tu portes quelque chose d'un peu moins... convenable que d'habitude.

Elle baissa les yeux sur sa robe portefeuille vert émeraude, beaucoup moins sage que les tailleurs gris, bleu marine ou noirs qu'elle mettait d'habitude pour travailler.

— Je porte le collier que tu m'as offert à Noël dernier.

Elle portait pour la première fois ce bijou constitué de fleurs en pierres précieuses de différentes couleurs, qu'elle avait toujours trouvé trop osé pour elle. Mais aujourd'hui il allait parfaitement avec sa robe.

— Est-ce que tes cheveux sont attachés ?

Sa main atterrit automatiquement sur le chignon bien lisse qui retenait sa chevelure.

— Oublie, je ne sais même pas pourquoi je demande, enchaîna Maribelle. Détache-les et envoie-moi une photo.

Tout en se sentant légèrement ridicule, elle s'exécuta. Elle alla même jusqu'à ébouriffer ses longues mèches dorées, ce qui lui donnait l'air sexy d'une femme qui sort du lit. Elle fut aussitôt récompensée de ses efforts par un petit cri joyeux de Maribelle.

— Voilà la London McCaffrey que j'attendais depuis si longtemps ! Tu es magnifique, et ça fait du bien de te voir sans ces tenues insipides dont tu imagines qu'elles te donnent l'air professionnel.

— Euh… Merci ?

Malgré cette critique tournée en compliment, elle était plutôt enthousiaste à l'idée de revoir Harrison. Est-ce qu'il apprécierait ce nouveau style ? Ou était-il comme tous les autres hommes, qui ne remarquaient jamais rien ?

— Tu l'aimes vraiment bien, n'est-ce pas ?

À quoi bon nier ? Après tout, elle parlait à sa meilleure amie.

— Oui, je l'aime bien. Plus que je ne m'y attendais. Mais tu sais, il n'y a peut-être qu'une attirance physique entre nous et ça n'ira pas au-delà.

— Tu peux dire ce que tu veux, mais moi je sens que ça va marcher.

— Je ne sais pas. Nous avons des points de vue divergents sur la manière de mener notre vie, sur nos activités… Comment aller plus loin si nous n'avons rien en commun ?

— Vous n'êtes pas si différents que ça. Vous venez tous les deux de familles fortunées. Vous n'évoluez peut-être pas dans les mêmes cercles, mais vous avez beaucoup de relations en commun. Vous êtes tous les deux entièrement dévoués à votre carrière et vous avez l'esprit de compétition. D'accord, il gagne sa vie en conduisant des voitures, mais il la gagne très bien. Et puis je suis sûre que tu t'ennuierais avec un businessman qui ne parlerait que de son entreprise. Tu as besoin de quelqu'un qui apporte un peu d'effervescence dans ta vie.

— Tu me le répètes toujours, mais je te rappelle que l'effervescence, comme tu dis, n'a jamais fait partie de mes critères pour trouver un homme attirant.

— Et tu trouves que ça te réussit, jusqu'à maintenant ?

Elle s'apprêtait à protester qu'elle était parfaitement satisfaite de sa vie, lorsque le téléphone de son bureau clignota, indiquant un appel de Missy.

— Je dois te laisser, je crois que Harrison est là.

— Appelle-moi un peu plus tard pour me raconter.

Elle raccrocha en secouant la tête. Après avoir attrapé sa tablette, sur laquelle se trouvaient toutes les informations à propos des quatre endroits qu'ils allaient visiter, elle vérifia une dernière fois son maquillage et remit un peu de rouge à lèvres. Ses yeux brillants et ses joues roses montraient assez à quel point elle avait hâte de le revoir.

Bien qu'ils se soient vus la veille, elle eut des papillons dans le ventre lorsqu'elle l'aperçut. Elle l'avait fait attendre un petit moment avec ses préparatifs de dernière minute ; pourtant, il n'était en train ni de consulter ses messages, ni de discuter avec la réceptionniste. Au contraire, il se tenait debout au milieu du hall, les yeux fixés sur la porte de son bureau. Leurs regards se croisèrent et elle fut parcourue d'un frisson qui la laissa haletante, incapable de toute pensée cohérente.

— Salut, Harrison, souffla-t-elle d'une voix qui n'avait rien de professionnel.

Maudissant son envie de courir se jeter dans ses bras, elle se racla la gorge et fit une nouvelle tentative.

— Désolée de t'avoir fait attendre.

Déstabilisée par son sourire charmeur, elle se tourna vers Missy pour cacher son trouble.

— Missy, je serai absente tout l'après-midi. On se voit demain matin.

— Pas de problème. Amusez-vous bien, dit-elle avec un petit clin d'œil.

Elle resta bouche bée, ne sachant que répondre, quand il vola à son secours en prenant sa main pour l'entraîner dehors. Elle respira son parfum avec délices pendant qu'il la conduisait jusqu'à sa voiture.

Il se glissa derrière le volant et elle lui indiqua une adresse non loin de là, sur King Street, commençant ensuite à lister les points positifs et les points négatifs de l'endroit.

— La meilleure chose, chez eux, c'est le menu. Ils ont un chef très talentueux. Par contre, il n'y a pas d'ascenseur, on ne peut accéder à la salle que par les escaliers. Je préfère te le signaler, au cas où il y aurait des invités qui ne peuvent pas monter.

— A priori, ça ne devrait pas poser problème.

Il trouva une place de parking à quelques centaines de mètres de leur destination, et ils firent le reste du chemin à pied. L'étage inférieur de l'immeuble où se trouvait la salle était occupé par un bar à vins. Lorsqu'elle passa devant Harrison pour entrer, elle remarqua son léger froncement de sourcils.

— Ne te laisse pas tromper par la taille de la salle du bas, dit-elle en faisant signe au gérant de l'établissement. Au premier étage, il y a un espace de mille cinq cents mètres carrés, bien plus grand et plus aéré. Tu auras toute la place nécessaire pour tes invités, et il y a même un patio extérieur, où ils pourront aller s'il ne fait pas trop froid.

Elle s'interrompit pour saluer Jim Gleeson, le gérant, et fit les présentations. Ils empruntèrent ensuite l'escalier qui menait à l'étage supérieur. Jim expliqua à Harrison, par-dessus son épaule :

— On peut aménager l'espace comme vous le souhaitez. La pièce est assez grande pour être divisée en deux parties : un côté cocktail avec des tables hautes ou des canapés, par exemple, l'autre côté avec de grandes tables rondes pour le dîner.

— Oui, je pense que ce serait bien comme ça, déclara-t-elle.

Ils avaient atteint le premier étage et Harrison, au lieu de prendre connaissance des lieux, n'avait d'yeux que pour elle.

Bien décidée à le traiter comme un client normal, elle poursuivit :

— Nous avions parlé d'un groupe de jazz, je crois. On pourrait l'installer ici, près du bar, pour que les gens l'entendent dès leur arrivée.

À peine avait-elle fini sa phrase que le téléphone de Jim sonna. Il s'excusa et redescendit l'escalier, les laissant seuls.

Étrangement, dès qu'ils furent tous les deux, la pièce immense leur parut beaucoup plus intime. Ou peut-être était-ce la façon dont il la regardait, comme s'il essayait de lui retirer son masque de professionnelle affirmée pour accéder à la femme qui se trouvait dessous. En tout cas, elle ne pouvait s'empêcher de se rappeler à quel point elle avait été frustrée qu'il n'essaie pas de l'embrasser, le samedi soir précédent.

Elle essaya de trouver refuge dans son rôle d'organisatrice d'événements et reprit, évitant son regard brûlant :

— Ce que j'aime, ici, ce sont les éléments d'époque qu'ils ont conservés. Tu ne trouves pas que cette cheminée est merveilleuse ?

— C'est toi qui es merveilleuse.

— Je pensais mettre dix tables de dix personnes. Comme décoration, de grands vases avec des bougies et des perles de verre au milieu. Puisqu'on sera en décembre, on pourra mettre des branches de houx au milieu des tables, mais c'est peut-être un peu trop prévisible.

Seigneur, elle était en train de divaguer. Et pourtant, si elle s'arrêtait de parler, elle céderait au désir qui l'envahissait tout entière. Ce qu'elle ne pouvait décemment pas faire.

Elle continua sur sa lancée.

— Sinon, on pourrait disposer des coupes en verre, avec des bonbons à l'intérieur – des bonbons à la menthe, par exemple, et des papillotes rouges et vertes. Sauf si tu penses que ce n'est pas assez sophistiqué pour ton frère, auquel cas on pourrait opter pour du cristal avec des dragées blanches et argentées.

Pendant tout ce discours, il ne l'avait pas quittée des yeux une seconde ; elle avait une expression résolue, un regard vibrant d'intensité. Alors qu'elle atteignait la porte du patio extérieur, il posa la main sur la poignée pour l'empêcher de sortir, et répéta :

— Je trouve que tu es merveilleuse. Tout ce que tu fais m'intéresse.

— Je t'apprécie beaucoup, avoua-t-elle, se surprenant elle-même de sa franchise. Ce que tu fais est dangereux et excitant. Je n'aurais jamais imaginé...

Mon Dieu, qu'était-elle en train de faire ? Elle avait failli tout lui révéler ! Les émotions contradictoires qui tourbillonnaient en elle, à quel point elle avait été déçue qu'il ne tente rien samedi soir, en la raccompagnant à sa chambre... Lui avouer ses sentiments naissants était la pire des choses à faire. À présent, comment se sortir de ce mauvais pas et terminer sa phrase ?

Harrison observait le visage de London, lisant sur ses traits le trouble, le désir, le doute. La plupart du temps, elle avait montré une étonnante capacité à masquer ses sentiments, et cela le frustrait. Il voulait qu'elle s'ouvre à lui, qu'elle lui dise ce qui la tracassait.

Le souffle court, elle reprit :

— Une autre solution qui plaît bien, en général : des lampions en papier ou des boules de Noël. Ou encore des bols en verre avec des petites bougies posées sur des feuilles de houx.

— Qu'est-ce que tu n'aurais jamais imaginé ? rétorqua-t-il ignorant sa tentative désespérée pour éviter le sujet.

— Ce n'est vraiment pas l'endroit pour ce genre de conversation.

— Où veux-tu aller, dans ce cas ?

Il espérait qu'elle proposerait chez elle, ou chez lui. Il était temps qu'ils se retrouvent enfin seul à seule.

— J'ai bloqué mon après-midi pour que nous choisissions un endroit pour l'anniversaire de ton frère.

— London, murmura-t-il en prenant son visage dans sa main, caressant du pouce une de ses joues rougies.

— Oui ?

Elle avait parlé tout aussi doucement, avec une nuance de

désespoir, comme si, avec chaque battement désordonné de son cœur, elle perdait un peu plus le contrôle de la situation. Il se rendit compte qu'il ressentait la même chose : chaque moment qu'il passait avec elle mettait sa volonté à l'épreuve. Mais il pouvait faire mieux que de la presser ainsi. Même s'il en avait envie, il ne devait pas foncer tête baissée. Elle avait besoin de se faire prier, d'être courtisée, séduite. Pourtant, comme il brûlait de la sentir céder au plaisir dans ses bras…

— L'endroit que nous choisirons ne m'intéresse pas vraiment. La seule raison pour laquelle je suis là aujourd'hui, c'est que je veux passer du temps avec toi.

Il effleura son dos du bout des doigts. À ce seul contact, elle frémit et renversa la tête en arrière, le regardant droit dans les yeux. Ce qu'il lut dans son regard bleu le transperça comme une flèche. Se rapprochant d'elle, il inclina la tête jusqu'à sentir sa respiration contre sa peau. Souriant de l'entendre soupirer, il frotta son nez contre le sien, puis survola ses lèvres de sa bouche, sans les toucher vraiment. Bien sûr, il l'avait déjà embrassée dans la rue lors de leur premier rendez-vous, mais l'endroit n'offrait pas l'intimité nécessaire pour le faire comme il le souhaitait.

Cette fois, ce serait différent.

Elle émit un petit gémissement impatient juste avant que leurs lèvres ne se rencontrent enfin, et tout son univers bascula. Un brasier se répandit en lui. Des images de leurs corps roulant sur son lit avec une passion dévorante défilèrent dans sa tête.

Il ne se préoccupait pas du tout du gérant, qui pouvait revenir d'une minute à l'autre. Il ne pouvait penser qu'à cette femme incroyable qui faisait battre son cœur plus vite et qui affolait ses sens.

Il entoura sa taille d'une main pour l'attirer contre lui, pressant sa poitrine contre son torse. Il approfondit alors leur baiser, caressant sa joue de sa main libre. Il avait un mal fou à aller doucement, tellement il la voulait tout entière. Et, lorsque leurs lèvres se séparèrent, elle gémit encore, doucement, lui faisant perdre la raison.

Dès l'instant où son corps se pressa à nouveau contre le sien, ils furent entraînés dans un tourbillon que ni l'un ni l'autre ne pouvait arrêter. Malgré ses bonnes intentions, ce baiser les emmenait déjà trop loin pour qu'il puisse ralentir. Il abandonna alors le combat.

Il caressa sa langue du bout de la sienne, prenant possession de sa bouche et faisant encore monter d'un cran la fièvre qui les dévorait. Elle agrippa ses cheveux d'une main, sa veste de l'autre. Ce baiser était incroyable ; un mélange de plaisir pur et de passion irrésistible. Il aurait voulu que cela ne s'arrête jamais.

Hélas, un bruit de pas dans l'escalier les ramena à la réalité. Jurant intérieurement, il abandonna ses lèvres sans cesser de la tenir contre lui. Clignant plusieurs fois des yeux, il essaya de reprendre ses repères dans l'espace. Il ne se souvenait pas d'avoir à ce point perdu le contrôle de lui-même auparavant. Qui était cette femme qui arrivait à le rendre fou de désir en parlant d'espace au sol et de décoration de tables ?

— Comment ça se passe ? demanda une voix enjouée depuis l'autre bout de la pièce.

En réaction, elle recula brusquement. Il observa avec un petit sourire ses joues rougies et ses lèvres gonflées. Qu'elle était belle lorsqu'elle se montrait vulnérable ainsi, tendre et docile.

Mais déjà elle retrouvait son sang-froid, ses traits reprenant l'expression réservée qu'elle arborait d'habitude. Seul son regard restait légèrement troublé, avant qu'elle ne le cache d'un battement de cils.

— Ça a l'air parfait, lança-t-il. Je pense qu'on va opter pour cet endroit.

— Super, répondit le gérant. Je vais aller préparer les papiers

— Commencez sans nous. Nous avons encore quelques petites choses à voir ici, mais nous vous rejoindrons très vite.

— J'ai trois autres établissements à te montrer, lui rappela-t-elle dans un murmure agacé. Tu ne peux pas prendre une décision avant de les avoir tous vus.

Il promena ses doigts le long de sa pommette, admirant l'ossature délicate de son visage.

— Tu veux vraiment passer l'après-midi à faire semblant de

visiter des salles, alors qu'on a tous les deux envie de continuer à faire plus ample connaissance ?

— Je... Si tu crois qu'un seul baiser signifie que je vais coucher avec toi, tu te trompes.

Elle avait essayé de parler d'un ton acide, mais sa voix manquait nettement de conviction.

— Tu as un esprit dévoyé, la réprimanda-t-il avec une petite tape sur le nez. Je dois dire que ça me plaît bien.

— C'est complètement faux.

Il haussa un sourcil.

— Vraiment ? Je parle de faire connaissance, tu supposes aussitôt qu'il s'agit de sexe.

— Eh bien, oui. Enfin, je veux dire...

Elle se mordit la lèvre et fit la moue.

— Oublie cette idée, rétorqua-t-il.

Il se pencha et appuya un bref instant ses lèvres sur les siennes.

— Ce que je voulais dire par là, c'était plutôt faire comme ce que tu as fait ce week-end à Richmond. Je pensais que ce serait sympa que tu me montres un peu de ton univers.

Il s'était rendu compte en effet qu'après ce week-end elle en avait appris beaucoup plus sur lui que l'inverse.

Les yeux toujours rivés aux siens, elle fit un grand geste qui englobait toute la salle.

— Voilà mon univers.

— Tu veux dire le travail ? Il y a forcément d'autres choses dans ta vie.

Elle secoua la tête et il se dit qu'ils ne voyaient vraiment pas le travail de la même façon.

— Dans ce cas, continuons d'organiser la fête. Nous avons choisi l'endroit. Que reste-t-il à faire ?

— Le menu, les fleurs, les invitations, définir un thème...

— Alors descendons signer le contrat et nous occuper de tout cela.

Elle lui lança un regard sceptique.

— Tu as vraiment envie de faire ça ?

— J'ai envie de passer du temps avec toi et de voir ce que tu aimes faire. Si cela implique des fleurs et des invitations, qu'il en soit ainsi.

Comme elle restait silencieuse, il la laissa réfléchir. Enfin, elle approuva de la tête.

— Mais d'abord, reprit-il en la prenant par les épaules, parlons un peu de ce patio.

Il la fit pivoter jusqu'à ce qu'ils se tiennent tous les deux face à la porte vitrée qui menait à l'extérieur.

— Comment penses-tu utiliser cet espace pour l'anniversaire de Tristan ?

Il attrapa ses poignets et posa ses mains sur la partie en bois de la porte, aplatissant ses paumes contre le panneau.

— Dis-moi à quoi tu penses.

Elle frissonna alors qu'il faisait courir ses doigts le long de ses bras, jusqu'à ses épaules. Il repoussa ses cheveux sur un côté, découvrant sa nuque.

— On peut accrocher des lampions, disposer quelques canapés dehors.

— Quoi d'autre ?

Il déposa un baiser juste sous la ligne de ses cheveux et entendit sa respiration de plus en plus erratique, alors qu'il continuait de promener ses lèvres dans son cou, suivant la couture de sa robe. Il écarta délicatement le tissu, couvrant son épaule, son omoplate et sa nuque de tendres baisers.

Elle se serra contre lui et gémit doucement en sentant son érection contre le bas de son dos. Entendre cette délicieuse plainte décupla son désir.

— Quoi d'autre ? répéta-t-il après avoir mordillé le lobe de son oreille. Comment imagines-tu la scène ?

— On pourrait... Leur demander d'installer un bar. Oh ! c'est bon...

Ces derniers mots répondaient à la caresse de sa main qui glissait lentement sur son ventre, tandis qu'elle faisait onduler ses hanches, se frottant contre lui.

— Combien de personnes pourraient tenir là-dedans, d'après toi ?

Il plongea la main sous l'ourlet de sa robe, effleurant sa cuisse du bout des doigts.

— Environ vingt-cinq. Oh...

Elle laissa retomber sa tête sur son épaule alors que ses doigts atteignaient l'intérieur de ses cuisses.

— Ce que tu me fais...

— Oui ?

Était-elle consciente qu'elle avait légèrement écarté les jambes pour lui faciliter l'accès ? Il frôla son cou de ses dents, mourant d'envie de la toucher, de voir si elle était humide pour lui.

— Ne t'arrête pas.

— Mis à part les lampions et les canapés, comment est-ce que tu décorerais cet endroit ?

Il fit aller ses doigts par-dessus le coton déjà trempé de son sous-vêtement.

— S'il te plaît...

Haletante, elle ondulait contre sa main, émettant des murmures sensuels et inarticulés.

— Comment tu le décorerais ? répéta-t-il.

Sa main se glissa sous l'élastique de sa culotte. Elle s'immobilisa pendant une seconde qui lui sembla l'éternité, puis enfin il plongea un doigt en elle. Il la caressa lentement, absorbant ses frissons de plaisir, découvrant les gestes qu'elle aimait.

— Des bougies, lâcha-t-elle. Beaucoup, beaucoup de bougies.

Elle allait jouir. Très fort. Ses hanches remuaient dans tous les sens, son dos se cambrait. Une tornade se levait en elle, de plus en plus puissante. À cet instant, ils ne faisaient plus qu'un. Il sentit une première vague de plaisir déferler sur elle. Elle commençait à trembler.

— Jouis pour moi, ma belle. Laisse-moi te faire du bien.

Il sentit sa main se crisper sur sa cuisse. Il ne s'était pas rendu compte qu'elle le touchait, mais ce contact, si près de son érection, la fit se durcir encore, jusqu'à lui faire presque mal.

— Oh ! Harrison.

Ses mots se perdirent dans le frisson d'un orgasme qui semblait ne jamais devoir finir. Il la tenait fermement, ralentissant ses caresses au même rythme que les vagues de plaisir qui s'espaçaient, jusqu'à disparaître complètement.

Vacillante, elle s'appuya contre le montant de la porte, essayant de reprendre son souffle. Son autre main, toujours agrippée à sa cuisse, le lâcha enfin et vint replacer une mèche de cheveux derrière son oreille.

— J'adore te faire jouir, murmura-t-il, retirant doucement sa main. Il plaça sa paume contre son ventre, la gardant serrée contre lui alors qu'il se penchait pour caresser son cou de ses lèvres.

— Pas autant que j'adore jouir, rétorqua-t-elle avec un petit rire.

— Je n'ai jamais rencontré quelqu'un comme toi.

— Vraiment ?

Elle tourna légèrement la tête, juste assez pour lui donner un aperçu de son expression sceptique.

— Vraiment.

Derrière cette prétendue réserve – il se rendait compte, maintenant, qu'elle avait toujours été feinte – se cachait une nature fougueuse, réprimée par le carcan de la bonne société. Il espérait la persuader de se montrer au grand jour.

— Tu n'as jamais fait perdre la tête à une femme dans un endroit public ?

— La plupart des femmes avec qui je suis sorti savaient à quoi s'attendre. Elles étaient avec moi pour ce que j'étais, elles faisaient ce que j'avais envie de faire.

Il la fit pivoter face à lui et attendit qu'elle le regarde pour continuer.

— Toi, tu es avec moi malgré ce que je suis. Ce qui vient de se passer, c'était complètement toi. Pour toi. Et je suis très honoré d'y avoir joué un rôle.

— Je ne peux pas croire que j'ai fait ça, murmura-t-elle, encore incrédule. Ce n'est pas du tout mon genre.

— Je crois que ça l'est, au contraire. Seulement, tu ne veux pas l'admettre.

Il fit une pause, remarquant qu'elle restait confuse, et poursuivit :

— Tu as été formidable.

— Ne t'attends pas à ce que ça se reproduise.

Mais ils savaient tous les deux, au fond, que ce n'était pas la fin. Bien au contraire.

— Il se passera seulement ce que tu voudras.

Alors qu'elle lui adressait une petite grimace, se demandant sans doute ce qu'il avait voulu dire par là, il pensa qu'organiser une fête n'avait jamais été aussi sexy.

7

Chip Corduroy était un de ces fleurons de la société charlestonienne que London connaissait déjà depuis des années. Il savait tous les secrets inavouables des uns et des autres et on pouvait compter sur lui pour partager ses informations. Seulement, ce cinquantenaire au pedigree social impressionnant et aux goûts luxueux vivait au-dessus de ses moyens. C'est pourquoi il appréciait qu'elle lui offre de temps en temps une journée au spa, une virée shopping ou un dîner dans un des meilleurs restaurants de la ville, en échange des derniers ragots et de présentations à des gens importants.

— J'ai entendu dire que tu étais sortie plusieurs fois avec Harrison Crosby, lança Chip alors qu'ils attendaient à la réception du restaurant Chez Félix.

Connaissant le personnage, elle ne fut pas le moins du monde surprise qu'il soit déjà au courant.

— C'est pour le travail. J'organise l'anniversaire de son frère.

— Il n'a pas l'air d'être ton genre, pourtant, rétorqua-t-il, ne croyant visiblement pas une seconde à son explication.

— Parce qu'il est pilote de course ?

— Parce qu'il n'appartient pas à une vieille famille de Charleston.

— Il n'y a pas beaucoup d'hommes acceptables dans cette catégorie.

Elle soupira imperceptiblement, sentant qu'elle devait dire à Chip ce qu'il avait envie d'entendre.

— Mais, d'après ce que j'ai entendu dire, poursuivit-elle, son frère me correspondrait mieux.

Elle détestait mentir, mais elle avait besoin de tous les renseignements possibles sur Tristan.

— Si je comprends bien, tu ne penses plus du tout à te remettre avec Linc ? Vous étiez pourtant le couple parfait, tous les deux.

— Sur le papier, peut-être.

Mais en réalité... Elle se souvint que plus Linc parlait de s'installer ensemble et de fonder une famille, plus elle avait rechigné à fixer une date pour le mariage. Pour tout dire, l'idée qu'il allait lui demander d'abandonner sa carrière pour avoir des enfants la terrifiait. Elle n'arrivait pas à s'imaginer mère. Aurait-elle la patience nécessaire ? Le voulait-elle seulement ?

Étrangement, aucune de ces questions ne la tourmentait lorsqu'elle pensait à Harrison. De toute manière, ils n'avaient aucun avenir ensemble : sa mère la déshériterait si elle épousait un pilote de course. Et puis il y avait le plan de vengeance contre Tristan, dont elle ne pourrait bien sûr jamais lui parler. Une relation basée sur un mensonge avait-elle la moindre chance de fonctionner ?

Sachant que leur histoire n'irait nulle part, elle se sentait libre de rêver : elle se voyait s'installer avec lui dans une maison, quelque part entre le centre de Charleston et les garages de Crosby Motorsports. Son entreprise serait de plus en plus florissante, et elle pourrait déléguer davantage à l'équipe formidable qui travaillerait pour elle. Ils auraient deux enfants adorables, un garçon et une fille, qui auraient tous les deux ses cheveux blonds et les yeux bleu-vert de Harrison.

La voix de Chip l'arracha brusquement à sa rêverie.

— Es-tu au courant que Linc a une liaison avec sa femme de ménage ?

Elle fit de son mieux pour paraître stupéfaite.

— Sérieusement ?

— Oui, ce n'est plus un secret pour personne, maintenant.

Lorsque la mère de Linc l'avait poussé à engager Claire Robbins, Maribelle avait tout de suite soupçonné que la jeune et jolie veuve puisse être une rivale pour elle. Mais elle avait préféré ignorer les doutes de son amie, ainsi que le lien évident qui s'établissait entre Linc et son employée de maison. Dans son esprit, Claire ne pensait qu'à son mari disparu et à son ravissant bébé.

— Est-ce qu'il l'a confirmé lui-même ? demanda-t-elle, oubliant sa bonne résolution de ne pas écouter de ragots sur son ex-fiancé.

— Non, mais ils ont dîné ensemble au restaurant et il lui a offert des boucles d'oreilles, déclara Chip comme s'il s'agissait d'une preuve irréfutable. Et puis, pendant la fête organisée par sa mère, il la regardait d'une façon... C'est sûr qu'il y a anguille sous roche.

— Ce ne sont que des suppositions.

Elle espérait que ces rumeurs étaient sans fondement. Quelque chose lui déplaisait chez Claire, sans qu'elle sache dire quoi exactement. Cette femme était trop évasive lorsqu'on lui posait des questions sur sa vie d'avant.

— De toute façon, même si c'est vrai, ça ne durera pas.

— Enfin, bien sûr que non ! Quelle idée.

La serveuse les guida jusqu'à leur table et elle chassa Linc de ses pensées. Il était la cible d'Everly, pas la sienne. Elle s'installa en face de Chip, cherchant un moyen d'amener subtilement la conversation sur Tristan Crosby. Ne trouvant rien, elle décida d'y aller franchement.

— Comme je te le disais, Harrison m'a engagée pour organiser l'anniversaire surprise de son frère. Qu'est-ce que tu peux me dire sur Tristan ?

Chip la considéra un instant avant de répondre :

— Il s'habille bien, n'aime que les choses luxueuses. Il fait beaucoup de dons à des ONG, pas parce que c'est important pour lui, mais pour que les gens lui répètent à quel point il est formidable. Par ailleurs, plusieurs femmes m'ont fait comprendre que c'était un prédateur sexuel. Arrange-toi pour ne jamais te retrouver seule dans une pièce avec lui.

Elle savait déjà tout cela, et elle essaya d'insister.

— Il n'était pas marié, jusqu'à une date récente ?

— Zoe, oui. Une fille bien. Elle ne savait pas dans quoi elle s'embarquait lorsqu'elle l'a épousé.

— Qu'est-ce qui les a amenés à divorcer, exactement ?

— Il l'a quittée sous prétexte qu'elle le trompait, mais en réalité il a tout inventé pour ne pas avoir à lui verser quoi que ce soit. Cet homme n'a aucune limite, poursuivit-il en baissant la voix. Magnolia Spencer m'a dit que Zoe s'était retrouvée quasiment à la rue.

— À cause du contrat de mariage ?

— Non, parce qu'il n'y avait pas un sou vaillant dans le ménage.

— Comment est-ce possible ? Crosby Auto se porte très bien, et je crois avoir entendu dire que Tristan faisait rénover le manoir Theodore Norwood depuis cinq ans. Un de mes clients a réalisé une partie des travaux, et d'après lui Tristan a déjà investi trois millions de dollars dans ce projet.

Chip haussa une épaule, arrivant aux limites de son savoir, et se concentra sur le menu. L'endroit était réputé pour ses cocktails originaux et pour ses petits plats inspirés de la gastronomie française.

— Qu'est-ce qui te tenterait ? demanda-t-il.

Si elle se montrait trop insistante, il allait se douter de quelque chose. Elle fit donc semblant d'étudier le menu, réfléchissant à toute vitesse.

Trouver un moyen discret d'atteindre Tristan semblait très difficile. Zoe lui avait expliqué qu'il était très secret à propos de ses finances. En effet, lorsque son avocat s'était plongé dans les comptes bancaires du couple, lors du divorce, il était vite apparu que Tristan dépensait bien plus que son salaire de Crosby Auto.

Une fois la serveuse repartie avec leur commande, elle se laissa aller contre le dossier de sa chaise et écouta d'une oreille distraite les derniers potins de Charleston. De Tristan, ses pensées dérivèrent jusqu'à Harrison, et la pente dangereuse qu'elle suivait avec lui.

Ce qui s'était passé lors de leur dernière entrevue prouvait assez à quel point tout cela était une mauvaise idée. Cet homme exerçait un pouvoir aussi inattendu qu'irrésistible sur sa libido. Elle n'arrivait toujours pas à croire qu'elle ait pu avoir un orgasme aussi fort dans un lieu public, où n'importe qui aurait pu les découvrir. Pourtant, ce risque n'avait fait que décupler son excitation, elle le savait.

Lorsqu'elle avait raconté cet épisode à Maribelle, son amie, choquée au premier abord, l'avait ensuite vivement encouragée à poursuivre dans cette voie. Cette fois, elle avait fait plus que sortir de sa zone de confort. Le plus surprenant, c'était qu'elle n'avait aucun regret : même si elle s'était comportée comme une petite dévergondée, elle n'avait pas l'impression d'entendre la voix de sa mère la couvrir de récriminations, comme c'était souvent le cas. En somme, elle faisait des progrès.

Interrompant soudain le cours de ses pensées, son portable vibra. On était jeudi soir, et Harrison devait être arrivé à Miami pour la dernière course de la saison. Son cœur fit un bond dans sa poitrine, mais elle prit sur elle pour laisser l'objet où il était, écran tourné vers la table. Depuis le lundi précédent, il lui avait envoyé plusieurs messages tout à fait charmants, qui lui donnaient encore plus envie de le revoir. Elle oscillait entre le désir qu'elle ressentait pour lui et le regret de s'être mise dans cette situation.

Malheureusement, il était trop tard pour faire marche arrière.

Son téléphone vibra de nouveau, et cette fois elle ne put résister.

Il fait chaud à Miami. Je t'imagine en bikini.

Une joie intense s'empara d'elle et se refléta immédiatement sur son visage. Elle oubliait qu'elle se trouvait assise en face de la pire commère de Charleston.

Tu me manques.

Elle fixa les mots qu'elle venait d'envoyer, incapable de croire qu'elle s'était ouverte à ce point.

Tu es sûre que tu ne peux pas me rejoindre ?

Comme c'était tentant… Elle se mordilla la lèvre, hésitante. Après tout, Grace pourrait gérer le dîner d'entreprise de samedi, et c'était si facile de sauter dans un avion…

Je ne peux pas. Tu viens dîner chez moi lundi soir ?

La réponse ne se fit pas attendre.

Avec plaisir.

Elle termina la conversation par un petit smiley et reposa son téléphone, se rendant compte avec un temps de retard qu'elle-même souriait jusqu'aux oreilles. De l'autre côté de la table, Chip l'observait d'un œil amusé.

— Ça, ce n'était pas un client, devina-t-il.

— Qu'est-ce qui te fait dire ça ?

— Je ne t'ai jamais vue sourire comme ça. Même pas au début de tes fiançailles avec Linc. Qui est le monsieur en question ?

— Pourquoi penses-tu qu'il s'agit d'un homme ? Ça pourrait très bien être Maribelle.

— Harrison Crosby, n'est-ce pas ? C'est une cible de choix.

— Ah bon ? J'imagine que je n'ai jamais pensé à lui de cette manière.

Des mensonges, toujours des mensonges. Elle n'avait pas pensé à grand-chose d'autre ces derniers jours. Encore une fois, elle ne se sentit pas fière de ce qu'elle faisait. Non seulement elle ne savait toujours pas comment s'y prendre pour accomplir sa part du contrat, mais en plus ses sentiments pour Harrison grandissaient de jour en jour. Si cela continuait, elle allait finir par causer du tort autour d'elle, au lieu d'aider Zoe. Et, si tout lui explosait à la figure, elle ne pourrait s'en prendre qu'à elle-même.

Assise à une table derrière la vitre du café, en face de l'entrée d'Excell'événements, Everly sirotait son thé tout en méditant sur un problème qui l'occupait beaucoup ces derniers temps : la relation que London entretenait avec Harrison. Quelle idiote elle faisait. Enfin, après tout, la situation aurait pu être pire : elle n'était pas tombée amoureuse de Tristan. Là, Everly aurait dû la tuer, au moins.

Son téléphone vibra, indiquant un appel de son assistante. Elle l'envoya directement sur sa boîte vocale. Il était quatre heures moins le quart, London allait bientôt sortir du travail, et pas question de la louper.

Quelques heures plus tôt, elle s'était procuré un petit bijou de technologie qui pourrait leur servir à toutes les trois. La clé USB qu'elle gardait précieusement dans son sac à main provenait d'un ami de sa sœur. À l'université, Kelly avait fréquenté un petit groupe de hackers du dimanche. Elle ne le savait pas à l'époque, sinon, elle aurait tenté de détourner sa sœur de ces amis imprudents.

Le programme contenu dans cette clé permettait, une fois qu'elle était branchée à un ordinateur et après qu'on avait effectué quelques commandes, de contourner tous les mots de passe et de copier toutes les données du disque dur. Restait à savoir si London relèverait le défi et réussirait à atteindre l'ordinateur de Tristan.

Elle fut enfin récompensée de son attente : elle aperçut London qui passait la porte du bâtiment d'en face. Aussitôt, elle se leva, sortit du café et se mit à la suivre le plus discrètement possible le long de King Street.

London marchait d'un pas alerte, de toute évidence pressée. Un rendez-vous avec Harrison, par exemple ? Elle sentit l'irritation monter en elle. Visiblement, London avait oublié ses priorités, mais elle se chargerait de les lui rappeler.

London avait presque atteint sa voiture lorsqu'elle la rattrapa.

— Où vas-tu d'un si bon pas ? demanda-t-elle d'un ton plus accusateur qu'elle ne l'aurait voulu.

London se retourna comme si on l'avait giflée et regarda autour d'elle plusieurs fois, vérifiant que personne ne les observait.

— Qu'est-ce que tu fais ici ?

— Du calme. Personne ne va nous voir.

Elle croisa les bras sur sa poitrine, la toisant avec dédain.

— Tu as passé pas mal de temps avec Harrison Crosby, ces derniers jours. As-tu trouvé des informations que nous pourrions utiliser contre son frère ?

Le regard fuyant de London confirma ses soupçons : elle ne prenait pas leur accord au sérieux.

— Écoute, ce n'est pas si simple que ça. Je ne peux tout de même pas lui demander de but en blanc de me révéler les secrets de son frère.

— Bien sûr que non. C'est pourquoi je t'ai apporté ceci, dit-elle en sortant la clé USB de son sac.

— Qu'est-ce que c'est ?

Après lui avoir confié la clé, elle lui expliqua le fonctionnement du programme, ce qui ne sembla pas vraiment la rassurer.

— Où est-ce que tu as eu ça ?

— Peu importe, s'agaça-t-elle. Tout ce que tu as besoin de savoir, c'est comment ça fonctionne.

— Et comment suis-je censée accéder à l'ordinateur de Tristan ?

— Ne t'inquiète pas, j'y ai pensé : il organise une soirée de charité chez lui très bientôt. Débrouille-toi pour être invitée.

— Ça semble risqué.

Elle eut envie de la secouer comme un prunier.

— Tu n'es pas la seule à prendre des risques, figure-toi.

— Justement, on dirait que c'est ce que tu cherches. Nous étions censées ne jamais communiquer entre nous ; maintenant, tu me suis depuis mon bureau, tu me donnes un programme que je suis censée utiliser... Imagine que je me fasse prendre et qu'on remonte jusqu'à toi ?

— Ne te fais pas prendre.

— Réponds-moi. Est-ce qu'on peut remonter jusqu'à toi avec cette clé ?

— Non. La personne qui me l'a donnée a pris suffisamment de précautions. Fais ta part du boulot et tout ira bien.

Avant que London pût répondre quoi que ce soit, elle tourna les talons et disparut.

8

Impatiente de revoir Harrison, London avait du mal à penser à autre chose qu'à leur dîner prévu quelques jours plus tard. Elle avait décidé que cette fois, quoi qu'il arrive, il finirait dans sa chambre. Celle-ci, d'ailleurs, était déjà prête : le lit venait d'être refait avec des draps fraîchement lavés, et elle avait disposé des fleurs et des bougies pour créer une ambiance agréable. Il ne remarquerait probablement pas ces détails, mais c'était son métier d'embellir des endroits pour y passer des moments inoubliables.

De plus, elle ne voulait pas se laisser surprendre une deuxième fois. D'accord, ce qu'il s'était passé la semaine précédente avait été magique, mais un peu trop spontané pour elle. Ce soir, ce serait différent. Elle savait à quoi s'attendre. Est-ce qu'il le savait aussi ? Comprendrait-il qu'elle voulait passer aux choses sérieuses ?

Lorsqu'il arriva enfin chez elle, une bouteille de vin blanc sous le bras, elle se sentait enfin prête. Rien ne laissait soupçonner qu'elle avait passé le week-end à faire le ménage, puis à s'occuper d'elle-même – gommage de la tête aux pieds, essais de tenues, retouches de maquillage...

— Tu es si belle.

Il la fixait de ses yeux bleu-vert, envoûté, comme s'il avait vu une apparition.

Elle avait choisi une robe portefeuille en soie rose pâle. Le tissu mettait ses courbes en valeur, tout en étant agréable à porter. Elle avait assorti ses ongles de pieds à sa robe, et remisé ses chaussures au placard.

— Merci, murmura-t-elle en s'effaçant pour le laisser entrer.

— Sais-tu que nous sommes voisins ? J'habite l'immeuble qui est juste à côté.

Il la prit dans ses bras et inclina la tête pour respirer une bouffée de son parfum délicat.

— Tu sens tellement bon.

— C'est vrai ? Je veux dire : que tu es mon voisin !

— C'est fou, hein ?

Il lâcha sa taille et lui montra la bouteille qu'il avait apportée. Elle le guida vers la cuisine.

— C'est sympa, chez toi. Depuis combien de temps vis-tu ici ?

— Trois ans.

Elle se demanda s'il ne trouvait pas la décoration trop froide. Ses murs étaient peints en blanc et gris clair, assortis aux objets en argent et en cristal sur les étagères.

— Et toi, quand est-ce que tu as acheté ton appartement ?

— Il y a presque cinq ans.

— J'étais surprise lorsque tu m'as dit que tu habitais en ville. Je te voyais plutôt dans une maison à la campagne, avec un grand garage et un jardin.

— J'y ai pensé, c'est vrai. Mais, avec mon emploi du temps, c'est plus simple d'avoir un espace facile à entretenir.

Il se posta près de l'îlot de cuisine.

— Besoin d'aide pour quelque chose ?

S'affairant devant la cuisinière, elle lui tendit un tire-bouchon. Il versa deux verres de vin et lui apporta le sien.

— J'ai préparé un risotto aux fruits de mer.

— Ça m'a l'air délicieux. Tu aimes cuisiner, on dirait. Tu es décidément pleine de ressources !

— J'adore essayer de nouvelles recettes. Cela m'amusait beaucoup, quand j'avais encore...

Elle s'interrompit brusquement, se remémorant les nombreux dîners que Linc et elle avaient organisés ici.

— Quand tu avais encore quelqu'un pour qui cuisiner ?

Elle hocha la tête, mécontente d'avoir évoqué le fantôme de son ex-fiancé.

— Maribelle vient une fois par semaine pour me raconter les préparatifs de son mariage, mais elle a peur de ne pas rentrer dans sa robe, alors je ne lui prépare que des salades.

— Si ça peut te faire plaisir, je t'autorise à cuisiner pour moi quand tu veux. La plupart du temps, pendant la saison, je suis tellement occupé que je me nourris de shakers de protéines et de plats à emporter. De temps en temps, les femmes de mes collègues ont pitié de moi et m'apportent un petit plat maison.

— Oh ! pauvre de toi, se moqua-t-elle.

Son téléphone se mit à sonner, et elle fit la grimace en voyant de qui émanait l'appel. Depuis une semaine, elle évitait soigneusement de répondre à sa mère. Quelqu'un avait dû la renseigner à propos du nouvel homme que sa fille voyait. Si on en jugeait par les quatre messages qu'elle lui avait laissés, Edie n'était pas contente et tenait à le faire savoir.

— Tu ne décroches pas ?

— Non.

Elle avait parlé d'un ton sec qui lui fit hausser un sourcil.

— Quelque chose ne va pas ?

— Ma mère adore s'occuper de ce qui ne la regarde pas.

— C'est-à-dire ?

— C'est-à-dire à peu près tout ce qu'il se passe dans ma vie.

— Est-ce qu'elle sait que nous sortons ensemble ?

— Je n'ai vraiment pas envie de gâcher notre soirée en parlant de ma mère.

— J'imagine que c'est un oui.

— Je me moque de ce qu'elle pense. C'est moi qui sors avec toi, pas elle.

— Mais je ne suis pas celui qu'elle aurait choisi pour toi.

Pour ce qu'elle avait prévu ensuite, elle avait besoin que ce dîner se déroule parfaitement. Parler de l'attitude élitiste de sa mère ne ferait que gâcher l'ambiance.

— Si cela ne te dérange pas, j'aimerais vraiment qu'on arrête d'en parler.

— Pas de problème.

Mais une note particulière dans sa voix lui fit comprendre que cette fin de conversation ne le satisfaisait pas.

— Je crois que le risotto est prêt. Tu peux m'apporter les assiettes ?

Ils s'installèrent à table et commencèrent à manger. Elle le dévorait des yeux. La lumière des bougies adoucissait ses traits virils et donnait à ses yeux un je-ne-sais-quoi de mystérieux. Il était audacieux et combatif, le genre d'homme qui garde les yeux fixés sur la ligne d'arrivée et qui ne s'arrête pas une seconde avant d'y parvenir. C'est pourquoi elle avait imaginé que la soirée se passerait autrement. Dans son idée, la tension sexuelle entre eux allait monter petit à petit pendant le repas, et ils se jetteraient l'un sur l'autre avant même d'être arrivés au dessert.

Au lieu de cela, il menait la conversation, explorant une multitude de sujets. Ils parlèrent de leur famille, des endroits où ils avaient passé leurs vacances, de leurs plats préférés, dans une atmosphère détendue, intime. Pourtant, une fois la mousse au chocolat maison terminée et le lave-vaisselle rempli, elle ne put se défendre d'une certaine inquiétude. S'était-elle trompée en supposant qu'ils finiraient la soirée au lit ? Il semblait aussi calme qu'elle était agitée. Ils rangèrent la cuisine ensemble, et, chaque fois que son bras effleurait le sien par accident, elle frissonnait, sentant le désir brûler au creux de son ventre.

La cuisine était maintenant aussi nette que possible, et elle se retourna pour le regarder. Ils restèrent face à face, sans un mot, les yeux dans les yeux, pendant ce qui lui sembla une éternité. Enfin, n'y tenant plus, elle porta la main à sa nuque et défit l'attache de sa robe.

Il resta silencieux, les yeux fixés sur son visage alors qu'elle faisait glisser le tissu de ses épaules. Une fraction de seconde plus tard, le vêtement gisait sur le sol.

Debout devant lui dans un caraco en soie avec un tanga assorti, elle lui adressa un doux sourire.

— Je pensais qu'on pourrait peut-être regarder un film, lui dit-elle en jouant avec une mèche de ses cheveux. À moins que tu n'aies autre chose en tête.

— On va bien s'entendre, tous les deux.

— Je sais.

Elle agrippa sa chemise et l'attira à elle.

— Embrasse-moi.

Il s'exécuta, mais pas comme elle l'avait espéré. Elle voulait qu'il prenne possession de sa bouche et de tout son être en même temps. Au lieu de quoi, il s'amusait à la torturer, déposant de légers baisers sur ses joues, le bout de son nez, ses paupières, son front.

— Si tu savais ce que j'ai envie de te faire, murmura-t-il à son oreille.

Impatiente, elle répondit :

— Dis-le-moi.

— T'emmener dans ta chambre.

Sa main remonta le long de son ventre, puis passa entre ses seins, qui se tendirent aussitôt, réclamant ses caresses.

Elle mourait d'envie que ces doigts viennent jouer avec ses mamelons durcis, mais ils redescendirent pour se poser dans son dos.

— Et après ? insista-t-elle, la voix tremblante de frustration.

— T'enlever tous tes vêtements.

Oh ! Seigneur... Oui...

Enfin, on y arrivait.

— Et... ensuite ?

— T'allonger sur ton lit et écarter tes jambes magnifiques.

— Oh...

Si ses mots suffisaient à la mettre dans un tel état, qu'allait-il se passer lorsque ses mains et ses lèvres se poseraient sur elle ?

— Ça te plairait ?

Elle acquiesça, incapable d'articuler une réponse cohérente. Lorsqu'elle réussit à retrouver sa voix, ce fut pour murmurer :

— Quoi d'autre ?

— Je vais embrasser chaque centimètre carré de ton corps, jusqu'à te faire chavirer de plaisir.

— Oui... S'il te plaît...

— Je te préviens tout de suite, commença-t-il. Je vais te parler en te faisant l'amour.

— Me parler ?

Le cœur battant à se rompre, elle le fixa avec délectation.

— Quel genre de choses vas-tu me dire ?

— Je pense te dire une bonne centaine de fois à quel point tu es belle et à quel point tu me rends fou.

— Est-ce que je dois répondre ?

— Seulement si tu en as envie. Détends-toi et écoute-moi.

— Me détendre ? J'ai l'impression que je vais voler en éclats à la seconde où tu poseras la main sur moi.

— Ne t'en fais pas, ça n'arrivera pas.

Il posa ses lèvres sur les siennes et elle poussa un soupir de soulagement. Son anxiété disparut comme par magie, remplacée par l'impatience, et déjà de douces vagues de plaisir. D'instinct, elle sentait qu'il ne ferait jamais rien qui pourrait lui briser le cœur. En fait, il serait bien capable de le réparer, si elle le laissait faire. Sauf qu'elle ne le pouvait pas.

Faisant glisser la bretelle de son caraco, il promena sa main le long de son épaule. Elle repoussa toutes ses inquiétudes dans un coin reculé de son esprit, tandis que la soie glissait sur sa poitrine, augmentant encore son excitation, et que ses lèvres parcouraient sa gorge. Elle avait envie de lui, de *ça*. C'était si simple et si compliqué à la fois, mais surtout c'était inévitable.

Du bout des doigts, il tira sur le haut de son corsage, découvrant en partie sa poitrine. Elle frissonna.

— Tu as des seins parfaits, murmura-t-il.

Ses mots enflammèrent encore le brasier qui couvait en elle, et elle glissa les doigts dans la masse de ses cheveux, attirant sa tête vers ses seins. Elle retint difficilement un cri de protestation lorsque ses lèvres remontèrent jusqu'à son épaule.

— J'ai besoin de ta bouche. S'il te plaît, Harrison.

Au lieu d'obtempérer, il recula légèrement pour étudier son visage, le regard brûlant. Ce qu'elle lisait dans ses yeux la rassura. Elle n'était tout de même pas une jeune fille innocente ; elle s'était déjà abandonnée au plaisir auparavant, mais ce qu'elle ressentait pour lui allait bien au-delà d'une simple attirance physique. Elle appréciait aussi son humour lapidaire, sa capacité à lire dans ses pensées, et même ce don qu'il avait pour repousser ses limites. Au plus profond d'elle-même, elle savait qu'ils iraient bien ensemble, et plus que cela encore.

Elle était restée trois ans avec Linc, et, malgré le temps qu'ils avaient passé loin l'un de l'autre lors de ses déplacements, elle n'avait jamais pensé à lui au point d'en éprouver un désir presque douloureux. Harrison, dès le début, avait éveillé en elle des envies irrésistibles.

— Est-ce que tu es prête pour moi ? demanda-t-il d'une voix basse et rauque.

— Oui.

Ses doigts descendirent alors entre ses cuisses, la caressant à travers sa lingerie fine. Elle s'arqua contre sa main.

— Oui, tu l'es, ronronna-t-il. Est-ce que tu peux l'être encore plus ?

— Continue, répondit-elle avant que sa voix ne se brise : il appuyait doucement ses doigts contre l'épicentre de son désir. Continue ce que tu fais, et tu verras bien.

Avec un petit rire, il demanda :

— Et si j'enfouis mon visage ici, entre tes jambes, et que je goûte à ta saveur ?

Ses jambes étaient déjà sur le point de la lâcher auparavant, mais maintenant elles la supportaient à peine. Elle était si impatiente qu'elle tremblait de la tête aux pieds, mais elle savait qu'il allait prendre soin d'elle. Il serait là pour l'empêcher de tomber et l'emporter vers un plaisir tel qu'elle n'en avait jamais connu.

Sans crier gare, il glissa sa main experte sous l'élastique de son tanga et la caressa à la perfection. Les yeux fermés, elle tenta de retrouver assez de souffle pour lui dire ce qu'elle voulait.

— Je ne veux pas que notre première fois ait lieu dans la cuisine, murmura-t-elle. Emmène-moi jusqu'à ma chambre.

Il voulait bien l'emmener n'importe où, tant qu'elle était heureuse. Sans un mot, il se pencha et la souleva comme une plume. Elle eut un petit rire joyeux et passa les bras autour de son cou, puis lui indiqua le chemin tout en déposant une pluie de baisers le long de sa mâchoire.

Sa chambre ressemblait au reste de l'appartement, à la fois confortable et raffinée avec quelques touches un peu plus audacieuses : un tapis en peluche, un grand vase de roses sur la commode qui diffusaient leur parfum dans toute la pièce, des chandelles à la lumière vacillante qui illuminaient faiblement les murs gris clair.

Elle avait tout prévu, comprit-il soudain. Elle l'avait invité à dîner dans la ferme intention de coucher avec lui. Décidément, quelle femme !

Il la reposa sur ses pieds dès qu'ils eurent passé la porte et la serra contre lui pour un long baiser sensuel. Lorsque sa langue se glissa dans sa bouche, une décharge électrique le parcourut. Ce baiser promettait des choses dont il n'avait même pas osé rêver.

— Je suis complètement obsédée par ta bouche, avoua-t-elle, ses doigts tremblants effleurant ses lèvres. Je n'arrête pas de penser à tous les endroits où je voudrais que tu m'embrasses.

Il lui répondit d'un sourire, laissant son regard parler pour lui.

— J'ai essayé de réfréner mes pulsions, de rester calme et raisonnable, mais le son de ta voix suffit à me rendre brûlante de désir.

Attentif à ne rien faire qui puisse arrêter sa confession, il plaça doucement ses mains juste au-dessus de ses hanches. Elle lui faisait connaître des émotions qu'il n'avait jamais connues auparavant, et l'entendre dire qu'elle éprouvait le même genre de sentiment n'avait pas de prix.

— Brûlante comment ?

— Ma peau est en feu. Mes seins sont si tendus que c'en est presque douloureux. J'ai envie que tu les prennes dans ta bouche.

Il poussa un grognement sauvage et ordonna, les lèvres contre son épaule :

— Continue.

Elle se haussa sur la pointe des pieds pour l'embrasser, son cou gracile tendu vers lui. Il profita de l'occasion et plongea sur sa gorge, la caressant du bout des lèvres et de la langue. Un gémissement sourd s'échappa de ses lèvres gonflées de désir. Il eut un petit sourire amusé, même si sa propre excitation n'était pas moins intense.

Il la fit reculer vers le lit, se délestant au passage de ses chaussures et de sa chemise. Ses doigts crochetèrent le dernier vêtement qui lui restait et il fit glisser la fine bande de soie et de dentelle le long de ses jambes. Il s'agenouilla à ses pieds pour l'aider à s'en débarrasser, ce qui la fit frémir.

Pendant qu'elle s'installait sur le lit, il enleva son pantalon et son caleçon. Aussitôt libérée, son érection pointa vers celle qui en était la cause. Elle s'allongea sur le dos, en appui sur les coudes, le dévorant des yeux.

Une fois certaine qu'elle avait toute son attention, elle écarta légèrement les cuisses, s'offrant à lui. Elle était si rose, si humide, si parfaite qu'il dut se retenir de crier de joie. Un grand sourire aux lèvres, il se glissa à côté d'elle sur le lit.

— Tu es magnifique, déclara-t-il.

Il fit courir ses doigts sur le bas de son ventre.

— Surtout ici.

— Vraiment ?

Elle jeta un coup d'œil vers ses cuisses et se renfrogna.

— Tu ne peux pas l'apprécier autant que moi.

Son pouce trouva la voie vers les replis brûlants de sa féminité, lui arrachant un petit cri.

— Tu es tellement sensible...

— Avec toi, oui, répondit-elle dans un murmure haletant.

Un petit sourire malicieux aux lèvres, il rapprocha son visage de son intimité et lui donna un coup de langue. Ses hanches se soulevèrent brusquement, et elle protesta, essoufflée :

— Préviens, quand tu fais ça.

— Très bien. Dans ce cas, je te préviens que je vais jouer à te torturer un moment avec ma bouche avant de te laisser jouir.

— C'est mieux.

Elle gémit de nouveau alors qu'il replongeait sa langue en elle.

Sa douceur, son odeur le réjouissaient alors qu'il la dévorait, chaque mouvement de sa langue lui arrachant un nouveau cri de plaisir. Ses doigts impatients fourrageaient dans ses cheveux lorsqu'il prit son clitoris entre ses lèvres pour l'aspirer légèrement. Elle cria son nom, ses hanches remuant de plus en plus vite contre sa bouche. Comme toujours, ses mouvements avaient une grâce remarquable, mais sa réserve habituelle avait disparu. Elle était tout entière à l'instant présent, son bassin se mouvant comme si elle dansait pour lui. C'était si sensuel qu'il n'hésita pas un instant : il devait l'emporter plus loin sur le chemin du plaisir.

Il redoubla ses efforts, la faisant profiter de tous les petits jeux qu'il connaissait.

— Harrison, c'est trop…

Elle agrippa le couvre-lit suffisamment fort pour que ses jointures pâlissent.

— Caresse-toi les seins, ordonna-t-il. Montre-moi à quel point tu aimes ce que je te fais.

À sa grande surprise, elle obéit, faisant rouler ses tétons entre ses doigts, s'abandonnant d'une manière qu'il n'aurait jamais pu imaginer. Les petits cris qu'elle poussait l'excitaient terriblement, mais ce moment n'était pas pour lui, du moins pas directement. Comprenant qu'elle avait besoin de relâcher la tension par un orgasme, il plongea deux doigts en elle. Elle se cambra, le dos arqué à l'extrême, et émit un son rauque.

— C'est bien, bébé. Jouis pour moi.

Ses mains agrippèrent ses fesses et il appuya encore un peu plus ses lèvres contre son sexe, souriant de la sentir trembler.

— Laisse-toi aller.

— C'est… C'est incroyable, s'exclama-t-elle, et soudain, avec un long cri plaintif, elle se tendit, s'élevant vers les sommets du plaisir.

Il n'en perdit pas une miette. Rien au monde n'était plus beau que London McCaffrey perdue dans un orgasme ravageur, sa chair palpitant contre sa bouche.

Lorsque son corps se calma enfin, il déposa une pluie de baisers sur son ventre. Sa poitrine se soulevait alors qu'elle tentait de reprendre son souffle, et elle cachait son visage derrière ses mains.

— Ça va ? demanda-t-il, notant le teint radieux que sa peau avait pris après son orgasme.

— Qu'est-ce que tu m'as fait ? marmonna-t-elle, visiblement secouée.

— Je suis à peu près sûr que je t'ai donné un orgasme.

Elle écarta ses doigts et lui jeta un bref coup d'œil.

— Qu'est-ce que je vais faire de toi ?

Une seconde plus tard, elle répondit elle-même à sa question en posant la main sur son érection.

— Une ou deux caresses, ce serait parfait, confirma-t-il. Pas besoin d'être aussi précautionneuse, cela ne va pas se casser.

— Comme ça ?

Elle amplifia ses va-et-vient, lui arrachant aussitôt un grognement de plaisir.

— Ça m'a l'air plutôt bien.

Il se pencha et l'embrassa avec ardeur, pour qu'elle comprenne à quel point il appréciait ce qu'elle lui faisait.

— Pas mal, murmura-t-elle lorsqu'ils s'écartèrent l'un de l'autre. Mais ce serait encore mieux si tu me faisais l'amour.

Il ne se le fit pas dire deux fois et repéra des préservatifs sur la table de chevet. Il se protégea rapidement et s'interrompit un instant pour contempler London, ses cheveux blonds ébouriffés sur l'oreiller, ses lèvres gonflées de désir. Enfin, il se glissa entre ses jambes et la pénétra. Il la sentit si ouverte, si réceptive, qu'il voulut rendre ce moment parfait pour elle.

Balayant une mèche de sa joue enfiévrée, il l'embrassa avec tendresse.

— Prête ?

— Tu as vraiment besoin de poser la question ?

Il dut faire appel à toute sa concentration pour y aller doucement, et lui laisser le temps de s'adapter à lui. Alors qu'il l'emplissait tout entière, elle poussa un long soupir, comme si elle libérait quelque chose qu'elle gardait enfoui depuis longtemps.

Au moment précis où son mouvement lent et profond touchait à sa fin, elle dessilla les paupières et ses yeux rencontrèrent les siens. La confiance qu'il lut dans son regard lui infusa un sentiment de puissance qu'il n'avait encore jamais ressenti auparavant.

— C'est si bon d'être en toi, murmura-t-il, tenant sa promesse de lui parler pendant qu'ils feraient l'amour. J'adore la façon dont tu te resserres autour de moi. Comme si tu voulais que je reste.

— C'est exactement ce que je veux.

Ses paumes descendirent le long de son dos pour agripper ses fesses avec une force surprenante. Les doigts plantés dans sa chair, elle l'attira encore plus profondément en elle.

— J'adore t'avoir en moi.

Après cela, les mots devinrent superflus. Il n'y avait plus que leurs mains, leurs lèvres, leurs souffles précipités alors qu'ils dansaient ensemble, se découvrant mutuellement.

Il accéléra ses mouvements en elle, suivant un rythme soutenu qu'elle sembla apprécier. Ses hanches remuaient de concert, accentuant encore l'intensité de ses gestes.

— Harrison, s'il te plaît. Fais-moi jouir encore. J'ai besoin de toi. Maintenant.

Il n'avait pas pour habitude de refuser quoi que ce soit à une dame. Il plaça sa paume contre son dos, la soulevant du matelas, et se mit à l'œuvre. Il la prit encore et encore, attentif aux moindres changements d'expression de son beau visage, se plaçant de façon à toucher son clitoris à chaque fois qu'il s'enfonçait en elle.

Soudain, elle s'arqua contre lui et poussa un long cri de plaisir. Elle planta ses ongles dans son épaule, agitée par des spasmes qui décuplèrent son excitation. Quelques secondes plus tard, il la rejoignait dans la jouissance.

Avec un dernier coup de reins, il s'affaissa sur ses avant-bras, la tête posée sur son épaule. Elle pressa sa joue brûlante contre la sienne. Il eut du mal à retrouver son souffle, puis à lever la tête et ouvrir les yeux, mais il avait besoin de lire dans son regard la réponse à sa question : était-elle aussi chamboulée que lui par ce qui venait de se passer ?

Malheureusement pour lui, elle gardait les paupières closes, mais ses traits étaient plus épanouis que jamais.

— London ?

— C'était encore mieux que je ne l'imaginais. Et, crois-moi, j'ai imaginé beaucoup de choses, dit-elle en lui lançant un regard possessif avant de refermer les yeux.

Il prit appui sur ses bras pour se redresser, puis s'étendit à côté d'elle, la tête posée sur sa main. Il balaya une mèche de cheveux dorés qui s'était égarée sur son front, savourant ces instants de calme après la tempête. Elle leva la main et prit son visage en coupe, caressant sa lèvre inférieure du pouce.

D'un ton languissant, elle reprit :

— Maintenant, je ne suis plus seulement obsédée par ta bouche, mais aussi par ton sexe.

Il en resta bouche bée. Avait-il bien entendu ? Est-ce que ses amis de la bonne société connaissaient cette version de London ? Nul doute que non. D'ailleurs, à ce qu'il lui semblait, elle-même ne l'avait découverte que récemment.

— Je suis content de te l'entendre dire, murmura-t-il, l'attirant contre lui et la serrant fort dans ses bras. Et c'est pareil pour moi.

9

Sa main gauche serrée dans la main droite de Harrison, London sentit les battements de son cœur accélérer alors qu'il manœuvrait la Mercedes pour passer sous le portique d'entrée de Crosby Motorsports.

Ce soir avait lieu la fête célébrant la fin de la saison, offerte aux six cents employés qui avaient participé de près ou de loin à la troisième place de l'équipe au classement général. C'était la première fois qu'ils sortaient officiellement en tant que couple, et toute la journée elle s'était sentie inquiète à l'idée des conséquences que cela pourrait entraîner.

La clé USB donnée par Everly pesait lourd sur sa conscience. Chaque jour passé sans l'utiliser était un nouveau jour sans trahir Harrison. Elle ne se sentait plus rien de commun avec la femme qui avait accepté de se venger de Tristan, quelques semaines auparavant. Et puis que devait-elle réellement à Everly et à Zoe ?

Marchant main dans la main, ils dépassèrent plusieurs bâtiments avant d'arriver sur les lieux de la fête : le site du premier magasin de pièces détachées, ouvert lors de la fondation de l'entreprise, en 1990. Aujourd'hui, l'édifice abritait l'impressionnante collection de voitures de Jack Crosby.

Le flot des invités les entraîna à l'intérieur, où se trouvaient différentes expositions sur le thème des véhicules. Ce petit musée était très apprécié des passionnés de course automobile. On avait installé des minibars un peu partout afin que les invités puissent prendre un verre avant le dîner, servi à l'extérieur, sous un immense chapiteau.

— Un de ces soirs, je t'emmènerai de nouveau ici pour te faire visiter convenablement, promit-il alors qu'ils flânaient autour des voitures.

— Parce qu'on ne visite pas convenablement, là, maintenant ?

— Je me suis mal exprimé. Je voulais dire, au contraire, une visite beaucoup moins convenable. As-tu déjà rêvé de faire l'amour à l'arrière d'une exceptionnelle Camaro de 1969 ?

Il pointa du doigt le véhicule orange vif qui se trouvait devant eux.

— Ai-je l'air d'une fille qui a ce genre de fantasmes ?

Pourtant, alors qu'elle prononçait ces mots, une vague de chaleur l'envahit. Elle s'imagina se frottant contre lui dans une de ces voitures, la buée sur les vitres, l'expression de son visage lorsqu'il jouirait. Comment s'y prenait-il pour la mettre dans cet état ? Elle frissonna tandis que ses doigts se resserraient sur les siens, comme s'il lisait dans ses pensées.

— Je crois que tu as déjà fait des choses avec moi auxquelles tu ne t'attendais pas.

Avant qu'elle pût répondre quoi que ce soit, un jeune homme s'approcha d'eux : sa grand-mère, une de ses plus grandes admiratrices, était incapable de se déplacer à cause de son arthrite. Pouvait-il venir la voir quelques minutes ?

— Vas-y, l'encouragea-t-elle. Je vais continuer un peu la visite.

— On se retrouve ici ? Tu peux réfléchir à ma proposition, pendant ce temps.

— J'y serai, répliqua-t-elle.

Dix minutes plus tard, il n'était toujours pas revenu, ce qui ne la surprit pas. D'après ce qu'elle avait pu voir le week-end de la course, il ne refusait jamais de passer un petit moment avec sa famille ou ses fans.

Et cela tombait à pic, elle avait besoin de quelques instants toute seule pour réfléchir. Elle se trouvait prise dans une tempête de sentiments contradictoires. Elle aurait voulu se réjouir du lien de plus en plus profond qui s'établissait entre Harrison et elle, mais la culpabilité et le sens du devoir l'en empêchaient. Non, décidément, elle ne pouvait pas continuer à sortir avec lui tranquillement, alors que Zoe comptait sur elle pour faire souffrir son ex-mari. Elle devait tenir parole, agir, et tant pis si cela signifiait la fin de leur histoire.

Précisément à ce moment, Tristan apparut dans son champ de vision. Il fendit la foule comme s'il était la personne la plus importante dans la pièce, suivi de près par un cortège d'invités aussi bien que d'invitées. Elle ne partageait pas leur sentiment, mais pouvait les comprendre : avec ses traits virils et réguliers et sa carrure puissante, il était difficile de lui rester indifférent.

Cette fois, il ressemblait plus à un lion en majesté qu'à un guépard affamé, mais il avait l'air tout aussi dangereux. C'est pourquoi elle pâlit lorsque, se sentant observé, il tourna la tête dans sa direction. Aussitôt, il vint vers elle. Se maudissant de son manque de discrétion, elle plaqua un masque souriant et détendu sur son visage.

— Voilà que nous nous rencontrons à nouveau, dit Tristan en la détaillant avec un intérêt qu'il n'avait pas montré la première fois. London, c'est bien cela ?

— Oui.

Elle prit la main qu'il lui tendait et la serra brièvement, résistant à l'envie de reculer aussitôt.

— Je suis surprise que vous vous souveniez de moi. Nous nous sommes à peine parlé lors du gala de charité de votre tante.

— Vous êtes une femme superbe, déclara-t-il, une lumière avide dans le regard. J'ai tout de suite pensé que j'aimerais faire plus ample connaissance avec vous.

De cela, elle doutait fortement : il lui avait à peine accordé quelques secondes d'attention avant de se diriger vers une autre invitée, au décolleté vertigineux. Alors pourquoi s'intéressait-il autant à elle maintenant ?

Confuse, elle se força à sourire poliment.

— Je suis flattée.

— Vous avez l'air d'appartenir à cet univers aussi peu que moi.

Elle aurait peut-être pensé de même quelques semaines

plus tôt. Elle parcourut la salle du regard, réalisant à quel point l'ambiance était différente de celle du gala où elle avait rencontré Harrison et son frère. Ce soir-là, les femmes portaient toutes des robes de créateurs et ruisselaient de bijoux. Les invités élégants parcouraient la salle de bal en distribuant des politesses d'un ton mielleux.

Aujourd'hui, la plupart des invités portaient un jean et le T-shirt de l'équipe, plus rarement une veste de costume ou une robe. Elle faisait tache avec les escarpins léopard de Maribelle et sa petite robe noire très classique. Tout comme lors du week-end à Richmond, sa tenue dénotait qu'elle n'avait pas grand-chose en commun avec ces gens sans prétention. Pas étonnant que Tristan l'ait abordée : il portait un costume gris foncé plus approprié à un yacht-club qu'à un chapiteau comme celui-ci.

— J'avoue que ce n'est pas mon milieu habituel, finit-elle par répondre.

C'était peut-être vrai, mais elle n'aimait pas cela.

— J'en déduis que vous n'avez rien à voir avec Crosby Motorsports ? reprit-elle.

— En effet. C'est mon frère qui aime se salir les mains.

Le ricanement qui accompagnait cette phrase révélait son mépris pour Harrison, et le contraste entre les deux frères ne lui en parut que plus grand.

— Sa carrière de pilote le rend embarrassant pour notre famille.

Avait-il la moindre idée de sa relation avec son frère ? Elle en doutait.

— Il est plutôt doué pour ça, rétorqua-t-elle.

— Doué…

De nouveau, il balaya son corps du regard, s'attardant sur son décolleté.

— Dites-moi que vous n'êtes pas une de ces groupies des circuits. Vous m'avez l'air un peu trop distinguée pour ça.

Il exposait si clairement ses préjugés négatifs qu'elle en resta un instant bouche bée. Cependant, alors qu'elle cherchait quoi répondre, elle se rendit compte qu'elle aussi s'était montrée intolérante au début, avant d'apprendre à connaître Harrison. Honteuse, elle se mit à rougir.

— Ça vous dirait de sortir d'ici ?

La main de Tristan s'arrondit sur sa hanche, s'attardant plusieurs secondes comme pour tester sa réaction. Elle était bien trop choquée pour pouvoir faire quoi que ce soit, ce qu'il prit comme un encouragement. Sa main descendit vers le bas de ses reins et il pressa ses fesses de manière suggestive.

— Ma maison est à vingt minutes de route.

Elle pensa à la clé USB qui dormait au fond de son sac. Quelle excuse donner à Harrison si elle s'enfuyait avec Tristan et réussissait à copier les informations de son disque dur ? Son esprit bouillonnait alors qu'elle rejetait la douzaine de justifications possibles qui lui étaient venues en tête. Aucune ne semblait à la hauteur.

— Je...

Elle ne put achever sa phrase : Harrison entra dans la pièce et l'aperçut immédiatement en compagnie de son frère. Les sourcils froncés, il vit avec un mélange d'irritation et de confusion l'endroit où la main de Tristan avait atterri. Elle recula comme si on l'avait brûlée et essaya de capter son regard alors qu'il s'approchait d'eux, mais toute son attention était fixée sur son frère.

— Qu'est-ce que tu fais là ? demanda Harrison d'un ton hostile.

— Je suis le directeur de Crosby Auto.

— Cela ne répond pas à ma question.

— C'est une entreprise familiale.

— Et tu as bien précisé que tu ne voulais pas avoir affaire à nous. Ou plutôt c'est ce que tu disais avant que les profits ne commencent à diminuer. Alors quoi ? Est-ce que tu espères convaincre Jack de t'aider financièrement ?

L'expression de Tristan s'assombrit.

— Je n'ai besoin ni de ton aide ni de la sienne. Et ta petite fiesta est ennuyeuse à mourir. J'ai mieux à faire.

Avec un soupir exagéré, il reporta les yeux sur elle et désigna la porte.

— On y va ?

Harrison la regarda, les yeux écarquillés. Elle ouvrit la bouche pour s'expliquer, mais aucun son ne put en sortir. Pourquoi n'avait-elle pas dit dès le début qu'elle sortait avec lui ? Décidément, le complot n'était pas son fort.

— Elle ne va nulle part avec toi, déclara Harrison.

— Pourquoi ne laisses-tu pas la demoiselle décider par elle-même ?

— En fait, je suis venue avec Harrison.

Hélas, son aveu arrivait trop tard, en plus d'être insuffisant. Elle ne pouvait plus continuer à jouer sur les deux tableaux. Il fallait choisir entre rester avec Harrison et se venger de son frère, et il le fallait maintenant.

Un rire contenu dans la voix, Tristan demanda :

— Vous êtes ensemble, tous les deux ?

— Euh…, se défila-t-elle.

— Oui.

Quant à Harrison, il n'avait pas eu la moindre seconde d'hésitation.

Cette fois, Tristan se mit à rire franchement de leurs réponses divergentes. Elle risqua un regard vers Harrison, et dans ses yeux bleu-vert elle vit tout son avenir. La beauté de ce futur la frappa en plein cœur, et elle eut soudainement envie de pleurer. Elle avait tout gâché.

Tristan lui serra brièvement le bras.

— On dirait que vous avez besoin de mettre certaines choses au clair. Si vous en avez assez de vous encanailler avec celui-là, passez-moi un coup de fil.

Elle resta silencieuse, mordillant l'intérieur de sa lèvre alors qu'il s'éloignait. Les mots se pressaient sur ses lèvres, mais l'anxiété les empêchait de sortir. Elle venait de laisser passer une occasion d'accomplir sa mission, en laissant ses sentiments pour Harrison prendre le dessus.

— Je croyais qu'on était sur la même longueur d'onde, commença-t-il. Si nous ne sommes pas ensemble, alors quel est notre lien ?

— Je ne sais pas.

Elle aurait voulu éviter ses questions, mais il méritait de l'honnêteté.

— Ce n'était pas censé devenir compliqué, reprit-elle.

— C'est parce que je ne suis pas un homme pour toi ?

— Pardon ?

Au contraire, elle commençait à penser qu'il était le seul homme sur terre pour elle.

Il jeta un coup d'œil vers son frère.

— Est-ce que tu penses qu'il te rendrait plus heureuse ? Tristan est incapable de faire passer les sentiments de qui que ce soit avant les siens.

— Ton frère ne m'intéresse pas.

Du moins, pas de cette manière... Mais comment le lui expliquer sans révéler toute la vérité ?

— En fait, j'étais même en train de te défendre quand il a commencé à me faire des avances. Tu es arrivé avant que j'aie eu le temps de réagir.

Il la considéra pendant un long moment, et ce qu'il lut sur son visage sembla le convaincre.

— Je n'ai pas besoin que tu me défendes.

— Je sais.

Malgré tout, elle voyait bien qu'il appréciait. Elle prit sa main dans les siennes et se rapprocha de lui.

— Mais il était hors de question que je reste là à l'écouter déprécier ce que tu fais.

— Il me semble que tu pensais comme lui, il y a quelques semaines, dit-il en la serrant contre lui.

— Raison de plus pour te soutenir maintenant. J'étais pleine de préjugés. Tu fais ce que tu aimes et personne n'a le droit de te juger pour cela, pas même ton frère.

— Bon ! Je te pardonne, dit-il en prenant son visage entre ses mains pour l'embrasser.

Combien de temps ils restèrent enlacés au milieu de la foule, elle n'aurait su le dire ; mais lorsqu'il la relâcha elle était encore secouée. Quel genre de sorcellerie pratiquait-il pour qu'elle perde toute dignité et toute réserve lorsqu'elle était dans ses bras ?

Elle n'avait jamais fait cela auparavant, et elle adorait chaque seconde passée avec lui.

Par contraste, sa relation avec Linc avait toujours été tout à fait... convenable. Jamais elle ne se serait jetée à son cou pour l'embrasser en public. Elle avait toujours fait très attention à respecter les convenances. Avec Harrison, même s'il avait aussi une certaine notoriété, elle n'y pensait jamais.

— Je suis désolée, murmura-t-elle quand leurs lèvres se séparèrent.

— Pour quoi ?

Pour tellement de choses...

— Quand je suis avec toi, c'est à la fois excitant et effrayant, et beaucoup plus intense que tout ce que j'ai pu vivre auparavant.

Il déposa un baiser sur son front.

— Pour moi, c'est l'inverse. Être avec toi me rend plus calme et détendu, et j'ai l'impression de me trouver exactement à ma place.

À ces mots, les larmes lui montèrent aux yeux. Elle ne méritait pas le bonheur qu'il lui apportait. Essuyant le coin de ses paupières d'une manière qu'elle espérait discrète, elle lui prit la main et soupira profondément.

— Prête à aller dîner ?

— Je te suis. Eh bien, c'est quelque chose, ici !

London contemplait l'écurie dernier cri, les paddocks, le terrain de polo, les pâturages des chevaux et l'immense maison de la propriété de Tristan.

Elle scannait l'habitation depuis l'extérieur, cherchant un moyen de s'y introduire pour accomplir sa mission. Elle se sentait terrifiée. Que se passerait-il si elle se faisait prendre ? Si le programme ne fonctionnait pas, si les données ne se trouvaient pas dans son ordinateur ? Tant de choses pouvaient faire échouer leur plan.

Comme Everly l'avait prévu, Harrison l'avait invitée au match de polo qu'organisait son frère au profit d'associations de charité. Elle avait souvent assisté à ce genre d'événements avec Linc ; ce match annuel en particulier était une manifestation qu'il n'aurait ratée pour rien au monde. Elle devait donc s'attendre à le croiser aujourd'hui. Serait-il surpris qu'elle soit venue avec Harrison ?

Si les rumeurs à propos de Claire et lui étaient vraies, il ne s'en préoccuperait probablement même pas.

— J'ai du mal à imaginer combien tout cela doit coûter, continua-t-elle, l'anxiété la rendant maladroite. Et tu me dis que Tristan a aussi une maison en ville ? Crosby Auto doit vraiment bien tourner.

Harrison la regardait d'une manière étrange. En avait-elle encore trop dit ?

— Je veux dire : c'est tout de même un sacré bien immobilier.

— Je suppose, oui. Je n'y ai jamais vraiment réfléchi.

— Et tous ces chevaux ! Il doit dépenser une fortune pour les entretenir.

— London, tu n'es vraiment pas douée pour tourner autour du pot. Qu'est-ce qu'il y a ?

— Je suis peut-être trop curieuse, mais j'ai entendu dire que son ex-femme n'avait presque rien eu après le divorce parce que les finances de Tristan n'étaient pas au beau fixe.

Il haussa une épaule.

— C'est peut-être ce qu'elle dit, mais il me semble que cette situation est plutôt liée à certaines clauses de son contrat de mariage qu'elle n'aurait pas respectées.

— Oh.

Elle savait à quoi il faisait référence, à savoir la prétendue infidélité de Zoe ; mais, bien sûr, elle ne pouvait pas le détromper sans expliquer d'où elle tenait ses informations.

— Tu n'y crois pas ? demanda-t-il, prouvant une fois de plus sa troublante capacité à lire dans ses pensées.

— Si, j'imagine que c'est logique.

Consciente d'avoir éveillé ses soupçons, elle chercha dans la foule des invités un moyen de détourner la conversation. Malheureusement, la première personne qu'elle repéra fut Everly. Elle se tendit aussitôt, comme chaque fois qu'elle la voyait. Toujours à l'affût de ses moindres changements d'humeur, il lui caressa longuement le dos.

— Quelque chose ne va pas ?

Elle chercha une excuse valable, mais rien ne lui vint à l'esprit.

Devant ce silence, il suivit son regard pour tenter de trouver ce qui avait bien pu la troubler. Non loin d'Everly, Linc et sa sœur se promenaient parmi les invités. Il avait l'air heureux. Visiblement, sa nouvelle vie lui réussissait.

Au contraire, elle avait les nerfs en pelote, et son estomac réagissait comme si elle se trouvait sur un bateau en pleine tempête. Depuis son premier dîner avec Harrison, environ un mois auparavant, la souffrance causée par la rupture de ses fiançailles était devenue un lointain souvenir. Ils avaient dormi ensemble presque tous les soirs après la première fois, soit chez elle, soit chez lui. Parfois, elle s'étonnait de ne plus avoir du tout envie de sortir dîner, ou de passer une soirée avec Beau et Maribelle. C'était grisant, d'avoir Harrison tout à elle ; dès qu'il était là, elle nageait dans le bonheur.

— Ah, je vois, dit-il, la ramenant à l'instant présent.

Il avait repéré Linc et croyait qu'il était la cause de sa tension.

— Est-ce que ça va aller ?

— Oui, bien sûr. Tout va bien.

— Tu es sûre ?

Même s'il semblait inquiet pour elle, son expression reflétait aussi un certain mécontentement. Et elle comprenait sans difficulté : comment se sentirait-elle si Harrison et son ex-fiancée se trouvaient invités à la même fête ? Pas très bien, certainement.

— Oui, j'en suis certaine, dit-elle en accentuant bien le dernier mot, essayant de se rassurer elle-même autant que lui. C'est de l'histoire ancienne. Merci de t'inquiéter pour moi.

Et, parce que les actes étaient toujours plus parlants que les mots, elle agrippa sa veste de costume et l'attira contre elle. Malgré ses talons hauts, il devait encore pencher la tête pour l'embrasser. Comme d'habitude, le baiser lui fit perdre toute notion du réel, et, s'ils ne perdirent pas le contrôle de la situation, ce fut uniquement grâce à lui. Si cela n'avait tenu qu'à elle, elle l'aurait attiré dans un coin pour glisser les doigts sous sa chemise. Ils étaient tous les deux légèrement vacillants lorsqu'ils se séparèrent.

— Eh bien, dit-il, tu me surprends, parfois.

— C'est une bonne chose, non ?

— Et comment. On va chercher des sièges ?

Ils trouvèrent deux places, donnant sur le centre du terrain de polo, et s'installèrent. Pendant tout le match, elle eut du mal à se concentrer. Des images de leur réveil ensemble ce matin tournaient en boucle dans sa tête. Ses mains dansant contre sa peau, encore et encore, jusqu'à ce qu'elle le supplie de...

Brusquement, sa rêverie fut interrompue : quelques sièges plus loin, Everly la fixait d'un air irrité. Elle lança ensuite un regard appuyé dans la direction de Linc. Celui-ci discutait avec des amis, mais de toute évidence son attention était ailleurs : il regardait une jolie jeune femme brune disposer des paniers de pique-nique pour le déjeuner. Claire Robbins, la gouvernante. La rumeur était donc justifiée, et elle en ressentait... Eh bien, elle ne ressentait rien, en réalité. Elle avait donc définitivement tourné la page !

Le sourire aux lèvres, elle se tourna vers Harrison, mais il était concentré sur le match. Même si elle brûlait de partager sa joie avec lui, elle resta silencieuse. La présence d'Everly lui avait douloureusement rappelé pourquoi elle était venue aujourd'hui.

La mission qu'elle s'apprêtait à accomplir la tourmenta pendant tout le deuxième match, et aussi pendant le déjeuner qui suivit. La nourriture était aussi variée que copieuse, et, même si elle n'avait fait que goûter à tout, elle se sentait légèrement somnolente lorsqu'elle eut terminé.

— C'était délicieux, fit-elle en se laissant aller contre le dossier de sa chaise.

Harrison désigna du doigt les gâteaux et les mousses au chocolat, les tartes diverses, les minicheesecakes et autres douceurs qui attendaient sur une table.

— Je n'ai vraiment plus faim. Va te servir tranquillement, je vais trouver le petit coin et je reviens.

C'était l'occasion qu'elle avait attendue toute la matinée. Avec la foule qui envahissait la propriété, il fut étrangement facile de s'introduire dans la maison. Elle fut presque déçue de ne pas trouver les portes verrouillées. Et si quelqu'un l'avait vue entrer ?

Redressant le menton, elle inspira à fond pour se calmer. Le mieux qu'elle pouvait faire était d'en finir le plus vite possible.

Moins de cinq minutes lui furent nécessaires pour trouver le bureau de Tristan. Le cœur battant à tout rompre, elle se glissa à l'intérieur et ferma la porte. Si quelqu'un la trouvait assise derrière son ordinateur, elle n'aurait aucune excuse à fournir. C'était de la folie. Est-ce que tout cela valait vraiment qu'elle détruise sa relation avec Harrison ?

Une boule se forma dans sa poitrine. Elle voulait désespérément passer plus de temps avec lui. Encore plus de conversations, de petits déjeuners ensemble, de nuits aussi. Plus de semaines pour développer ce lien intime qui s'était tissé entre eux. Plus d'années pour construire sa vie avec lui.

Mais tout cela n'était qu'un fantasme, elle le savait. Aucun avenir n'était possible avec lui. L'endroit où elle se trouvait actuellement prouvait assez de quel côté penchait sa loyauté.

Envahie par un brusque sentiment d'impuissance, elle s'adossa contre le mur, laissant son regard errer autour de la pièce. Elle ressemblait à beaucoup de bureaux masculins, avec deux murs lambrissés de bois sombre, deux autres portant des scènes de chasse et des étagères de livres. L'unique fenêtre était encadrée de lourds rideaux de drap vert. Depuis ses pieds jusqu'au bureau en acajou sculpté s'étendait un luxueux tapis persan.

Bouge.

Plus elle restait là à tergiverser, plus elle risquait de se faire prendre. De surcroît, Harrison pouvait aussi se mettre à sa recherche.

Elle se sentit ridicule en marchant sur la pointe des pieds jusqu'au bureau, mais après tout autant se comporter comme ce qu'elle était : une voleuse. D'une main tremblante, elle alluma l'ordinateur. Sans surprise, une photo de Tristan, l'air arrogant sur un de ses chevaux de polo, s'afficha à l'écran.

Le cœur battant d'appréhension, elle trouva rapidement où insérer la clé USB. Si elle voulait passer à l'acte, c'était maintenant ou jamais ; pourtant, elle hésitait encore.

Soudain, le rire aigu d'une femme et une voix de basse profonde, de plus en plus proches, parvinrent à ses oreilles. Elle sauta de sa chaise, l'envoyant valser contre le mur. Le bruit parut résonner à l'infini dans la maison silencieuse. Cherchant un endroit où se cacher, elle se souvint des rideaux. Une seconde plus tard, elle était entièrement dissimulée par un des lourds tissus qui tombait jusqu'à ses pieds.

Le cœur tambourinant dans sa poitrine, elle resta ainsi, encore et encore, s'attendant à voir la porte s'ouvrir d'une seconde à l'autre. Était-ce Tristan qu'elle avait entendu parler ? Elle repensa à leur deuxième rencontre, lors de la fête de fin de saison à Crosby Motorsports. Nul doute qu'il avait toute une collection de femmes à sa disposition. Les appétits insatiables de cet homme n'étaient pas une simple rumeur.

Elle ne sut jamais combien de temps elle avait passé derrière ce rideau, mais elle finit par se rendre compte que personne n'allait entrer. Elle écarta le tissu et jeta un dernier regard à l'ordinateur avant de retraverser la pièce. Retenant sa respiration, elle entrouvrit la porte pour vérifier qu'il n'y avait personne dans le couloir, puis se dirigea vers la sortie à grandes enjambées. Ce n'est qu'une fois arrivée dehors qu'elle s'autorisa enfin à prendre une grande gorgée d'air frais. Mais son soulagement fut de courte durée : une voix familière retentit à ses oreilles.

— Alors, tu l'as fait ?

Elle se retourna vivement et aperçut Everly qui l'attendait, debout à côté de la porte, le regard farouche.

— Je n'ai pas pu.

— Le programme n'a pas fonctionné ?

En sortant de son sac la fameuse clé USB, elle se demanda si elle aurait fini par l'utiliser, sans cette interruption. C'était une question qu'elle se posait depuis longtemps : jusqu'où était-elle prête à aller pour se venger ? D'autant plus qu'elle ne se sentait plus du tout blessée ni trahie.

Lorsque Everly, Zoe et elle avaient concocté ce plan, elle se remettait à peine du choc de la rupture, et était encore d'humeur rancunière. Mais maintenant Harrison était entré dans sa vie, et elle se rendait compte que Linc n'était pas le seul homme pour elle sur terre ; qu'il ne l'avait peut-être même jamais été.

— Je n'ai pas essayé, avoua-t-elle.

— Pourquoi ?

— Je ne suis pas sûre qu'on soit en train de faire une bonne chose.

— Et pourquoi ça ? Parce que tu sors avec Harrison ? D'un seul coup, ça ne te dérange pas de reprendre ta parole, simplement parce que tu es heureuse avec lui ? Crois-tu que ce soit juste pour Zoe ? En ce moment, elle vit dans la remise de la boutique qu'elle a ouverte et n'arrive même pas à payer son loyer.

Elle ne s'était pas doutée que la situation de Zoe était devenue aussi critique.

— Je lui donnerai de quoi se remettre sur les rails.

Everly eut un grognement exaspéré.

— Tu ne peux pas l'aider de cette manière. Nous sommes censées ne pas communiquer entre nous.

— Qu'est-ce que tu fais là, dans ce cas ? En plus, si tu en sais autant sur Zoe, c'est que tu l'as vue aussi.

— Je fais juste ma part du boulot. Si tu ne remplis pas la tienne, Zoe n'a plus aucune raison de se venger de Ryan. Cet homme a détruit la vie de ma sœur et j'entends bien le faire payer.

La brutalité de son ton la sidéra.

— Je ne sais pas. Je n'ai pas signé pour tout ça.

— Écoute-moi bien, intima Everly, se rapprochant d'elle un peu plus à chaque mot. Nous avons conclu un pacte, et tu vas le respecter.

— Les pactes peuvent être rompus.

Brusquement, l'attitude d'Everly changea du tout au tout, et elle redevint calme et posée.

— Je pensais bien que cela finirait par arriver. Mais je t'assure que tu ne vas pas rompre ta promesse.

— Qu'est-ce que tu comptes faire pour m'arrêter, au juste ?

Elle avait affiché une confiance qu'elle était loin de ressentir. En effet, les changements d'humeur soudains de son adversaire l'inquiétaient de plus en plus. Était-elle en train de parler avec une folle ?

— J'ai déjà accompli ma mission : la vie de Linc va être détruite à jamais. C'est ce que je t'avais promis. Maintenant, tu as une dette envers moi et envers Zoe.

— Je ne joue plus.

Elle commença à battre en retraite, mais Everly l'attrapa soudain par le bras.

— Lâche-moi immédiatement.

— Si tu te rétractes, je révèle tout à Harrison.

Luttant contre la panique qui l'envahissait, elle réfléchit à toute allure. Le seul moyen d'arrêter Everly était de minimiser ses sentiments pour lui.

— Tout ce que tu vas faire, c'est démolir notre plan. J'ai utilisé Harrison pour arriver à Tristan. Il ne signifie rien pour moi. Si tu lui révèles ce que j'ai fait, c'est nous trois qui allons être découvertes.

Cela dit, elle se dégagea vivement, sentant encore l'empreinte des ongles d'Everly sur son bras. Elle se mit à marcher le plus vite possible, consciente qu'elle était partie trop longtemps. Parcourue par un frisson d'adrénaline, elle se sentit rougir de la tête aux pieds. Elle ne pouvait décemment pas rejoindre Harrison dans cet état : il voudrait forcément savoir ce qui n'allait pas, et que pourrait-elle répondre ?

À ce moment précis, son regard tomba sur un petit groupe de personnes, dans lequel se trouvaient deux visages qui ne lui étaient que trop familiers. D'après l'expression dévastée de Claire Robbins et l'angoisse qui émanait de Linc, en face d'elle, elle comprit que les plans d'Everly, quels qu'ils fussent, avaient bien fonctionné.

Le regret et la colère faisaient rage en elle alors qu'elle s'éloignait le plus vite possible. Mon Dieu, qu'avait-elle fait ? Linc ne méritait pas de voir sa vie détruite pour avoir rompu ses fiançailles avec elle. Il avait eu raison : ils ne formaient pas un couple bien assorti. Mais elle avait été trop occupée à patauger dans son sentiment d'échec personnel pour le remarquer.

Les larmes lui montèrent aux yeux. Elle était coincée, maintenant que la meneuse du trio avait fait sa part du travail. Plus aucune chance de s'échapper.

Elle se dirigea vers le chapiteau où le déjeuner avait été servi, maintenant désert. Elle avait besoin d'un verre d'eau et d'un moment pour se calmer.

La menace proférée par Everly la terrifiait. Aucun doute, elle serait capable de la mettre à exécution, même si cela risquait de révéler leur implication à toutes les trois. Cette femme était clairement folle. Ou était-ce elle-même qui avait perdu la raison ?

Harrison avait terminé son dessert, et toujours pas trace de London. Il commençait à se demander sérieusement où elle était passée.

La journée avait pourtant bien commencé ; le temps était magnifique pour une fin novembre, et son optimisme allait de même. Il considérait que leur première sortie en tant que couple dans la bonne société de Charleston révélerait quelque chose à propos de leur relation.

Ce qui avait été le cas. Mais pas de la manière qu'il aurait voulue.

Depuis le moment où il avait surpris London en train d'épier Linc Thurston, il ne s'était pas senti tranquille. En fait, il ne se sentait pas tranquille depuis le jour où elle avait admis que sa mère n'accepterait pas leur relation.

En temps normal, il ne se préoccupait jamais de l'opinion des autres, mais plus il devenait proche de London, plus il se demandait à quel moment sa mère ferait pression sur elle pour qu'elle sorte avec quelqu'un de plus convenable. Et, quand cela arriverait, se battrait-elle pour eux, ou se plierait-elle aux exigences de sa mère ? Cette question le tourmentait chaque jour un peu plus.

Après ces quelques semaines ensemble, il commençait à la connaître assez bien, et il avait constaté un changement notable chez elle. Elle s'était d'abord montrée froide, voire acide avec lui ; mais, une fois qu'il avait pu accéder à la femme cachée sous les tailleurs de grande marque, il avait découvert un mélange complexe d'ambition, de passion et de vulnérabilité qui l'avait intrigué, mais aussi incité à ne pas aller trop vite.

Ses défenses s'abaissaient ou se relevaient au gré de son

comportement envers elle, selon la manière dont il s'y prenait pour sonder ses émotions. En tout cas, une chose était sûre : il ne pouvait plus faire marche arrière. Il n'était pas du genre à abandonner, et elle méritait qu'on lutte jusqu'au bout pour elle.

— Ah, te voilà !

Le grand sourire qu'elle affichait ne parvenait pas à effacer les ombres dans son regard.

— Je t'ai cherché partout.

— Content que tu m'aies trouvé.

Il tendit la main, souriant de voir la sienne, si menue et délicate, s'y glisser immédiatement. Dix jours plus tôt, elle n'aurait jamais accepté ce geste si simple et si intime à la fois. En peu de temps, elle s'était sentie très à l'aise avec lui ; pourquoi, alors, avait-il ce pressentiment que tout s'apprêtait à basculer ?

— Tu t'es bien amusée ?

— Oui, beaucoup. Cela m'a donné envie de me mettre au polo.

— Vraiment ? Tu fais de l'équitation ?

— J'en faisais, plus jeune. C'est mon père qui m'a appris, il adore la chasse à courre.

— Ça se fait encore, ce truc-là ?

— Tous les mardis, jeudis et dimanches pendant la saison.

Il secoua, la tête, médusé.

— Je ne l'aurais jamais cru.

— Est-ce qu'on peut y aller ? demanda-t-elle sans crier gare. J'ai envie d'être seule avec toi.

— Rien ne me rendrait plus heureux.

Malgré tout, une question le tourmentait : voulait-elle vraiment rester seule avec lui, ou juste s'enfuir d'une fête où son ex-fiancé était venu avec quelqu'un d'autre ? Pour ne rien arranger, elle sembla préoccupée pendant tout le trajet de retour à Charleston.

— Ça te dit, d'aller boire un verre ? demanda-t-il, rompant le silence dans la voiture. Il n'est pas très tard.

Un quart d'heure après, ils étaient installés dans l'un des petits boxes chaleureux du Gin Joint, un des bars les plus courus de Charleston, et sirotaient leur boisson. L'endroit se vantait de ses cocktails maison aux noms farfelus, qui changeaient à chaque saison.

Elle choisit la boisson parfaite pour l'automne, un Continental Army à base de calvados, sirop de cumin, citron, orange amère, Falernum, sucre roux et éclats de pomme.

— Délicieux, commenta-t-elle en le sirotant.

Le silence retomba alors qu'ils consultaient la carte des snacks. N'y tenant plus, il se décida à amener le sujet de son ex-fiancé.

— Bon, je ne sais pas comment t'en parler, alors je vais le faire simplement.

Elle releva la tête, surprise.

— Aujourd'hui, après avoir vu Linc, tu as paru complètement bouleversée.

— Non, pas du tout.

Elle mentait terriblement mal, mais il décida de ne pas insister et passa à sa deuxième question.

— Est-ce que tu as parlé de nous à ta mère ?

Il fit la grimace. C'était un peu trop direct.

— Je te pose la question parce que je vois un avenir pour nous deux.

— Tu es sérieux ?

Si c'était possible, elle avait l'air encore plus étonnée.

— Je pense à toi tout le temps quand nous ne sommes pas ensemble. Cela ne m'était jamais arrivé.

— Mais on se connaît à peine.

Voilà qui n'était pas fait pour le rassurer. Étaient-ils, oui ou non, sur la même longueur d'onde ?

— Je ne parle pas de se marier demain. C'est juste que je n'arrive pas à envisager ma vie sans toi.

Il se pencha vers elle et la regarda dans les yeux.

— J'ai besoin de savoir si tu ressens la même chose.

— Je… Je ne sais pas, c'est tellement…

Son regard plongea à nouveau vers la table et une expression torturée passa sur ses traits.

— Je suis bien avec toi, vraiment. Mais je n'ai pas encore pensé à l'avenir.

Il se renfonça dans son fauteuil, déçu par sa réponse. Certes, on pouvait lui attribuer la médaille de l'honnêteté, mais ce n'était pas ce qu'il avait espéré. Luttant contre son mécontentement à l'idée de lui avoir livré ses sentiments tandis qu'elle restait sur ses gardes, il reprit :

— Dans ce cas, tu serais la première femme que j'ai connue à ne pas l'avoir fait. C'est à cause de mon métier ?

— Tu veux dire la Formule 1 ? Non.

Il eut un petit reniflement incrédule, et elle tendit les bras pour poser ses deux mains sur les siennes.

— Mes fiançailles se sont terminées il y a seulement deux mois. J'étais avec Linc depuis trois ans. Je commençais juste à chercher qui j'étais quand tu es arrivé dans ma vie.

— Je crois que c'est une mauvaise excuse. Tu sais très bien qui tu es. La question est plutôt de savoir si cette personne peut s'imaginer avec un homme comme moi. Je ne suis pas de ceux que ta mère approuverait. Je n'ai aucun intérêt pour les hautes sphères sociales de Charleston. Notre fille n'irait jamais au bal des débutantes. Mais je te promets que tu ne regretterais pas un seul jour de notre vie ensemble.

— Harrison...

Elle cligna des yeux rapidement pour combattre les larmes qui commençaient à monter, et poussa un long soupir.

— À toi de voir ce qui est important pour toi.

— Tu dois penser que je ne suis qu'une poseuse. Je sais ce que les gens disent de moi, que je n'étais pas amoureuse de Linc. D'ailleurs, c'est probablement vrai : si nous sommes restés fiancés deux ans sans jamais fixer une date pour le mariage, c'est qu'il y avait une raison. Et puis, après tout, il m'a quittée pour une autre. Est-ce que j'ai vraiment ce qu'il faut pour garder un homme sur le long terme ?

Ces derniers mots le laissèrent bouche bée. Était-ce cela qui l'inquiétait ? Elle ne se trouvait pas désirable ? Comment était-ce possible alors qu'il lui avait prouvé le contraire tant de fois ?

— Tu as seulement choisi le mauvais partenaire la dernière fois. Aie confiance en ce que tu es, en ce que tu veux.

Il retourna sa main pour que leurs paumes se rencontrent, mais elle ne voulait toujours pas le regarder, ce qui lui faisait mal.

— Tu as tout ce qu'il faut pour garder un homme pour toujours.

Elle en eut le souffle coupé.

— Tu ne devrais pas dire cela.

— Pourquoi ? Tu penses que je ne suis pas sincère ?

— Je pense que tu as encore beaucoup de choses à apprendre sur moi, et que cela pourrait te faire changer d'avis.

Il n'avait aucune idée de ce qu'elle pouvait bien vouloir dire. Comment la sortir de cette humeur sinistre ?

— J'imagine que c'est pareil pour moi, tu sais. Tout ce que je te demande, c'est de continuer à explorer ce qu'on peut être l'un pour l'autre.

— Je crois que je peux faire ça.

Elle prit une gorgée de son cocktail et plaqua un sourire éclatant sur ses lèvres.

— On pourrait rentrer chez moi et continuer cette... exploration dont tu parlais. Qu'est-ce que tu en penses ?

Il jeta un billet sur la table, se leva et lui tendit la main.

— Allons-y.

À peine eurent-ils refermé la porte de son appartement qu'elle le repoussa sans ménagement contre le mur. La seconde d'après, elle pressait son corps contre le sien, agrippant ses cheveux alors que ses lèvres s'écrasaient sur les siennes. La passion de son baiser le laissa incapable de toute pensée cohérente. Il ne comprenait pas cette soudaine frénésie qui montait en elle ; tout ce qu'il pouvait faire, c'était s'y abandonner.

Glissant lui aussi les doigts dans ses cheveux soyeux, il savoura la douceur de ce contact tandis que son autre main descendait le long de son dos pour s'arrêter sur ses fesses. Il la souleva légèrement pour la serrer un peu plus contre son érection naissante, et aussitôt elle frissonna. Sans crier gare, elle lui infligea une cuisante morsure à la base du cou, rapidement apaisée par la douce caresse de sa langue.

— Je vais te donner du plaisir comme tu n'en as jamais eu auparavant, murmura-t-elle contre son oreille.

Ses doigts filèrent le long de son torse, puis de son ventre, jusqu'à atteindre sa ceinture.

Ses mots eurent aussitôt l'effet escompté, et bien plus encore. Son érection lui faisait presque mal, à présent. Il n'aurait jamais cru cette femme si douce et réservée capable de parler ainsi, ou de prendre à ce point les choses en main. Cette nouvelle facette de sa personnalité le rendait – si c'était possible – encore plus fou de désir.

— J'ai hâte de voir ça, répondit-il en la jetant par-dessus son épaule pour se diriger vers sa chambre.

Devant ces manières peu civilisées, elle eut un petit cri d'indignation, et il lut sur son visage qu'elle avait l'intention de lui faire payer cet affront. Il se débarrassa de sa veste et de sa cravate, puis attaqua les boutons de sa chemise. Il avait hâte de voir ce qu'elle lui réservait.

Avant même qu'il ait eu le temps d'enlever ses chaussures, les vêtements de London étaient déjà empilés proprement sur la commode. Entièrement nue, les mains sur les hanches, elle le regarda enlever son pantalon. Lorsqu'elle vit enfin l'érection qui gonflait son boxer, un petit sourire se forma sur ses lèvres.

Elle s'avança vers lui et agrippa le bord de son caleçon, faisant passer le tissu par-dessus son membre durci avant de le laisser glisser jusqu'au milieu de ses cuisses. L'air frais sur sa peau brûlante le fit frissonner, mais déjà ses doigts impatients se refermaient autour de lui. Ses caresses à la fois douces et fermes le transportèrent dans un autre monde.

— Sur le lit, ordonna-t-elle, que je puisse finir de retirer ce bout de tissu inutile.

— Bien, madame.

Il s'empressa d'obéir, admirant le mouvement de ses seins alors qu'elle le déshabillait. Elle le regarda à travers le rideau de ses cheveux défaits qui masquaient son visage, puis, se redressant enfin, elle posa les mains sur ses cuisses, un sourire diabolique aux lèvres.

— Prêt ?

Et, sans même attendre sa réponse, elle se pencha au-dessus du lit.

Ses lèvres effleurèrent le sommet de son érection, mais au lieu de le toucher elle resta en suspens, à quelques millimètres de sa peau. Le désir bouillonnant en lui le mettait au supplice. Et, visiblement, elle avait l'intention de le torturer.

Soudain, un grognement étouffé s'échappa de ses lèvres : elle venait de passer sa langue le long de son sexe, une fois seulement, avant de le reprendre dans sa main pour un va-et-vient langoureux. Ses hanches se soulevèrent du matelas. Elle plaça ses mains sur ses genoux, écartant un peu plus ses jambes pour pouvoir se glisser entre ses cuisses.

L'espace d'une seconde, sa respiration se bloqua. Enfin, elle l'avait pris dans sa bouche. Sa chaleur, son humidité lui firent perdre la tête. Sa langue accompagnait ses mouvements par de longues caresses, et il sentit le plaisir se répandre dans tout son corps. Même s'il avait hâte de fermer les yeux pour se concentrer sur ses sensations, il voulut voir dans son regard si elle aimait ses réactions, si elle profitait elle aussi des sensations qu'elle lui procurait. L'image de ses cheveux blonds répandus sur son ventre, de ses lèvres serrées autour de lui, resterait pour toujours gravée dans sa mémoire.

Ses yeux bleus étincelèrent lorsqu'elle s'aperçut qu'il la regardait, et il eut la confirmation qu'elle appréciait ce moment autant que lui. Il enfouit les doigts dans ses cheveux et les muscles de son ventre se contractèrent. Embrasé par le plaisir, il lutta pour faire durer cet instant magique, mais les flammes envahirent son corps, le feu se répandit dans ses veines, le consumant tout entier. Sa langue s'enroula une dernière fois autour de son érection, et il sentit une première vague de plaisir déferler sur lui. Et puis une autre.

— London... Maintenant.

L'orgasme le frappa comme la foudre, se répandant dans chaque cellule de son corps. Son cœur rata quelques battements, et il resta un moment transpercé par l'incroyable intensité du plaisir, se délectant de ses dernières secousses.

Il ne s'aperçut pas qu'elle l'avait lâché avant que ses lèvres se promènent sur son ventre, remontant jusqu'à la base de son cou, là où elle sentait la pulsation folle de son cœur.

Dès qu'il eut retrouvé assez de force, il serra son corps dénudé contre le sien, parsemant sa nuque de légers baisers.

— Apparemment, tu es du genre à tenir tes promesses, murmura-t-il d'une voix rauque. Je crois que je suis parti dans un autre monde.

Il plaça une main sur sa joue et posa ses lèvres contre les siennes. Son baiser, doux et tendre, exprimait bien plus que tous les mots qu'il aurait pu prononcer.

— Tu n'es pas difficile. On dirait que tu aimes tout.

— Tout ce que tu me fais, oui. J'ai des sensations avec toi que je n'ai jamais eues auparavant. C'est vraiment différent.

Elle parut surprise.

— Tu n'as pas besoin de dire ça...

— Est-ce que j'ai l'air de quelqu'un qui ne parle pas franchement ?

— Non.

— Alors crois-moi. Je ne sais pas ce que tu me fais, mais j'aime ça.

Tandis qu'il parlait, elle s'étirait contre lui, et la caresse de sa peau satinée attisa à nouveau son désir.

— Toi aussi, tu me fais des choses que j'aime beaucoup, répondit-elle, cachant son regard derrière ses longs cils.

Il la fit rouler en dessous de lui et entremêla ses jambes aux siennes. Ses lèvres se promenèrent dans son cou, à la recherche de cet endroit précis qui la faisait frémir.

— Je suis ravi de l'entendre, murmura-t-il, parce que j'ai l'intention de passer le reste de la nuit à te faire toutes sortes de choses. Et je crois qu'on aimera ça tous les deux.

Il était près de 2 heures du matin, et Everly était assise dans sa voiture, devant une supérette ouverte vingt-quatre heures sur vingt-quatre. Elle s'affairait à sortir de son emballage le téléphone prépayé qu'elle venait d'acheter : il était essentiel qu'on ne puisse pas remonter l'appel jusqu'à elle.

Depuis deux jours, elle hésitait à franchir cette étape, pesant le pour et le contre, se demandant si une décision aussi radicale serait vraiment profitable à leur plan. Elle était arrivée à la conclusion que London devait être punie. Puisqu'elle n'avait pas réussi à utiliser le programme pour trouver des informations sur Tristan, il était clair que non seulement ses priorités mais aussi sa loyauté avaient changé de bord.

Zoe ne se sentirait pas vengée si London ne faisait pas sa part du travail et, de plus, ne verrait pas l'utilité de détruire la vie de Ryan. Cela, Everly ne pourrait pas le supporter. Après ce qu'il avait fait à Kelly, il fallait qu'il souffre.

Elle-même avait mené à bien sa mission, et, dès qu'elle y repensait, la satisfaction se logeait dans sa poitrine comme un gros chat endormi. Elle ronronnait presque de plaisir au vu des dégâts qu'elle avait causés.

Au beau milieu du tournoi de polo, elle avait tout bonnement ruiné la vie de Linc Thurston en lui révélant la vérité sur son employée de maison, mettant fin à leur ridicule histoire. Nul doute que maintenant que le passé de Claire la rattrapait d'un seul coup, dévoilant tous ses mensonges, Linc se sentait dévasté et un peu naïf de s'être laissé piéger par une telle opportuniste. Dans un sens, elle lui avait rendu service. Pour autant, elle n'était pas sûre qu'il la remercierait s'il savait que c'était elle qui avait appelé la famille de Claire pour lui dire où elle se trouvait.

Le regard de Linc lorsqu'il avait découvert à quel point elle lui avait menti sur toute la ligne… Elle s'en délectait encore. Son plan avait été parfait d'un bout à l'autre, et les résultats, encore meilleurs qu'elle l'avait escompté.

Mais visiblement tout le monde n'avait pas la constance ou la volonté d'aller jusqu'au bout de ses idées. Pas London, en tout cas. Elle avait choisi de privilégier son histoire avec Harrison, au détriment de leur pacte ; maintenant, elle allait payer.

Elle prit son portable, appuya sur le bouton « *play* », et la voix de London, ferme et résolue, retentit :

« J'ai utilisé Harrison pour arriver à Tristan. Il ne signifie rien pour moi. »

Elle tapa ensuite un numéro sur le téléphone jetable, persuadée qu'elle tomberait sur la messagerie. Elle avait choisi cette heure tardive parce qu'elle se doutait que Harrison serait occupé avec London. Ils avaient passé tout leur temps ensemble, ces dernières semaines, et puis, elle l'avait bien vu pendant le match, il était fou d'elle, et c'était réciproque.

Eh bien, tomber amoureuse ne faisait pas partie du plan. London aurait mieux fait de garder ses vêtements sur elle et sa concentration sur leur objectif.

« Vous êtes bien sur le répondeur de Harrison. Je ne suis pas disponible pour le moment, mais vous pouvez me laisser un message et je vous rappellerai. »

Le sourire aux lèvres, elle appuya sur « *play* ».

10

London s'éveilla à la douce lumière du matin qui entrait à travers les rideaux de sa chambre. Ses fenêtres donnant sur l'est étaient ce qu'elle préférait dans son appartement. Cette palette de couleurs apaisantes – pêche, rose, or pâle – lui apportait une bonne dose d'optimisme, et lui offrait un début de journée en douceur. Souvent, elle prenait une tasse de café sur la terrasse, savourant l'air frais qui montait de la rivière.

S'étirant sur toute la surface du lit, elle réalisa que l'autre côté était vide, et les draps, déjà froids. Avec un soupir, elle se redressa en position assise, ses doigts tentant de démêler ses cheveux. Avant, elle les tressait pour la nuit, mais Harrison adorait sentir ses mèches soyeuses contre sa peau ; et elle aimait tout autant sa manière de les caresser.

Elle se glissa hors du lit et enfila un peignoir en satin avant de suivre les délicieuses odeurs de café en provenance de la cuisine. Mais, alors qu'elle s'apprêtait à y entrer, le son de sa propre voix parvint à ses oreilles.

« J'ai utilisé Harrison pour arriver à Tristan. Il ne signifie rien pour moi. »

Elle se figea, terrifiée, se rappelant parfaitement à quel moment elle avait prononcé ces mots. Mais à quoi Everly pensait-elle ?

Dans la cuisine, il se tenait près de l'îlot central, une main agrippant le rebord du comptoir en marbre. À son expression, on aurait dit qu'on venait de lui annoncer qu'il ne pourrait plus jamais conduire une voiture.

Le même regard dévasté que Linc avait eu l'autre jour, au match de polo, lorsqu'elle l'avait vu parler avec Claire.

Ses oreilles bourdonnaient, son regard se faisait trouble. Elle avait dû émettre un son sans s'en rendre compte, car il se tourna brusquement vers elle.

— Qu'est-ce que ça signifie ? demanda-t-il, brandissant son téléphone. Pourquoi est-ce que tu as dit ça ?

Même si elle avait pu parler, elle n'avait pas d'explication à fournir.

— Bon sang, London. Je pensais qu'il avait quelque chose de solide entre nous.

Elle devait répondre, il méritait une explication. Mais accepterait-il de l'écouter ? Si elle se mettait à sa place, elle n'était pas certaine qu'elle-même le ferait.

— Ce n'est pas ce que tu crois...

— Ne me mens pas. Je veux savoir ce qui se passe.

Prenant une grande inspiration, elle entra dans la cuisine et s'avança vers lui, posant les mains sur le comptoir.

— J'essaie de savoir si ton frère a de l'argent caché.

— Pourquoi ?

Elle se mordit la lèvre. Elle avait promis de garder le secret, mais après tout est-ce qu'Everly n'avait pas brisé leur pacte en envoyant ce message à Harrison ? Que pouvait-elle lui faire de plus ? Ternir sa réputation, celle de son entreprise ?

Finalement, la lâcheté l'emporta.

— Je ne suis pas autorisée à te le dire.

Il resta silencieux pendant de longues secondes qui lui semblèrent l'éternité, les yeux fixés sur elle, un mélange de colère et de confusion se dessinant sur ses traits.

— Pourquoi ?

— Parce que ce n'est pas à moi de le raconter.

— Alors, nous deux... ?

Il n'acheva pas sa question, mais reprit, le regard dénué de toute expression :

— Je n'étais qu'un moyen d'arriver à tes fins ?

Elle aurait pu essayer de mentir, mais il la connaissait trop bien : il aurait détecté le mensonge aussitôt.

— Au début, oui.

— Et je suis censé croire que ça a changé ?

— C'est vrai ! Autrement, je n'aurais jamais...

— Jamais quoi ? Couché avec moi ? Tout fait pour m'inciter à croire que tu avais des sentiments pour moi ?

Sa voix restait impassible, mais la tension des muscles de son visage montrait assez ce qui se jouait en lui.

— J'*ai* des sentiments pour toi.

Mais, dès qu'elle les eut prononcés, elle sentit que ces mots étaient insuffisants – et qu'ils arrivaient trop tard. Son regard bleu-vert se durcit comme elle ne l'avait jamais vu le faire auparavant, et le cœur de London cessa de battre.

— Tu ne comprends pas...

Il parut totalement insensible à sa voix suppliante.

— Dans ce cas, explique-moi.

— Je ne peux pas.

Tiraillée entre le sentiment d'en avoir déjà trop dit et l'envie désespérée de tout avouer, elle resta muette, les yeux fermés, regrettant de ne pas pouvoir remonter le temps. Comment avait-elle pu croire un instant qu'un plan aussi retors pourrait profiter à qui que ce soit ?

— Ou plutôt tu ne veux pas, rétorqua-t-il.

— C'est compliqué.

Elle ne pourrait jamais se racheter à ses yeux avec cette pâle excuse. Croisant les bras sur sa poitrine, il lui lança un regard écœuré.

— Peux-tu au moins me dire pourquoi tu fais ça ?

— Pour aider une amie. Ton frère lui a fait beaucoup de mal, et j'essaie de...

Là, tout se compliquait. Elle n'avait plus du tout la conviction qu'elles s'entraidaient en cherchant à faire souffrir d'autres personnes.

— Le faire souffrir en retour ? devina-t-il.

— C'est comme cela que ça a commencé.

— Et c'est différent; maintenant ?

— Oui et non. Tristan s'est mal conduit, c'est indiscutable. Mais je ne suis plus très sûre que lui faire subir le même sort en retour soit une bonne idée.

— Je suis le premier à reconnaître que mon frère n'a pas toujours été quelqu'un de bien. J'ai souvent fermé les yeux sur ses comportements.

L'espace d'une seconde, elle crut qu'il la comprenait, qu'il lui pardonnerait peut-être, mais il n'y avait aucune trace d'empathie dans son regard, simplement du remords.

— Tes questions à propos de son train de vie, pendant le match de polo, m'ont fait réfléchir. Je ne sais pas s'il a des activités douteuses, et j'espère de tout mon cœur que ça n'a rien à voir avec Crosby Motorsports, mais c'est à peu près sûr qu'il dépense bien plus que ses revenus.

Il passa la main sur ses yeux.

— Et je sais qu'il s'est aussi mal comporté avec Zoe. Elle ne méritait pas qu'il la trompe pendant tout leur mariage, ni d'être jetée aux oubliettes de cette manière.

— Au fait, elle n'a jamais eu de liaison avec qui que ce soit. C'est Tristan qui a fabriqué des preuves pour ne pas avoir à payer ce qu'il lui devait.

— Je n'ai jamais vraiment cru qu'elle avait été infidèle. J'aurais dû la défendre quand c'est arrivé.

Elle garda le silence, craignant de se trahir. Il plissa les yeux et réfléchit quelques secondes avant de demander :

— Est-ce que c'est Zoe que tu essayais d'aider ?

Instinctivement, elle aurait voulu lui faire confiance et tout lui dire, mais à quoi bon ? Espérait-elle qu'il lui pardonnerait s'il savait toute l'histoire ? Que penserait-il de la vengeance d'Everly sur Linc – qu'elle-même avait tacitement autorisée ? Et que ferait Everly si elle apprenait qu'elle lui avait tout avoué ?

— Parle-moi, London, dit-il d'une voix plus douce. Dis-moi ce qui se passe.

Elle se mordit la lèvre, paralysée par la peur des conséquences qu'un aveu pourrait entraîner. Enfin, elle poussa un soupir et répondit :

— Tout ce que je peux te dire, c'est que j'essayais de découvrir la vérité sur la situation financière de ton frère. Il est à peu près évident qu'il cache de l'argent d'une manière ou d'une autre.

— Et comment comptais-tu le prouver ?

— Il garde forcément une trace de tout ça quelque part. J'espérais qu'en accédant à son ordinateur je trouverais tout ce dont j'avais besoin.

Il se renfrogna.

— C'est absurde, voyons. Tu n'as pas pensé que son ordinateur et ses dossiers étaient protégés par des mots de passe ?

— J'ai un outil qui est censé contourner ces mots de passe.

Elle alla chercher son sac, en sortit la clé USB et la lui montra.

— C'est une sorte de logiciel spécial qui permet de passer outre les défenses d'un ordinateur.

Les yeux fixés sur l'objet, il se rapprocha.

— Où est-ce que tu as eu ça ? Comment est-ce que ça fonctionne ?

Elle lui expliqua le processus et il tendit la main.

— Donne-la-moi.

Incapable de résister, elle s'exécuta aussitôt.

— Je suis désolée. Je t'en prie, ne dis rien à Tristan. Il serait capable de faire vivre un autre enfer à Zoe.

Si sa prière eut le moindre effet sur lui, il n'en montra rien. Il était furieux, elle le voyait bien, mais elle espérait tout de même qu'il lui restait un peu d'affection pour elle. Elle lui lança un regard suppliant, mais il contemplait la clé, qu'il faisait tourner au creux de sa main, encore et encore.

— Mon frère n'a pas besoin de savoir tout ça, mais je garde cet objet, et tu ne t'approches pas de lui.

Une vague de soulagement l'envahit : elle n'était pas fâchée de s'en débarrasser. Cependant, elle se rappela avec amertume qu'elle n'en avait pas fini avec cette histoire. Le message d'Everly à Harrison n'avait été qu'un avertissement, elle le sentait. Elle devrait encore l'affronter en tête à tête.

— Qu'est-ce que tu vas en faire ? demanda-t-elle alors qu'il glissait la clé USB dans sa poche.

— Je n'en sais rien. Tout ce que je sais avec certitude, c'est que toi, et moi, c'est terminé.

Harrison emprunta la route familière qui menait à Crosby Auto, cherchant du réconfort dans ce qu'il connaissait et aimait le plus. Les voitures avaient toujours été son refuge lorsque les choses tournaient mal. Il n'aurait pas su dire combien d'heures il avait passées, enfant, une clé anglaise à la main, apprenant à démonter et remonter les moindres rouages du moteur. Il trouvait une certaine sécurité dans la logique imparable des pièces s'emboîtant les unes dans les autres, chacune ayant son rôle bien défini. Maintenant qu'il passait plus de temps au volant que sous le capot, il appréciait à sa juste valeur une voiture qui fonctionnait parfaitement.

Malheureusement, malgré les efforts des équipes pour que tout se passe bien, cette situation idéale était rare. Les boulons se desserraient, les suspensions lâchaient, les freins s'usaient. Les pilotes étaient entraînés à faire face aux situations de crise, lorsque la mécanique avait des ratés, ou quand leurs concurrents faisaient une erreur technique. La plupart du temps, on parvenait à maîtriser la situation.

Bien sûr, dans tout cela, il y avait aussi une part de chance. Lui, par exemple, se considérait comme chanceux : de tous les accidents dans lesquels il avait été impliqué, un seul lui avait laissé une blessure sérieuse. Il avait beau savoir à quel point son sport était dangereux, pas une fois il n'avait hésité à se glisser derrière le volant.

Il regrettait que la vie ne fût pas comme les courses automobiles : facile à prévoir, à anticiper, à contrôler. Rien n'aurait pu le préparer à ce qui venait de se passer avec London. Elle l'avait complètement trompé. Il se trouvait bien placé dans sa voie, suivant sa trajectoire, pensant qu'il avait la situation en main, et la seconde d'après il avait fait une embardée qui l'avait projeté directement dans le mur.

Droit devant lui, la porte d'entrée de Crosby Auto entra dans son champ de vision. Il accéléra légèrement, pressé de retrouver la paix que ce lieu lui avait toujours procurée. Depuis près de vingt ans, ces bâtiments constituaient plus qu'un foyer pour lui. Ils étaient le centre de son univers. Pourtant, ce soir, alors qu'il se garait devant l'entrée du magasin de moteurs, il sentit que son cœur n'y était pas.

Il s'attendait à trouver les lieux déserts : la saison terminée, les membres de l'équipe étaient rentrés chez eux pour profiter de leur famille et d'un repos bien mérité. Il utilisa son passe pour entrer dans la boutique et n'eut aucun mal à se diriger dans cet espace familier, en dépit de l'obscurité. De toutes les pièces qui constituaient une voiture, les moteurs étaient ce qu'il préférait ; sans doute un reste de son enfance passée à travailler aux côtés de son oncle, apprenant comment tous les rouages s'imbriquaient les uns dans les autres pour emmener le véhicule à des vitesses stupéfiantes.

— Qu'est-ce que tu fais là ?

Depuis l'autre extrémité du mur où s'alignaient les moteurs dans un ordre parfait, son oncle se dirigeait vers lui.

— J'avais juste besoin de me vider la tête.

— Comment va London ? Tout se passe bien entre vous ?

— Pourquoi tu me demandes ça ?

— C'est la première femme que tu nous as présentée depuis longtemps. Je me suis dit qu'elle devait être importante pour toi.

Jack retira sa casquette de base-ball et passa une main dans ses épais cheveux gris.

— Et vu la tête que tu fais en ce moment, reprit-il, c'est à peu près évident qu'il s'est passé quelque chose.

Une fois la saison terminée, Jack était devenu bien plus abordable, et il décida de profiter de son expérience. Après tant d'années de mariage avec un feu d'artifice comme Dixie, il pourrait forcément l'aider.

— Lorsque j'ai commencé à sortir avec London, je croyais qu'elle ne me laisserait pas ma chance parce que je n'avais pas le genre de relations qu'elle cherchait à se faire dans la bonne société. Je pensais que ce serait notre plus gros problème.

— Et maintenant ?

— Je pense que ces problèmes sont toujours là, mais que ce ne sont pas les plus importants.

Jack secoua la tête d'un air réprobateur, renvoyant son neveu à son adolescence, lorsqu'il voulait à tout prix se mettre au volant d'une voiture qu'il ne pouvait pas maîtriser.

— T'imagines-tu une seconde que, si je ne m'étais pas battu pour Dixie, nous serions ensemble maintenant ? Lorsque j'ai rencontré ta tante, ton père et moi n'avions rien d'autre en poche que nos rêves.

— Mais elle t'a épousé.

— Tu dis ça comme si c'était une évidence, mais son père m'a chassé de leur propriété la première fois que je l'ai fait pleurer.

Médusé, il fixa son oncle, curieux de cette incursion dans sa vie privée. D'habitude, il s'en tenait à des histoires sur les courses ou sur l'entreprise. Cette aventure-ci promettait d'être passionnante.

— Tu l'as fait pleurer ? Mais pourquoi ?

Il s'imaginait difficilement sa tante, solide comme un rocher, se laisser gagner par les larmes.

— Disons que je n'avais pas la délicatesse que j'ai maintenant.

Même si les histoires de Jack n'étaient pas complètement véridiques, elles recelaient toujours une bonne leçon à retenir. Le tout était de la trouver.

— Que s'est-il passé ?

— Dixie était conviée au bal des débutantes, et elle m'avait demandé d'être son cavalier. Nous sortions ensemble depuis quelques mois, et, le moins qu'on puisse dire, c'est que je n'étais pas le premier choix de ses parents.

— Tu t'es comporté d'une manière qui l'a embarrassée pendant le bal ?

— Je n'y suis pas allé.

— Comment ça ?

— Ma stupide fierté a pris le dessus.

Même après tout ce temps, Jack avait l'air penaud.

— Je lui ai posé un lapin. Elle et moi venions de deux univers différents. J'ai cru que, si je l'accompagnais, elle serait la cible de moqueries, et je n'ai pas voulu lui faire subir ça.

Il fit la grimace. Il avait eu la même idée lors de la course à Richmond, où il était si évident que London n'appartenait pas à ce monde.

— Si c'était ce que tu croyais, pourquoi est-ce que tu sortais avec elle ?

— Dixie avait bouleversé ma vie. Je ne pouvais pas plus être loin d'elle que cesser de respirer. Elle était tout mon cœur, mon unique raison de me lever chaque matin.

Les mots de son oncle lui parlaient hélas beaucoup plus qu'il ne l'aurait voulu.

— Que s'est-il passé après le bal ?

— J'avais sous-estimé sa force de caractère. Elle se fichait pas mal de l'opinion des autres. Elle était fière de moi, de ce que j'étais, et elle voulait que tout le monde le sache. Ce que je venais de faire montrait que je ne lui faisais pas confiance.

Jack passa les doigts dans ses cheveux. Même après trente ans de mariage, il regrettait son comportement.

— Mais, si elle a accepté de devenir ta femme, c'est qu'elle a réussi à te pardonner.

— Ça lui a pris un an.

Il imaginait très bien ce qu'avait pu ressentir son oncle pendant ces longs mois. Lui-même expérimentait déjà la douleur de la séparation.

— Mais tu as réussi à la reconquérir. Tu devais vraiment tenir à elle.

— Tu sais, au début, je crois que je ne comprenais pas bien ce que je ressentais. Mais, si seulement j'avais mis de côté mon entêtement pour laisser parler mes émotions, je me serais épargné pas mal de souffrance.

Il réfléchit. Un an loin de London ? Impossible. Il ne voulait pour rien au monde renoncer à elle, alors il demanda :

— Pourquoi est-ce que tu t'es accroché, alors qu'elle te rejetait depuis tellement longtemps ?

— Parce que vivre sans elle était plus douloureux qu'une stupide blessure d'orgueil. J'ai essayé, bien sûr, mais je n'ai jamais tenu plus d'une semaine ou deux ; ma vie perdait toutes ses couleurs. Et puis cette attente m'a déterminé à me rendre plus digne d'elle. C'est à ce moment-là que Crosby Auto a commencé à vraiment décoller. J'ai employé toute ma frustration, toutes mes peurs, toute ma joie aussi, à construire quelque chose dont je pourrais être fier. J'ai cru que si je gagnais de l'argent, si je réussissais dans la vie, j'aurais plus de chances de la récupérer.

— Et ça a fonctionné ?

Jack secoua la tête.

— Ça n'a fait qu'empirer les choses. Plus Crosby Auto se développait, plus je prenais confiance en moi, et moins elle voulait entendre parler de moi.

Il n'aimait pas la tournure que prenait ce récit.

— Alors comment tu as fait ?

— Elle a commencé à sortir avec quelqu'un d'autre. Sur le papier, quelqu'un de parfait pour elle : famille riche, relations sociales intéressantes...

L'expression de Jack se durcit.

— J'ai touché le fond pendant deux semaines.

— Qu'est-ce que tu as fait pour t'en sortir ?

— J'ai privilégié la possibilité d'être heureux pour le restant de mes jours, au détriment de ma fierté. Ça été la conversation la plus difficile de ma vie. J'ai dû m'ouvrir complètement à elle, tout lui dire : mes peurs, mes espoirs, combien elle rendait ma vie plus belle, comment j'avais voulu me rendre digne de son amour.

Même après tout ce temps, la voix de Jack vibrait d'une intense émotion, et il se sentit encore plus malheureux. Troublé, il fut incapable de répondre, et ce fut son oncle qui rompit le silence.

— Est-ce que votre histoire mérite que tu te battes pour elle ?

Pourrait-il vivre sans London ? Oui, probablement. Serait-il capable d'apprécier cette existence ? Là, il en doutait. Pendant tant d'années, la course automobile avait été son seul but, sa seule passion. Il n'avait jamais cru qu'il sacrifiait quoi que ce soit pour arriver à ces résultats, mais était-ce complètement vrai ?

Avec London, il avait commencé à réfléchir en termes de

famille, d'enfants, et il ne faisait aucun doute qu'elle détournait son attention de son métier. Mais il y avait bien plus significatif encore : cela ne le dérangeait pas. En réalité, il avait même commencé à se demander comment il pourrait aménager son emploi du temps l'année prochaine pour passer plus de temps avec elle. Si cette histoire avec son frère n'était pas venue s'interposer entre eux, il serait probablement en train de chercher une bague de fiançailles.

— Je l'ai cru pendant longtemps, répondit-il enfin à son oncle.

Son cœur se serrait à l'idée de la perdre, mais comment lui faire confiance à nouveau après ce qu'elle avait fait ?

— Maintenant, je ne sais plus.

11

Ce fut une version terne et peu glorieuse de London qui entra dans le Cocktail Club de King Street et se mit à examiner la foule à la recherche de sa meilleure amie. Maribelle avait réussi à trouver deux sièges près du bar. Tandis qu'elle se frayait un chemin jusqu'à elle, elle se rendit compte que son amie montrait ostensiblement sa main gauche à un prétendant un peu trop insistant.

Ces derniers mois, l'amour rendait Maribelle plus rayonnante que jamais, et elle ne pouvait pas poser le pied dehors sans attirer une foule d'admirateurs aussi bien que d'admiratrices. À côté d'elle, elle se sentait ennuyeuse et insipide. Elle ne dormait plus, ne mangeait plus, et elle aurait eu bien du mal à se rappeler quand elle avait fait du sport pour la dernière fois.

— Mon Dieu ! s'exclama Maribelle alors qu'elle se glissait sur le tabouret à côté d'elle. Tu es affreuse.

Elle la détailla sous toutes les coutures avant de poser la question :

— Vas-tu te décider à me raconter ce qui s'est passé ?

Cela faisait maintenant dix jours que Harrison avait reçu le message d'Everly, ce matin terrible où tout s'était écroulé.

Alors qu'elle lui faisait le récit complet des événements, le ventre noué, Maribelle fut tour à tour choquée, mécontente et finalement franchement en colère, mais elle se tut et la laissa terminer son histoire.

— Il ne me parlera plus jamais, conclut-elle, enfonçant le dernier clou dans le cercueil de la plus belle aventure de sa vie.

— S'il a deux sous de bon sens, il ne le fera pas, en effet. Et je suis bien tentée de ne plus t'adresser la parole non plus.

Sachant pertinemment qu'elle ne le pensait pas, elle garda le silence alors que son amie faisait signe au serveur pour commander deux shots de tequila.

— Tu sais très bien que je ne peux pas boire ça, protesta-t-elle en voyant arriver les verres, dûment accompagnés de sel et de citron. Tu ne te souviens pas de la dernière fois ?

— Je m'en souviens très bien, et tu vas en boire jusqu'à ce que tu sois suffisamment ivre pour appeler Harrison et tout lui raconter, puis implorer son pardon. Après ça, je te ramènerai chez toi et je te tiendrai compagnie pendant que tu dessoûles, parce que c'est ce que font les meilleures amies.

— Je t'adore, murmura-t-elle, des larmes de reconnaissance plein les yeux.

— Je sais. Maintenant, bois.

Deux shots et vingt minutes plus tard, elle n'avait plus peur. Encore deux autres dans l'heure qui suivit, et elle se sentit prête à faire ce qu'elle devait faire.

— Je vais le regretter demain matin, marmonna-t-elle en attrapant son téléphone, posé sur le bar.

— Je sais, commenta Maribelle d'un ton sans réplique. Maintenant, appelle-le.

Sous la surveillance de son amie, elle déverrouilla son portable et ouvrit la fiche contact de Harrison. Elle pressa la touche « appeler », et, alors que son beau visage apparaissait à l'écran, elle poussa un soupir.

Elle colla le téléphone à son oreille, se souvenant de respirer. Affronter Harrison après ce qu'elle lui avait fait serait probablement la chose la plus difficile qu'elle ferait de sa vie, mais elle lui devait la vérité, et bien plus encore.

— Je ne pensais pas avoir de tes nouvelles.

Elle éclata presque en sanglots au son de sa voix qu'elle aimait tant, et une boule se forma dans sa gorge, l'empêchant de parler.

— London, est-ce que tu es là ? Ou est-ce que tu m'as appelé par erreur alors que tu étais en train de t'amuser ? On dirait que tu es à une fête.

— Je ne suis pas en train de m'amuser.

Pas du tout, même. Tu me manques.

— Je voudrais te parler. Est-ce que je peux venir te voir pour m'expliquer ?

Il resta un moment silencieux, et elle crut qu'il allait l'envoyer sur les roses.

— Je suis chez moi en ce moment.

— Ce soir, je ne peux pas, dit-elle en contemplant la longue ligne de verres vides devant elle. Ce soir, je vais être très, très malade.

— Demain après-midi ?

— 14 heures ?

— 14 heures.

Il raccrocha aussitôt, et elle plaqua une main sur sa bouche avant de partir comme une flèche vers les toilettes.

Un peu après 14 heures, l'après-midi suivant, Harrison ouvrit la porte de son appartement et maudit son cœur de battre aussi vite lorsqu'il aperçut London. D'après ses yeux rougis, son teint pâle et son chignon de travers, elle semblait aussi malheureuse que lui.

À son grand dam, au lieu de déverser sa colère sur elle, il eut d'abord envie de l'attirer à l'intérieur et de la prendre dans ses bras. Son regard bleu se fixa sur lui alors qu'il s'effaçait pour la laisser entrer, et il en eut un instant le souffle coupé.

S'adaptant à la chute des températures, elle avait enfilé un jean, des bottines en daim et un épais pull-over couleur émeraude. Elle avait les joues roses et les cheveux légèrement emmêlés : elle avait dû emprunter la rue qui longeait la rivière pour venir jusque chez lui.

Une fois la porte fermée, le hall d'entrée, pourtant spacieux, sembla soudain trop petit. Sous l'odeur de l'automne bien avancé qu'elle apportait, il distingua son parfum, et une vague de souvenirs déferla sur lui. Il se rappela les heures joyeuses qu'elle avait passées ici, les longues nuits sans sommeil à se dévorer l'un l'autre, les conversations du dimanche matin autour des croissants…

— Merci de m'avoir laissée venir, murmura-t-elle.

Il plongea les mains dans ses poches. Il était hors de question qu'il la touche ou qu'il la réconforte de quelque manière que ce soit. Son air doux et vulnérable n'y changerait rien.

— Tu m'as dit que tu voulais t'expliquer, à propos de mon frère, grogna-t-il.

— Je vais le faire, mais avant il y a quelque chose que je dois te dire.

Ses yeux magnifiques accrochèrent son regard.

— Quand je suis avec toi, je ressens... Tout. Je n'aurais jamais imaginé tout ce dont tu m'as donné envie, tout ce dont j'ai besoin maintenant. Je ne pensais pas qu'une fois que nous aurions fait l'amour il n'y aurait pas de retour possible.

Il frémit, et il dut faire appel à toute sa volonté pour empêcher son corps de réagir à ce qu'elle venait de dire. Il avait ressenti la même chose pour elle, mot pour mot, et la perte qu'il éprouvait douloureusement depuis quelques jours se rappela à son esprit avec d'autant plus de force.

— Tout ce que je veux, c'est être avec toi.

Ses mains flottaient dans l'espace, aussi gracieuses que celles d'une danseuse, accompagnant l'expression de ses émotions.

— Grâce à toi, je me suis sentie belle et respectée. Tu m'as offert un refuge, où je pouvais m'ouvrir et me montrer vulnérable.

— Tout cela ne m'explique pas pourquoi tu t'es servie de moi, répliqua-t-il, le cœur tambourinant si fort dans sa poitrine qu'il avait du mal à maîtriser son impatience.

— Je ne voulais pas te dire ce que je faisais, parce que j'avais peur que tu me détestes.

— Je ne pourrais jamais te détester.

Bien sûr que non, puisqu'il l'aimait.

Il venait de s'en rendre compte, et cette révélation le bouleversa. Pendant ces dix derniers jours, il avait ignoré la partie de lui qui avait reconnu les symptômes.

— Harrison, je suis désolée.

Sa voix semblait venir de très loin, alors qu'elle était tout près de lui.

Il *l'aimait* ?

Comment était-ce possible, après ce qu'elle avait fait ?

Elle l'avait utilisé pour atteindre son frère. Ne savait-elle pas qu'il aurait fait n'importe quoi pour elle, si seulement elle le lui avait demandé ? Tout son être souffrait d'être séparé d'elle. Elle serait toujours sa faiblesse.

Il avait besoin de mettre de la distance entre eux, pour ne pas succomber à l'envie de la plaquer contre le mur et de tout oublier dans ses bras. Il se dirigea vers le salon, et ce ne fut qu'au moment où il se jeta sur le canapé qu'il se rendit compte qu'elle ne l'avait pas suivi. Avec un soupir impatient, il se leva pour aller la chercher. Elle était restée là, au beau milieu du hall, tirant sur ses manches pour essayer de cacher ses mains.

— Je suis tellement désolée de t'avoir blessé, répéta-t-elle, la voix étouffée par les sanglots. S'il te plaît, laisse-moi tout t'expliquer.

Renonçant à sa promesse de ne pas la toucher, il lui prit le bras pour la guider jusqu'au canapé. Dès qu'ils furent assis côte à côte, elle commença son histoire.

— Tout a commencé il y a quelques mois, lorsque j'ai rencontré Zoe et une autre femme, Everly Briggs, lors d'une soirée de mise en réseau professionnelle. Nous ne nous connaissions pas, mais nous traversions toutes les trois une période difficile. Linc venait de rompre nos fiançailles, le divorce de Zoe s'était très mal passé. Quant à Everly, d'après elle, sa sœur avait été emprisonnée à tort.

Elle croisa les mains et les posa sur ses genoux.

— Je ne sais pas qui a amené l'idée de se venger des hommes qui nous avaient fait du mal, mais Everly s'est montrée très enthousiaste, et Zoe et moi avons suivi. Zoe avait très peur de Tristan, et je ne voulais pas détruire ma réputation en me vengeant directement de Linc. Alors…

Elle prit une grande inspiration avant de poursuivre.

— Puisque nous étions des étrangères les unes pour les autres, rencontrées par hasard, nous avons décidé de nous occuper chacune de la cible d'une autre. Everly s'est chargée de Linc pour moi, je devais me venger de Tristan pour Zoe, et Zoe doit s'attaquer à Ryan Dailey pour le compte d'Everly.

Il détestait l'idée qu'elle ait pu participer à ce genre de plan, mais il en comprenait la logique.

— Dans ce cas, qui m'a envoyé le message audio avec ta voix ?

— Everly. Elle voulait tout faire pour que tu me détestes. Elle avait compris à quel point tu devenais important pour moi.

Son cœur trop faible se réjouit tandis qu'une partie de sa souffrance et de sa colère s'évanouissait, apaisée par sa confession. Le besoin de la prendre dans ses bras se fit plus urgent encore, mais il résista. Quoi qu'elle puisse dire ou faire, son désir pour elle ne s'effacerait jamais ; cependant, il avait besoin d'entendre ses explications jusqu'au bout pour décider de ce qu'il devait faire.

— Alors, où en êtes-vous maintenant ? demanda-t-il.

— Je ne sais pas. De toute évidence, je n'ai pas été capable de remplir ma part du contrat, et tu as vu toi-même comment Everly a réagi.

Son visage prit une expression désolée.

— Je me sens mal pour Zoe. De nous trois, c'est elle qui a le plus souffert.

— Tu ne m'as pas dit que la sœur d'Everly était en prison ?

— Si, mais, d'après ce que j'ai entendu, elle a réellement fait quelque chose d'illégal. Peut-être que Ryan Dailey aurait pu s'abstenir de porter plainte, mais elle a quand même fait perdre plusieurs millions de dollars à son entreprise, et il était dans son bon droit.

Elle se retrancha dans le silence, les yeux fixés sur son torse. Ses traits reflétaient une désolation qui faisait voler en éclats les défenses qu'il avait érigées. Le remords sincère qu'elle exprimait maintenant entrait en contradiction avec sa décision de se venger de son ex-fiancé. Mais qu'est-ce que cette décision disait d'elle ?

Cependant, maintenant qu'il avait eu lui aussi le cœur brisé, il comprenait un peu mieux ce qu'elle avait pu ressentir à l'époque. Ces derniers jours, ses idées noires l'avaient entraîné dans les recoins les plus sombres de son esprit, là où il n'était jamais allé auparavant.

Il tendit la main vers la table basse et saisit une enveloppe en papier kraft.

— Tiens, dit-il en lui tendant l'objet.

— Qu'est-ce que c'est ? demanda-t-elle, son regard faisant des allers-retours entre l'enveloppe et lui.

— Ouvre-la.

Elle décolla précautionneusement les bords et souleva le rabat pour jeter un coup d'œil à l'intérieur.

— On dirait des informations bancaires.

— Celles de mon frère, confirma-t-il. Il apparaît que Tristan a des comptes offshore dissimulés, qu'il utilisait pour faire passer de l'argent jusqu'ici, aux États-Unis. Je ne sais pas si cela aidera Zoe, mais en tout cas ce sont des informations qu'il n'aurait pas dû lui cacher.

Alors qu'il parlait, elle sortit quelques pages et commença à les examiner.

— Pourquoi est-ce que tu fais ça ?

— Zoe ne méritait pas ce qui s'est passé.

Ce n'était pas son unique motivation, mais il n'était pas encore prêt à l'avouer. Il avait beaucoup hésité avant de trahir son frère et d'utiliser le programme pour accéder à ses dossiers. Même s'il était partagé sur le bien-fondé de sa démarche, constater que Tristan avait bel et bien flirté avec l'illégalité avait quelque peu apaisé sa conscience.

— Ça fait beaucoup d'argent, dit-elle. Vraiment beaucoup. Bien plus que ce qu'il aurait réussi à économiser normalement. D'où penses-tu que tout cela provienne ?

En effet, cette question l'avait torturé depuis qu'il possédait ces précieux documents. Il devait encore y réfléchir, mais une petite conversation avec son père et son frère serait de mise.

— Je crois qu'il a blanchi de l'argent.

— De quelle origine ?

— Des dealers ? La pègre russe ? C'est difficile à dire.

Plus il y pensait, plus il arrivait à des suppositions extrêmes, et surtout plus il s'inquiétait pour Crosby Auto.

Les yeux écarquillés, elle demanda :

— Tu ne penses tout de même pas qu'il fait quelque chose d'illégal, si ? Comment est-ce possible ?

— Crosby Auto achète presque toutes ses pièces à des revendeurs outre-Atlantique, et c'est lui qui décide à quelles entreprises nous achetons. Ce ne serait pas difficile pour lui de faire passer des pots-de-vin par ce biais.

— Je ne comprends pas. Pourquoi a-t-il besoin de plus d'argent ?

— Tu as vu sa maison et son train de vie. Tristan aime vivre comme un millionnaire. « Agis comme si tu valais une fortune et les gens te croiront », cita-t-il en imitant le ton arrogant de son frère. Au lieu de ça, il agit comme s'il était de plus en plus endetté.

— Est-ce que ce qu'il fait pourrait mettre Crosby Motorsports en danger ?

— Je ne pense pas.

Du moins, il espérait que non. C'était une question qu'il faudrait régler dans les mois à venir.

Elle rangea soigneusement les feuilles dans l'enveloppe.

— Comment est-ce que je pourrais te remercier ?

Sa main se posa sur la sienne, envoyant une décharge électrique dans tout son corps. Il résista avec difficulté à l'envie de l'attirer sur ses genoux et de plonger les doigts dans ses cheveux défaits. Son regard glissa sur ses lèvres. Un seul baiser et il tomberait à nouveau sous son charme. Mais…

— Je suis terriblement désolée pour ce que j'ai fait, dit-elle, l'obligeant à réprimer ses pensées déplacées.

— Écoute, je commence à comprendre tes motivations.

— Mes motivations *au début*, corrigea-t-elle, retournant sa main pour tracer sur sa paume des motifs évocateurs. Tout a changé lorsque j'ai appris à te connaître.

Il sentit son corps se réchauffer alors qu'elle se penchait un peu plus vers lui. La prière qu'il lut dans ses yeux anéantit toute sa volonté.

— Je comprends, mais je ne peux pas faire comme si ça n'avait pas existé.

— Bien sûr, c'est normal. Je veux juste que tu saches que tu m'as transformée, d'une manière que je n'aurais jamais crue possible.

— London…

Avant même qu'il en eût conscience, il avait cédé. Son parfum délicieux l'attirait comme un piège, toujours plus près d'elle. Il savait précisément où elle l'appliquait : quelques gouttes dans le cou, juste au-dessus de l'endroit où il pouvait sentir son pouls affolé ; derrière le lobe de l'oreille ; dans le creux des coudes ; derrière les genoux.

— Je sais que je n'ai pas le droit de te le demander, mais est-ce que tu crois que tu pourras un jour...

Elle se mordit la lèvre, incapable de terminer.

— Te pardonner ?

Il était sur le point de tout oublier, mis à part le besoin de plonger dans sa chaleur, alors que sa paume remontait sur son épaule.

— Je sais que je n'en ai pas le droit. Mais s'il y a quoi que ce soit que je puisse faire...

Son autre main se posa sur sa cuisse, et il ne put retenir un grognement étouffé.

— Si tu vois un moyen de revenir là où on était. Ou encore plus loin, vers quelque chose de mieux. Dis-moi juste ce que tu veux que je fasse.

Il passa les mains dans ses cheveux et poussa un long soupir. Dans son cœur, le besoin qu'il avait d'elle et sa confiance mise à mal se livraient un combat sans merci.

— Mon oncle m'a raconté une histoire, à propos de Dixie et lui quand ils étaient jeunes. Il a fait un faux pas, et il a passé toute l'année suivante à essayer de rentrer dans ses bonnes grâces.

Elle était si proche de lui à présent qu'elle murmura tout contre son oreille :

— Si tu penses que tu auras besoin d'un an pour me pardonner, je suis prête à faire tout ce qu'il faudra.

Il frissonna au son de sa voix légèrement rauque.

— Tu ferais ce pari sans être sûre que je te fasse confiance à nouveau un jour ?

— Je suis sûre que tu serais fair-play avec moi, en tout cas.

Elle baissa le menton pour le regarder et sa détermination le toucha en plein cœur.

— Avec toi, le jeu en vaut la chandelle.

— Quand je t'ai rencontrée pour la première fois, je n'ai pas eu l'impression que tu pensais de cette manière.

Elle secoua la tête.

— Au début, je t'ai jugé d'après ce que tu faisais dans la vie. Mais tu m'as laissé une chance malgré tout.

Avec une femme si douce et si entreprenante qui remontait sa main le long de sa cuisse, il se demandait pourquoi il parlait encore. Mais, si son désir tournait déjà à plein régime, son cœur, lui, ne s'était pas encore remis de l'accident.

— Eh bien, tu avais de jolies jambes.

— Je n'étais pas vraiment ton genre non plus, n'est-ce pas ?

— Non. Tu étais bien trop réservée pour moi.

Ils échangèrent un sourire complice, pensant au chemin qu'ils avaient parcouru. Les réticences qui lui restaient s'amenuisaient de plus en plus.

— Dans ce cas, pourquoi es-tu venu me parler pendant la soirée organisée par ta tante ? demanda-t-elle, se serrant encore un peu plus contre lui.

— La vérité ?

Il soupira en sentant ses courbes douces contre son bras.

— Parce que tu avais l'air intéressée par Tristan, et je voulais te protéger de lui.

— Sérieusement ?

Elle se recula sous l'effet de la surprise, puis secoua la tête.

— Si je comprends bien, sans mon plan désastreux contre ton frère, nous ne serions jamais sortis ensemble.

— Peut-être que si, dit-il sans y croire vraiment.

— Je ne pense pas. Nous étions trop différents. Ce qui signifie, à travers un étrange coup du destin, que ce plan de vengeance nous a réunis.

Il considéra cette hypothèse pendant un long moment.

— J'imagine que oui, finit-il par concéder.

— J'en suis très heureuse. Je ne regrette pas une seule seconde de ce temps passé à tomber amoureuse de toi.

— À… quoi ?

Son aveu était pour le moins inattendu, mais elle eut l'air surpris qu'il ne le sache pas déjà.

— À tomber amoureuse de toi, évidemment.

Repliant ses jambes sous elle, elle se redressa sur les genoux et prit son visage entre ses mains.

— Je t'aime, Harrison. Tu es fort, attentionné, séduisant, bref, le meilleur homme que j'aie jamais rencontré.

Brusquement, elle stoppa son déluge de compliments pour étudier son visage, jaugeant sa réaction à ce qu'elle venait de dire. Lorsque son regard rencontra le sien, les derniers doutes qui subsistaient en lui s'évanouirent. La femme de sa vie était là, il en avait la certitude. Les battements désordonnés de son cœur à lui, son visage rayonnant à elle en étaient la preuve.

Cette fois, le besoin de la prendre dans ses bras fut irrésistible, et il la serra contre lui.

— Je t'aime plus que tout au monde, murmura-t-il, le visage enfoui dans ses cheveux. Tu m'as montré ce qui manquait à ma vie, et je sais maintenant que je ne pourrai jamais être heureux sans toi.

Lorsque leurs lèvres se rencontrèrent enfin, il entendit un sanglot étouffé, puis elle approfondit leur baiser, sa langue venant jouer avec la sienne. Il la laissa prendre les commandes, profitant de ses sensations alors que le désir qui la consumait ne faisait qu'accroître le sien.

Ses doigts se glissèrent sous son pull-over, n'y trouvant que sa peau nue. Ils gémirent ensemble lorsque ses pouces caressèrent ses tétons durcis. Il la fit basculer au-dessous de lui et elle écarta aussitôt les jambes pour crocheter les siennes. Ignorant le désir presque douloureux qui pulsait dans son entrejambe, il écarta délicatement les longues mèches soyeuses qui recouvraient ses joues enfiévrées.

— Je veux me marier avec toi, déclara-t-il.

Sa surprise ne dura pas plus d'une seconde.

— Oui, moi aussi.

— Tu ne veux pas prendre un moment pour y réfléchir ?

Il chercha une trace d'hésitation dans son regard, mais n'y trouva que de l'amour et de la confiance.

— Je suis une meilleure personne quand je suis avec toi. Pourquoi est-ce que je voudrais que ça s'arrête ?

Son sourire, à cet instant, était la plus belle chose qu'il avait jamais vue.

— Te voilà coincé avec moi, reprit-elle.

— Je dirais plutôt qu'on est coincés l'un avec l'autre.

— Je ne veux pas de longues fiançailles.

— Tu sais, il y a des avions pour Las Vegas tous les jours, au départ de Charleston.

Sa suggestion la prit par surprise, mais très vite un sourire malicieux se forma sur ses lèvres.

— J'ai l'impression d'être la femme la plus chanceuse du monde, alors ça m'a l'air d'être une excellente idée.

Il n'était pas complètement sérieux en parlant de Las Vegas, mais, puisqu'elle jouait le jeu, il acquiesça. Il aurait cru qu'elle voudrait passer des mois à planifier un somptueux mariage, pour rivaliser avec celui de son amie.

— Juste toi et moi ?

— Ça ne t'embête pas si j'invite Beau et Maribelle ? Elle me tuerait si j'osais me marier sans elle.

— Passons-leur un coup de fil, dans ce cas.

— Plus tard.

Elle déposa une pluie de baisers dans son cou, tandis que sa main agrippait fermement ses fesses, le serrant plus fort contre elle.

— Pour l'instant, j'ai envie de faire l'amour avec toi.

Il approuva de la tête et ses lèvres effleurèrent les siennes. Il goûta sa bouche délicieuse et la sentit sourire alors qu'il frottait son érection contre elle. Il sourit en retour lorsqu'elle se mit à onduler, enflammant leur désir commun.

Il savait qu'ils finiraient par atterrir dans sa chambre, mais pour le moment il était heureux qu'ils batifolent sur le canapé, comme un couple d'adolescents.